नरक सफाई

[भंगियों की दुर्दशा का इतिहास]

नरक सफाई

अरुण ठाकुर
महम्मद खडस

हिन्दी रूपांतर
प्रकाश भातम्ब्रेकर

मार्गदर्शक
डॉ. य.दि. फड़के

राधाकृष्ण प्रकाशन

ISBN : 978-81-7119-255-7

नरक सफाई

पहला संस्करण : 1996
दूसरा संस्करण : 2023

मूल्य : ₹695

प्रकाशक
राधाकृष्ण प्रकाशन प्राइवेट लिमिटेड
जी-17, जगतपुरी, दिल्ली-110 051
शाखाएँ : अशोक राजपथ, साइंस कॉलेज के सामने, पटना-800 006
पहली मंजिल, दरबारी बिल्डिंग, महात्मा गांधी मार्ग, प्रयागराज-211 001
1, अनमोल सोराबजी संतुक लेन, धोबी तलाव, मरीन लाइंस, मुम्बई-400 002
वेबसाइट : www.radhakrishnaprakashan.com
ई-मेल : info@radhakrishnaprakashan.com

मुद्रक
बी.के. ऑफसेट
नवीन शाहदरा, दिल्ली-110 032

NARAK SAFAI
by Arun Thakur, Mahammad Khadas

क्रम

प्रस्तावना *7*

दो शब्द *15*

किसने दी यह सजा 21

भंगियों का आयात 26

अस्पृश्यों में भी अस्पृश्य 34

गुजरात के वणकरों की धज्जियाँ 40

सोने के बजाय 'सोनखत' नसीब हुआ 47

अपनी रौरवमयी परम्परा 53

डबडा नगर तथा लफाटा चाल 76

परिवर्तन की हवा 95

मौत-मिट्टी हुई तो जा सकते हैं, शादी नहीं कर सकते... 110

भूखों मरेंगे किन्तु यह काम नहीं करेंगे 128

जिन्दगी का आदि, मध्य और अन्त भी कर्जे में ही... 137

धर्म, धर्मान्तर और धार्मिक रस्मो-रिवाज 147

समाज और सामाजिक स्थिति 155

आखिरी पड़ाव पर 162

परिशिष्ट *166*

प्रस्तावना

जाति-व्यवस्था की निर्मिति के बारे में साधिकार अभी भी कुछ नहीं कहा जा सकता। किन्तु यह एक कटु सत्य है। प्रखर बुद्धिजीवी भी इस गुत्थी को पूर्णतया नहीं सुलझा पाए हैं। इस हकीकत को स्वीकार करते हुए पिछले तीन-चार सौ वर्षों में ही बनी एक जाति की कर्म-कथा के बारे में एक बात तो डंके की चोट कही जा सकती है कि इस भंगी जाति का जन्म एक व्यावसायिक आवश्यकता थी। इस बारे में शाहजहाँ के जमाने से सबूत उपलब्ध हो सकते हैं। यह तो बाकायदा साबित होता है कि भंगी जाति का जन्म उत्तर भारत (खास कर दिल्ली, हरियाणा, पंजाब, राजस्थान, गुजरात) में हुआ है। सवाल यह है कि पुरानी प्रतिष्ठित जातियों के लोगों के सामने ऐसी कौन-सी मजबूरी थी, जो उन्हें ऐसे मनहूस पेशे से जुड़ना पड़ा? भंगी समाज के लोग वाल्मीकि ऋषि को मानते हैं। बड़े गर्व के साथ वे खुद को राजपूत कुलोत्पन्न बताते हैं, पर अपनी पुरानी जातियों में यह सजा उन्हें क्यों मिली, इसका कोई सन्तोषजनक जवाब नहीं प्राप्त होता। इस क्षेत्र के बुद्धिजीवी भी इस गुत्थी को नहीं सुलझा पाए हैं। यह अत्यधिक खेद का विषय है कि पेशा बदलने के बाद भी भंगी जाति का उन पर लगा ठप्पा मिट नहीं पाता है।

हिन्दुस्तान में हजारों जातियाँ हैं, कृषि की पैदावार बढ़ाने के लिए हम उन्नत किस्म के बीज नहीं पैदा कर सके, किन्तु जातियों की भरपूर फसल अपने-आप ही उग आई। और इन सभी जातियों में संगठन, जात-पंचायत की पकड़, जाति से चिपके रहने की मानवीय प्रवृत्ति, अपनी जाति-सम्बन्धी वृथा, गर्व आदि सभी विशेषताएँ हैं। इस दृष्टि से भारत को यदि कोई जाति-निर्माण के कारखाने की संज्ञा दे, तो गलत नहीं होगा।

भारत में दलित-पिछड़ी जातियों के दुख-दर्द का कोई ओर-छोर नहीं है। अमानुषता और क्रौर्य कदम-कदम पर दिखाई देता है। मूलतया जातियों का ढाँचा

विषमता पर आधारित है। जन्मना चिपके हुए जाति के लेबल को निकाल फेंकने का साहस आम तौर पर कोई दिखाता नहीं। भारतीय समाज-पुरुष जाति-व्यवस्था में ही बिलबिलाता है। इस मानसिक गुलामी का कोई सानी नहीं।

कर्म विपाक सिद्धान्त की बदौलत औसत आदमी धर्म-तत्त्व से अभिन्न रूप से जुड़ा हुआ है। धर्म का हौवा उसे इस कदर आतंकित किए हुए है कि वह उसकी जकड़न से कदापि मुक्त नहीं हो सकता। जन्मना मिली हुई जाति का त्याग नहीं किया जा सकता, अपने हिस्से का दुख भोगना ही चाहिए, यह तो अपना कर्म-फल है, इस जन्म में मुँह फेर लेने पर वह अगले जन्म में भी हमारा पीछा नहीं छोड़ता आदि धारणाएँ कूट-कूटकर हमारे दिमाग में भर दी जाती हैं।

भारत की 'भंगी' जाति भी इसका अपवाद नहीं है। महाराष्ट्र में महार, माँग, चमार, ढोर आदि अस्पृश्य समझी जाने वाली जातियों के साथ ही भंगी का भी जिक्र होता है। इन दिनों दलित, आदिवासी, खानाबदोश, विमुक्त आदि समाज के साहित्यकारों का काफी बोलबाला है। उनके लेखन को राष्ट्रीय एवं अन्तर्राष्ट्रीय स्तर पर मान्यता भी प्राप्त होने लगी है। लेकिन 'भंगी' इसका अपवाद है। इस जाति के लोगों ने लिखने का कोई प्रयास नहीं किया, क्योंकि ये लोग मूलतया मराठी भाषी नहीं हैं तथा गाँवों से और कृषि से उनका कोई विशेष सम्पर्क नहीं रहा। इस समाज में हिन्दी या गुजराती का प्रयोग करने वाले लोग ही अक्सर पाए जाते हैं। औरतों के पहनावे से भी इसी तथ्य की पुष्टि होती है। महाराष्ट्र के वरिष्ठ बुद्धिजीवी और अनुसन्धाता डॉ. य.दि. फड़के के कुशल मार्गदर्शन में मेरे मित्र अरुण ठाकुर एवं महम्मद खडस ने बड़ी मेहनत से इस पुस्तक की सामग्री जुटाई है। उल्लेखनीय है कि मेरे ये दोनों मित्र न बुद्धिजीवी हैं, न ही अनुसन्धाता।

वे 'समता आन्दोलन' नामक पुरोगामी समतावादी संगठन के कार्यकर्ता हैं। और इस संगठन ने भंगी समाज के सर्वेक्षण का काम अपने जिम्मे लिया है। इसी सिलसिले में वे तथा उनके सहयोगी अपने खर्चे से महाराष्ट्र के अन्यान्य भागों के दौरे करते रहे, वहाँ के लोगों से मिलते रहे, भंगियों की स्थिति का मुआयना करते रहे; उनके मकान, रहन-सहन का निरीक्षण करते रहे और उनकी विवशताओं का जायजा लेते रहे। इस दौरान उन्हें जो कुछ दिखाई दिया और उन्होंने जो महसूस किया उसी को इस पुस्तक में उन्होंने अभिव्यक्ति प्रदान की। इस मौलिक कार्य के लिए श्री अरुण ठाकुर, श्री महम्मद खडस और समता आन्दोलन के अन्य सहयोगी यकीनन बधाई के पात्र हैं। भंगी काम के प्रति अक्सर लोग उदासीन होते

हैं या उनके जिक्र से ही लोगों की भौंहें तन जाती हैं। इसी वजह से भंगी इस देश में हमेशा उपेक्षित रहे हैं। सही मायने में ऐसे ही पददलित, उपेक्षित लोगों की जिन्दगी की असलियत पर रोशनी डालने का उनका यह प्रयास इसीलिए तो और भी अधिक सराहनीय बन जाता है।

क्या भंगियों को कभी न्याय मिलेगा? इस सवाल का सही-सही जवाब दे पाना तो मुश्किल है। भंगियों की यह पक्की धारणा है कि सफेदपोश समाज या अन्य उच्चवर्गीय लोग उन्हें सम्मानपूर्वक कतई नहीं समा सकेंगे। वे हीन ग्रन्थि के शिकार हैं। ऐसी स्थिति में भला उन्हें न्याय कहाँ से मिलेगा? न्याय केवल माँगने से नहीं मिलता; उसके लिए जूझना पड़ता है, नौकरी-पेशे से हाथ धोने के लिए तैयार रहना पड़ता है। आर्थिक विषमता के कारण गहरी खाई पैदा हुई है। जिन्दा रहने का साधन कितना ही गलीज क्यों न हो, उसका कारगर विकल्प दिए बिना कोई उसे क्यों छोड़ेगा? बाँध या अन्य सरकारी परियोजनाओं के कारण पीड़ित लोगों का पुनर्वसन तो किया जाता है किन्तु भंगियों के पुनर्वास की आवश्यकता को कोई महसूस ही नहीं करता। जब तक ससम्मान उनके पुनर्वास की योजना न बने, तब तक भंगियों की समस्या अधर में ही लटकी रहेगी।

उच्चवर्णीय लोग इस ओर से आँखें मूँदे हुए हैं। मकानों की आधुनिक रचना में शौचालय चौके की बगल में बने होते हैं, लेकिन भंगियों को अभी हमारे घर में प्रवेश भी नहीं मिल पाया है। किसी निराधार भंगी बालक के शव को उठाने की इनसानियत भी कोई नहीं दिखाता। समाजवादी पार्टी के मेरे एक वरिष्ठ सहकर्मी थे केशवकांत गुंडप्पा जानजोन। वे पुणे छावनी में, सफाई विभाग में ड्राइवर थे। उन्होंने दृढ़ निश्चय किया था कि वे किसी भी कीमत पर अपने बेटे और बहू को इस पेशे में नहीं आने देंगे। लेकिन निरन्तर बढ़ती हुई महँगाई के सामने उन्हें घुटने टेकने पड़े।

स्वतंत्रता-आन्दोलन में सत्याग्रही बनने की अनुमति न मिल पाने की वजह से वे जेल नहीं जा सके। वे सही मायने में स्वतंत्रता-सेनानी थे। गांधी जी में उनकी असीम श्रद्धा थी। गांधी जी के आन्दोलन की वजह से ही इस समस्या की ओर देश की जनता का ध्यान आकृष्ट हुआ। देश तो आजाद हो गया, पर गांधी जी का भंगी-मुक्ति का सपना अभी भी अधूरा ही है। कितनी भयावह और घिनौनी परिस्थितियों में यह काम करना पड़ता है, इस सम्बन्ध में लेखक ने नग्न वास्तविकता हमारे सामने रख दी है। सिर पर मैला ढोने की पद्धति को बन्द करने की सिफारिश कई स्तरों पर की गई और इस दृष्टि से कड़ी कार्रवाई करने के वादे भी कई बार कई

स्तरों पर किए गए। फिर भी स्थिति ज्यों-की-त्यों है। गांधी जी ने भंगी-मुक्ति के मसले को वरीयता दी किन्तु उनके बाद विनोबा जी ने इसे कोई प्राथमिकता नहीं दी। इसी के परिणामस्वरूप साबरमती आश्रम में सफाई-काम के लिए भंगियों को नियुक्त किया जाने लगा। गांधीवादी लोगों ने इस दृष्टि से जो प्रयास किए, उनका जायजा भी लेखकों ने इस पुस्तक में लिया है। लेकिन सवाल यह है कि सर्वोदयी आन्दोलन ने इस ओर से आँखें क्यों मूँद लीं? ठाकुर और खडस ने इस सम्बन्ध में कोई विवेचन नहीं किया। भंगी-मुक्ति के लिए गांधी जी ने जो भी प्रयास किए उनके मूल में क्या हिन्दुत्व निष्ठा नहीं थी? इस बात पर भी विशेष ध्यान नहीं दिया गया है।

गांधी जी के आन्दोलन में 1933 में स्थापित हरिजन सेवक संघ की अध्यक्षता घनश्यामदास बिड़ला जैसे ज्येष्ठ पूँजीपति ने स्वीकार की थी और सुप्रसिद्ध गुजराती समाजसेवी श्री ठक्कर बाप्पा हरिजन सेवक संघ के संयोजक थे। बिड़ला जी ने भंगी कॉलोनियों में भारी संख्या में हिन्दू देवी-देवताओं के मन्दिर बनवाए। ऐसा तो नहीं है कि गांधी जी को इसकी कोई पूर्वसूचना ही न रही हो। श्री ठाकुर और खडस के अनुसार गांधीवादी लोगों की भाषा तो धार्मिक, आध्यात्मिक थी पर उनका नजरिया प्रगतिशील एवं परिवर्तनवादी होता था। श्री अप्पासाहब पटवर्धन, भाई नावरेकर, बाबासाहब बर्वे, श्री वि.ल. फड़के, वियोगी हरि, प्रफुल्लचन्द्र पटनायक आदि महानुभावों की प्रयोगशीलता एवं प्रयासों का जायजा लेखक ने लिया है। भंगी कष्ट-मुक्ति के प्रयास किसी हद तक सफल हुए पर भंगी-मुक्ति के लक्ष्य से अभी हम कोसों दूर हैं। गांधीवादी लोगों का गुस्सा यदा-कदा अनिर्बंध हो जाता है। श्री वि.ल. फड़के कहते हैं कि भंगी-सेवा अत्यधिक महँगी हुए बिना भंगी-मुक्ति सम्भव नहीं। प्रफुल्लचन्द्र पटनायक 'अमानुषता कर' लगाने के पक्ष में हैं। वियोगी हरि को हमारी मनोवृत्ति आग लगे हुए बँगले और बूँद-बूँद पानी से उस आग को बुझाने के विफल प्रयासों जैसी लगती है।

स्वतंत्रता-प्राप्ति के बाद इस समस्या का लगभग सरकारीकरण हुआ। विभिन्न समितियाँ नियुक्त की गईं किन्तु उनकी सिफारिशों पर अमल नहीं के बराबर किया गया।

श्री एन.आर. मलकानी अपनी पुस्तक 'स्वच्छ लोक और अस्वच्छ देश' में हिन्दू-शौचालयों की दु:स्थिति को देखकर लिखते हैं—"दूसरे देशों में न भंगी होते थे, न अब हैं। लेकिन हम खुद भंगियों को नियुक्त करना चाहते हैं। हमारा दावा है कि हम दुनिया के सर्वाधिक साफ-सुथरे इनसान हैं। हमारा अहंकार जितना महान् है, उतना ही हमारा पतन भी।"

सरकारी समितियों की सिफारिशों को ताक पर रखने की प्रवृत्ति पर प्रकाश डालते हुए लेखक ने लिखा है—"सरकारी समितियों की सिफारिशें अब महज पुराण-पोथी बनकर रह गई हैं। सिफारिशें कार्यान्वित करने वाले अधिकारी ही बहाने बनाने में लगे होते हैं। पालिका प्रशासन ही क्यों, कामगार संगठन भी सिफारिशों को समेटकर रखने की प्रवृत्ति का तनिक भी विरोध नहीं करते।"

मेरे एक सहयोगी मित्र डॉ. अनिल अवचट ने भी कुछ वर्षों पहले भंगियों के जीवन का बारीकी से निरीक्षण किया था। उस दौरान वे हर दिन नए-नए तथ्य बतलाया करते थे।

पुणे छावनी में मैला-गाड़ियाँ इकट्ठा करने के बाद ये गाड़ियाँ वहाँ से दूर ले जाई जाती हैं और टंकी का ढक्कन खोलकर बाल्टी भर-भरकर मैला नीचे उड़ेलना पड़ता है। इस दौरान भंगियों को उस मैले से बाकायदा नहाना पड़ता है। नासिक में जो शौचालय हैं, उनका भयावह चित्र तो लेखक ने पेश किया ही है। शौचालय बनाना अनिवार्य किया गया है और इसके लिए नगरपालिकाएँ आर्थिक सहायता भी प्रदान करती हैं। इसके बावजूद भोर (जिला पुणे) के एक मकान मालिक ने खुले मैदान में फारिग होने के अपने मूलभूत अधिकार की रक्षा के लिए उच्चतम न्यायालय का दरवाजा खटखटाने में भी संकोच नहीं किया। उनके मामले में सवाल सिर्फ इतना ही था कि नई-नई बिछाई सीवर लाइनों से शौचालयों को कब और कैसे जोड़ा जाए? और बात कहाँ-से-कहाँ पहुँच गई! बम्बई में अजीब-सी स्थिति सामने आई। महात्मा गांधी जन्म शताब्दी वर्ष के उपलक्ष्य में हमने बम्बई महानगर पालिका से अनुरोध किया था कि जो सफाई कामगार फुटपाथों पर रह रहे हैं उन्हें उनकी समर्पित लम्बी सेवाओं के बदले स्थायी निवास उपलब्ध कराए जाएँ और सेवा समाप्त होने के बाद भी उनसे वह खाली न करवाए जाएँ। व्यवस्था का सवाल हो तो उन्हें उपनगरों में भी समोया जा सकता है। केवल मकान को हाथ से न जाने देने के लिए उन्हें अपने परिवार के किसी-न-किसी सदस्य को इस व्यवसाय में फँसाए रखना पड़ता है। यह सिलसिला वे तोड़ नहीं सकते। इस समस्या की ओर न पालिका ध्यान देती है, न यूनियनें। पुणे महापालिका में ऐसी ही एक मजेदार घटना हुई। वहाँ ड्रेनेज मेंटेनेंस नामक एक विभाग है। इस विभाग में निठल्ले लोगों की भर्ती की जाती है। अक्सर पालिका सभासद अपने पिट्ठुओं-चमचों को इसी विभाग में नौकरी दिलाते हैं। ये सिफारिशी टट्टू सफाईकर्मी के रूप में नौकरी में आ तो जाते हैं, पर मैले को हाथ भी नहीं लगाते। उनकी राय से यह काम भंगियों

को करना चाहिए। भंगी-कामगार संगठन के लोग भी भंगियों के 'एकाधिकार' के पेशाई महत्त्व को कम न होने देने के डर से अपना मुँह न खोलना ही बेहतर मानते हैं। फिलहाल युवकों के सामने बेरोजगारी की समस्या मुँह बाए खड़ी है, तथापि युवक इस पेशे से फौरन अपनी कन्नी काट लेते हैं। जेल में भंगी-काम करने वाले कैदी को सजा की अवधि में रिआयत मिलती है और उन्हें दिहाड़ी भी अधिक मिलती है। कुछेक कैदी हमसे मिलकर अनुरोध किया करते थे—"मेहरबानी करके आप हमारे रिश्तेदारों से या किसी से भी यह मत कहिएगा कि हम भंगी-काम करते हैं वरना वे हमारे हाथ का दिया पानी भी नहीं पिएँगे।"

अधिकांश भंगी शहरों में ही रहते हैं। और शहरों की सफाई-व्यवस्था से ही वे जुड़े हुए हैं। शहर-सफाई विभाग के मैला प्रभाग की सेवा में ही वे अक्सर पाए जाते हैं। उनके सफाई-कामगार संगठन हैं। व्यावसायिक स्तर पर भी अखिल भारतीय सफाई मजदूर जैसी अखिल भारतीय संस्था कार्यरत है। वाल्मीकि समाज जैसा सामाजिक संगठन भी कार्यरत है। भंगियों में हिन्दू-मुसलमान-सिख धर्मावलम्बी होने के अलावा उनकी कई अन्य उप-जातियाँ भी हैं। इस सम्बन्ध में भी लेखक ने काफी जानकारी इकट्ठा की है। महाराष्ट्र तथा देश के अन्य भागों में भी डॉ. अम्बेडकर के दलित-आन्दोलन से यह समाज दूर ही रहा। महात्मा गांधी और कांग्रेस से यह समाज-प्रभावित है। 1980 में गुजरात में आरक्षण विरोधी आन्दोलन शुरू हुआ। उसके बाद भंगी युवकों की अस्मिता ने अपना रंग दिखाना शुरू किया। गुजरात और बम्बई में उन्होंने अन्य दलितों के कन्धे से कन्धा मिलाकर प्रदर्शन किए। सामाजिक समस्याओं की ओर परिवर्तनवादी दृष्टि से देखने के लिए सरकार शायद अभी भी तैयार नहीं। इसलिए सिफारिशें कागजों के पुलिंदों में बन्द रहती हैं और ये लोग उपेक्षा के शिकार बने रहते हैं।

स्थानीय स्वराज्य संस्थाओं को भंगियों के लिए मकान तथा अन्य सुविधाएँ मुहैया कराने के लिए केन्द्र सरकार की ओर से शत-प्रतिशत अनुदान प्राप्त होता है। किन्तु स्थानीय स्वराज्य संस्थाएँ उसका उपयोग करती नहीं दिखाई देतीं।

भंगी स्त्री-पुरुष दोनों सफाई-काम करते हैं, तथापि उनके अपने मकानों की साफ-सफाई भी देखते ही बनती है। किन्तु इस पूरी आपाधापी में औरतों को बेहद कष्ट उठाने पड़ते हैं।

वे खुद को राजपूत या रणबाँकुरे वंश के मानते हैं इसलिए घूँघट ओढ़कर उन्हें रोजाना हाराकिरी करनी पड़ती है। शिक्षा की दृष्टि से यह समाज अत्यंत पिछड़ा हुआ

है। इस पुस्तक में पुणे निवासी इंद्रसेन जाधव का उदाहरण दिया गया है। यदि इस समाज के युवकों में वैसी जीवटता और खुद्दारी हो तो पाँच-पचास वर्षों में स्थिति बदल सकती है। कुछ भंगी युवक ड्राइविंग, ऑटोरिक्शा मैकेनिक आदि पेशे की ओर आकृष्ट हुए हैं। यह सही है कि आधुनिकीकरण की वजह से अब घरों में भंगियों की आवश्यकता नहीं है। किन्तु इसी आधुनिकीकरण और शहरीकरण की बदौलत झुग्गी बस्तियों की बाढ़-सी आ रही है। इसके परिणामस्वरूप स्वास्थ्य-रक्षा के लिए फिर से भंगियों की आवश्यकता पड़ने लगी है। अन्य कोई व्यक्ति यह काम करने के लिए तैयार नहीं होते। इसलिए स्थानीय स्वराज्य संस्थाओं के जिम्मे सार्वजनिक स्वास्थ्य-रक्षा का जो कार्यभार है उसे निभाने का दायित्व अन्ततः भंगियों के सिर पर ही आ जाता है। काम गन्दगीपूर्ण होने से वे व्यसनाधीनता के शिकार हो जाते हैं। आमदनी से अधिक खर्च होने के कारण कर्ज का बोझ बढ़ता है सो अलग। इस प्रकार शोषण का दुश्चक्र तेजी से उन्हें घेर लेता है।

ऐसा लगता है कि भंगी जब तक इस काम को करने से इनकार नहीं करेंगे, उन्हें न्याय नहीं मिलेगा। इस काम से निजात पाने के बाद एक अरसे तक उन पर जातिवाचक ठप्पा तो लगा रहेगा किन्तु धीरे-धीरे उसकी स्याही धुँधली पड़ती जाएगी। विकासमान सम्मानित पुनर्वसन की दृष्टि से भंगियों को संगठित प्रयास करने चाहिए।

भंगी समाज हिन्दू-मुसलमान इन दो खेमों में लगभग बँट गया है किन्तु कोई भी धर्म उनके साथ न्याय नहीं कर रहा। लेखक ने मुसलमान भंगियों के बारे में अलग से एक पूरा अध्याय लिखा है।

प्रगत समाज अक्सर अफ्रीकी काले-गोरे संघर्ष के बारे में बहस करते हैं। गोरों की ज्यादतियों के बारे में यदा-कदा आग भी उगलते हैं। किन्तु दीये तले अँधेरे को दूर करने के प्रति वह पूरी तरह से उदासीन हैं। यदि देश चाहता है कि भंगियों का विकासमान, सम्मानजनक पुनर्वसन किया जाए तो आज तक उनके द्वारा की गई मौलिक सेवा के बदले, उनसे अमानवीय पद्धति से सेवा करवाने के प्रायश्चित्त के रूप में साम्पत्तिक त्याग हमें करना पड़ेगा। उन्हें रहने के लिए मालिकाना अधिकारजनित मकान, अन्यान्य व्यवसाय शुरू करने के लिए अधिकाधिक वित्तीय सहायता, यथासम्भव रूप से उन्हें नौकरियों में स्थान, व्यापक शैक्षणिक सुविधाएँ आदि तरीकों से उनकी सहायता की जा सकती है। महात्मा गांधी भंगी-कन्या को राष्ट्रपति की कुर्सी पर देखना चाहते थे। डॉ. राममनोहर लोहिया ने ग्वालियर में 'महारानी बनाम मेहतरानी' जैसे चुनाव नाट्य को भी आजमाया। लेकिन अब इतने

से काम नहीं चलेगा। शब्द कृति के बिना खोखले होते हैं—इस तथ्य को हमें अच्छी तरह समझ लेना चाहिए। अस्पृश्यों में भी अस्पृश्य समझे जाने वाले इस समाज को न्याय दिलाने का कार्य समाजवादी परिवर्तनवादियों को वरीयता से करना होगा।

भंगी व्यवसाय केवल भारत में ही है—इस बयान की यथार्थता को जाँचने की भी आवश्यकता है। सुदूर पूर्व के कई देशों में अस्पृश्यता का बोलबाला होने का तथ्य प्रकाश में आया है। उदाहरण के लिए जापान की 'एटा', चीन की 'चीऐंन', तिब्बत की 'राग्याप्पा' आदि जातियों को लिया जा सकता है। जापान में भंगी-काम को प्रतिष्ठित व्यवसाय माना जाता था। जापानी किसान अपने घर से मैले का डिब्बा अपने ही सिर पर ढोकर अपने खेत में ले जाते हैं और खाद की तरह उसे उपयोग में लाते हैं। वहाँ शौचालय को 'शेतखाना' कहते हैं। इस खाद को 'सोनखत' कहा जाता है। जापान ने कृषि औद्योगिक क्षेत्र में इतनी सारी प्रगति की है, फिर भी वहाँ 'एटा' क्यों हैं? ब्रह्मदेश में अस्पृश्यता है; लेकिन जाति संस्था नहीं है। इसके विपरीत, कहा जाता है कि श्रीलंका में जाति संस्था नहीं है, अस्पृश्यता नहीं है। अस्पृश्यता की कल्पना के पीछे तीन धारणाओं का समन्वय है। दुनिया के मिजाज में 'दर्जा' अनुस्यूत है ऐसा माननेवाला दर्शन; सामाजिक पदानुक्रम (हायरार्की); तथा पवित्र-भ्रष्ट कल्पनाएँ...यही वे तीन धारणाएँ हैं। इन तीनों पहलुओं से भारतीय भंगी-मुक्ति आन्दोलन की समीक्षा की जानी चाहिए।

यह तो मानना ही पड़ेगा कि डॉ. य.दि. फड़के, महम्मद खडस, अरुण ठाकुर तथा समता आन्दोलन के उनके अन्य सहयोगियों ने एक अत्यंत महत्त्वपूर्ण कार्य किया है।

—डॉ. बाबा आढाव

दो शब्द

ठाणे के खारटन रोड की सफाई-कामगारों की बस्ती में समता आन्दोलन के कार्य-कर्ता 1977 से काम कर रहे हैं। वहाँ काम करते-करते अरुण ठाकुर और महम्मद खडस ने महसूस किया कि अब महाराष्ट्र में—खास कर शहरी भागों में बसे किन्तु अन्यान्य राज्यों से यहाँ आए भंगी, मेहतर, वाल्मीकि, मलकाना, लालबेगी, हलालखोर, मेघवाल आदि जातियों के सफाई-कामगारों की जिन्दगी को नजदीक से देखा जाए तथा बाकी लोगों को भी उससे अवगत कराया जाए। अस्पृश्य समझी जाने वाली जातियों के लोग भी जिन्हें अस्पृश्य मानते हैं ऐसे विभिन्न तबके के लोगों को 1982-85 के दरमियान श्री अरुण ठाकुर और महम्मद खडस ने अत्यंत नजदीक से जाँचा-परखा और इन बेहद उपेक्षित एवं तिरस्कृत लोगों के अन्दरूनी जीवन की विवशताओं को उजागर किया। यह बहुत ही मौलिक कार्य है। ये जातियाँ नरक सफाई का काम करती हैं। सम्भवतया उनके सम्बन्ध में मराठी में लिखी गई यह पहली पुस्तक है।

इससे पहले इन लोगों की नारकीय स्थिति पर पुस्तक लिखने की आवश्यकता भले ही किसी ने महसूस न की हो, शहर-सफाई और ग्राम-सफाई के महत्त्व को जनता के गले से नीचे उतारने की दृष्टि से बड़े-बड़े शहरों में मल-मूत्र निकासी की समुचित उपाय योजना के बारे में महाराष्ट्र के कुछेक समाज सुधारक पिछले लगभग सौ सालों से सोचते रहे हैं। सर्वांगीण सामाजिक सुधार के आग्रही गोपाल गणेश आगरकर ने 6 फरवरी, 1893 को अपने मुखपत्र 'सुधारक' में 'स्वच्छते साठी घाणेरडा विषय' शीर्षक से एक निबन्ध लिखा था। उनकी यह धारणा थी कि प्रत्यक्ष धन्वंतरी जैसे सैनिटरी कमिश्नरों को जुटाकर तथा सीवर लाइनों पर करोड़ों रुपये खर्च करने से सफाई की समस्या हल नहीं हो सकती। गन्दगी को प्रत्यक्ष

उँगलियों से छूकर बाद में उँगलियों को धोते बैठने की अपेक्षा गीले कागज या कपड़े से अप्रत्यक्ष पद्धति से मल-प्रक्षालन किया जाए तो बेहतर होगा। पुराणकथाओं में काल्पनिक नरकलोक का जिक्र आता है। लेकिन आगरकर ने सद्य:प्रसूता के पंकिल कमरे को तत्कालीन नरक की संज्ञा दी थी। आगरकर ने पृथ्वी पर नरक की जो उपर्युक्त कल्पना की थी, वह बाल्टी या टोकरीयुक्त शौचालयों के मामले में भी उतनी ही सही बैठती है।

जेल से रिहा होने पर सेनापति बापट ने मार्च, 1913 में पारनेर लौटकर नरक सफाई के बहाने स्वेच्छापूर्वक झाड़ू, हाथ में उठाई तो आखिरी दम तक नीचे नहीं रखी। जेल में होते हुए भी वे वहाँ के शौचालय साफ किया करते थे और जेल से बाहर किसी अन्य स्थान पर हों तो अपने सफाई दस्ते के साथ नियमित रूप से यह काम किया करते थे। गांधी जी ने भंगी-मुक्ति की दिशा में कदम अवश्य उठाया। किन्तु उनसे भी आठ-दस साल पहले सेनापति बापट ने प्रत्यक्ष कृति से अपने तईं इस सवाल को हल करने का प्रयास किया था। गाडगे महाराज ने भी अत्यंत निष्ठापूर्वक यह काम जिन्दगी-भर किया। भंगी-मुक्ति की समस्या को सही मायने में समूचे देश में गांधी जी ने मुखर किया किन्तु महाराष्ट्र में अप्पासाहब पटवर्धन, मामासाहब फड़के, वि.न. बर्वे जैसे उनके अनुयायी ही इस कार्य के पुरोधा थे। भंगी-मुक्ति का सपना अभी यथार्थ रूप से साकार भले ही न हुआ हो, 1969 में गांधी जन्म शताब्दी के उपलक्ष्य में इस समस्या की ओर फिर एक बार लोगों का ध्यान आकृष्ट हुआ। आज सुलभ शौचालय योजना पर जोर-शोर से अमल किया जा रहा है। किन्तु इस हकीकत को नहीं भुलाया जाना चाहिए कि सबसे पहले बिंदेश्वर पाठक नामक गांधीवादी युवक ने वयोवृद्ध बिहारी गांधीवादी व्यक्ति राजेन्द्रलाल दास के सहयोग से पटना, कलकत्ता आदि शहरों में इस योजना को सफल रूप से कार्यान्वित किया। केवल शहरों में ही क्यों, गाँवों में भी यह योजना अत्यंत कारगर एवं किफायती साबित हुई है। इसीलिए उसका प्रचार-प्रसार जोर-शोर से हो रहा है। जितनी तेजी से इस योजना का विस्तार होगा, उतनी ही तेजी से भंगियों की आवश्यकता घटती चली जाएगी। पहले भंगी कष्टमुक्ति और उसके बाद भंगी-मुक्ति के सपने को साकार करने के लिए आज तक किए गए प्रयास, इस काम में आई बाधाएँ, उसकी सीमाएँ आदि सभी पहलुओं की ऊहापोह इस पुस्तक में ठाकुर-खडस ने की है।

जब ये दोनों लेखक महाराष्ट्र के गाँवों में जाकर सफाई-कामगारों से मुलाकात कर रहे थे और यह पुस्तक छप रही थी, तब भी 1981 की मर्दुमशुमारी की रिपोर्ट

में महाराष्ट्र में इस व्यवसाय के बारे में या इससे सम्बद्ध जातियों के बारे में कोई जानकारी उपलब्ध नहीं थी। हाल ही में अनुसूचित जातियों के सम्बन्ध में एक खास विवरणी प्रकाशित हुई थी। उसकी सहायता से इस व्यवसाय की बारीकियों पर प्रकाश डालना सम्भव हो पाया है। महाराष्ट्र में अनुसूचित जातियों की सूची में 59 जातियाँ शामिल की गई हैं। इनमें केवल—भंगी, मेहतर, ओलगाना, रुखी, मलकाना, हलालखोर, लालबेगी, वाल्मीकि, कोरार, झाडमल्ली—दस का ही उल्लेख है। दस के इस समूह के अलावा महावंशी, धेड और वणकर—इन तीनों के जाति समूह का अलग से जिक्र किया गया है, जबकि इन जातियों के लोग भी सफाई-कामगार हैं। ऐसी ही दो और जातियाँ हैं मेघवाल तथा मेंगवार। विवरणी में इन्हें भी अलग समूह में रखा गया है, जबकि ये भी सफाई-काम से सम्बद्ध हैं। इन तीनों जाति समूहों की जनसंख्या 1981 में 1 लाख 76 हजार 251 बतलाई गई है। इनमें से 1 लाख 59 हजार 605 लोग शहरी भागों में रहते हैं। केवल 16 हजार 445 लोग ही ग्रामीण इलाकों में रहते हैं। ठीक इसके विपरीत पड़ोसी राज्य गुजरात में इन तीनों समूहों के अधिकांश लोग देहातों में रहते हैं। तीनों समूहों की महाराष्ट्र में जो कुल आबादी है उसमें से अकेले बम्बई में ही 77 हजार 365 लोग रहते हैं। उनमें से 37 हजार 263 स्त्री-पुरुष निरक्षर हैं। इसका मतलब यह हुआ कि बृहत्तर बम्बई जैसे औद्योगिक दृष्टि से अत्यंत प्रगत, स्कूल-कॉलेज-यूनिवर्सिटियों जैसी हर तरह की शैक्षणिक सुविधाओं से युक्त महानगर में भी नरक सफाई को जीवनयापन का जरिया मानने वाले लोगों में से 1981 में कम-से-कम 48 प्रतिशत लोग निरक्षर थे।

नरक सफाई के अलावा कोई दूसरी नौकरी करने का निश्चय इन जाति-समूहों के कुछेक लोगों ने किया। लेकिन उसके लिए कम-से-कम मैट्रिक की परीक्षा उत्तीर्ण करना या आई.टी.आई. प्रमाण-पत्र प्राप्त करना आवश्यक हो जाता है। बृहत्तर बम्बई में नरक सफाई करने वालों में से केवल 4894 मैट्रिक पास और 344 स्नातक हैं। भंगी, मलकाना, मेहतर आदि जाति समूहों के लोगों की तुलना में महावंशी तथा मेघवाल समाज के महाविद्यालयीन शिक्षा प्राप्त करने वाले युवकों की संख्या अधिक है। लेकिन इन दो जाति समूहों की संख्या महाराष्ट्र में भंगी, मेहतर, मलकाना आदि जाति समूहों की तुलना में काफी कम है। और ये दोनों जाति-समूह मुख्यतया बृहत्तर बम्बई और ठाणे इन दो जिलों में ही सिमटे हुए हैं।

शिक्षा संस्थाओं तथा सरकारी नौकरियों में अनुसूचित जातियों और जनजातियों के लिए आरक्षण की नीति पिछले चालीस वर्षों से लागू की जा रही है। तथापि

इन सुविधाओं का खास फायदा नरक सफाई का काम करने वाले लोगों को नहीं मिल सका। 1981 की मर्दुमशुमारी के आँकड़ों से तो यही स्पष्ट होता है। महाराष्ट्र में बसे तीनों जाति समूहों के केवल 20 लोग डॉक्टर और 23 लोग इंजीनियर या समकक्ष डिप्लोमाधारी थे। अध्यापन व्यवसाय में भी 18 व्यक्ति थे और 62 स्त्री-पुरुष स्नातकोत्तर उपाधिधारी थे। डॉक्टरों में 17 तथा इंजीनियरों में से 20 बृहत्तर बम्बई में सेवारत थे।

महाराष्ट्र में सफाई काम से सम्बद्ध जो जातियाँ हैं उन जातियों के सफाई-कामगारों की कुल संख्या 58 हजार 108 है। उनमें से 39 हजार 302 स्त्री-पुरुष 1981 में नरक सफाई का काम कर अपनी आजीविका चला रहे थे; इस हकीकत को नजरअन्दाज नहीं किया जाना चाहिए। मैला सिर पर ढोने की पद्धति पर पाबन्दी लगाने वाले कानून कई राज्यों ने बनाए तो हैं, किन्तु बाकी राज्यों ने इस ओर ध्यान देना आवश्यक नहीं समझा। गांधी जी ने अपनी मृत्यु से तीन दिन पहले ही दिल्ली की सायंकालीन प्रार्थना-सभा में पूछा था, "अब तो सरकार हमारी है। फिर भी ऐसी शर्मनाक स्थिति क्यों बरकरार है?" 1959 में तत्कालीन गृहमंत्री श्री गोविन्द वल्लभ पंत ने देश में अभी भी सिर पर मैला ढोने की पद्धति जारी रहने के प्रति सार्वजनिक रूप से गहरा खेद व्यक्त किया था। उसके बाद भारत सरकार ने इस सम्बन्ध में एक समिति भी नियुक्त की थी और इस समिति ने 26 दिसम्बर, 1960 को अपनी रिपोर्ट पेश की थी। 1987 में तत्कालीन प्रधानमंत्री श्री राजीव गांधी ने एक साल में इस अमानुष प्रथा को नष्ट करने का अभिवचन दिया था। 14 जून, 1989 को बैंगलूर की एक सार्वजनिक सभा में उन्होंने फिर एक बार अपनी इस प्रतिबद्धता को दोहराया था, और आवश्यकता पड़ने पर इसके लिए संविधान में संशोधन करने की भी घोषणा की थी। लेकिन अपने शासन-काल के आखिरी दौर में दिल्ली में स्थानीय स्वराज्य संस्थाओं के सम्मेलन में जारी कार्यक्रम-पत्रिका में इस गन्दे विषय का जिक्र तक नहीं किया। राज्यकर्ताओं की कथनी और करनी में कितना अन्तर होता है इसका इससे अच्छा उदाहरण और क्या हो सकता है।

नरक सफाई के काम में हिन्दू, मुसलमान, सिख—तीनों हैं। इस्लाम और सिख जोर-शोर से भले ही कहते हों कि उनका धर्म समानता पर आधारित है, तथापि इस पेशे से सम्बद्ध मुसलमान-सिखों के साथ उनकी जाति में वैसा ही सलूक किया जाता है, जैसा हिन्दू समाज में हिन्दू-भंगियों के साथ किया जाता है। महात्मा गांधी भंगी-मुक्ति के आग्रही इसलिए नहीं थे क्योंकि वे खुद हिन्दू थे। उनका आग्रह तो

यह था कि सफाई-कामगार का धर्म कोई भी हो, एक इनसान होने के नाते किसी भी इनसान से इस तरह का घिनौना काम न करवाया जाए।

सिखों में मजहबी सिख आज भी पंजाब में नरक-सफाई का काम करते हैं। उनके साथ जाट-सिख वैसा ही बरताव करते हैं जैसा उच्च वर्णीय हिन्दू भंगियों के साथ या अश्रफी मुसलमान लालबेगी-मलकाना भंगियों के साथ करते हैं। 1935 में डॉ. बाबा साहब अम्बेडकर ने धर्म-परिवर्तन की घोषणा करने के बाद अपने कुछ चुनिन्दा शागिर्दों को सिख धर्म का प्रशिक्षण प्राप्त करने के लिए अमृतसर भेजा था। उस वक्त मजहबी सिख नेता सरदार किशनसिंह ने डॉ. अम्बेडकर को एक पत्र लिखकर आपबीती बयान की और किसी भी हालत में सिख धर्म स्वीकार न करने का साग्रह अनुरोध किया था, यह उल्लेखनीय है। 1891 की जनगणना रिपोर्ट के अनुसार पंजाब में साढ़े तेरह लाख से अधिक मजहबी सिख थे। उनमें से कोई चार लाख बीस हजार श्रमिक थे और नरक सफाई का काम करने वाले केवल दस हजार कामगार थे। तीन लाख बीस हजार लोग अपना पेशा बदलकर खेतिहर मजदूर बन गए थे। पंजाब में वाल्मीकि, चुहरा और भंगी जातियों के लोगों की संख्या 5 लाख 32 हजार से कुछ अधिक है। इनमें से 1 लाख 58 हजार लोग किसी-न-किसी अन्य पेशे से सम्बद्ध हैं और नरक सफ़ाई के जरिए अपना गुजारा करने वाले लोग केवल 21 हजार से कुछ अधिक हैं। इससे तो यही लगता है कि नरक सफाई से जुड़ी जातियों के लोगों की संख्या महाराष्ट्र की अपेक्षा पंजाब में कहीं अधिक है तथापि वहाँ अधिकांश लोगों ने अपना पारम्परिक पेशा छोड़कर किसी भी अन्य व्यवसाय में जाना बेहतर समझा, किन्तु महाराष्ट्र में ऐसा नहीं हुआ।

इस दृष्टि से, महाराष्ट्र में नरक सफाई के काम से जुड़े तथा इस व्यवसाय से मुक्ति पाने के इच्छुक कामगारों की छीछालेदर हो रही है, उसे महसूस करने में श्री अरुण ठाकुर तथा श्री महम्मद खडस की यह पुस्तक काफी सहायक सिद्ध होगी, इसमें कोई शक नहीं।

—य.दि. फड़के

किसने दी यह सजा

मौजूदा भारतीय समाज-व्यवस्था कुछेक अस्पृश्य जाति के लोगों पर आधारित है तथापि इसके पूर्व रूप को जान लेना आवश्यक है। दुर्भाग्य से प्राचीन भारत में इस व्यवस्था के स्वरूप की ब्योरेवार जानकारी उपलब्ध नहीं हो सकी।

दरअसल प्राचीन भारत में मोहनजोदड़ो, हड़प्पा जैसे शहर थे। उनके सम्बन्ध में मराठी विश्वकोश के आठवें खंड में नगर रचना शीर्षक से जो ब्योरा दिया गया है, उससे वहाँ की सफाई-व्यवस्था का अनुमान लगाया जा सकता है :

"मोहनजोदड़ो के अवशेषों से ज्ञात होता है कि वहाँ आड़े-खड़े राजमार्ग, उनके आसपास नगर के अन्य भागों को जोड़ने वाली छोटी-बड़ी वीथियाँ, जलापूर्ति के लिए खपरैली नल, सीवर लाइन तथा अन्य सुख-सुविधाएँ थीं। घरों के पिछवाड़े कुएँ थे और गँदले पानी की निकासी के लिए ईंटों की नालियाँ बनाई गई थीं। उनमें से कुछेक नालियाँ पानी-रिसाव बड़े घड़ों में तो कुछेक सार्वजनिक नालियों से जोड़ दी जाती थीं।"[1]

इस वर्णन में शौचालयों का स्पष्ट उल्लेख नहीं है। सीवर लाइन केवल गँदले पानी की निकासी के लिए थी, या मल-मूत्र का विसर्जन भी उनके जरिए किया जाता था इस बात की ओर कोई स्पष्ट संकेत उसमें नहीं है। तथापि, ईंटों से बनी कुछेक नालियाँ पानी-रिसाव बड़े घड़ों से जोड़ दी गई थीं, यह उल्लेख महत्त्वपूर्ण है। क्योंकि आज भी मल-निकासी के लिए रिसाव गड्ढों का प्रयोग किया जाता है। इससे तो यही अनुमान लगाया जा सकता है कि मोहनजोदड़ो तथा हड़प्पा में मल-निकासी की सुचारु व्यवस्था थी।

---

1. देवभक्त, भा.ग.; गटणे, कृ.ब.; इनामदार, श्री. दे. 'नगररचना' : मराठी विश्वकोश, खंड 8, सम्पा. लक्ष्मणशास्त्री जोशी। मुम्बई, साहित्य संस्कृति मंडल, 1979, 278-293

तथापि अपने देश में फिलहाल इस पक्ष में इतनी अधिक लापरवाही को देखकर तो इतिहास के ये वर्णन वायवी लगने लगते हैं। यह स्थिति केवल अपने देश में ही नहीं, विदेशों में भी कमोबेश है। रोमन शहरों के सम्बन्ध में यह वर्णन इसी तथ्य की पुष्टि करता है—"रोमन साम्राज्य में नगर-रचना पद्धति चरम पर विकसित थी। शहर में सार्वजनिक शौचालयों का निर्माण मौके की जगहों पर किया गया था। दूर-दराज के इलाकों तक जलापूर्ति के लिए पाइप लाइनें तथा भूमिगत सीवर लाइनें रोमन स्थापत्य-कुशलता को उजागर करती हैं।"[1]

किन्तु मध्ययुगीन यूरोपीय शहरों का वर्णन इसके ठीक विपरीत है। "इस युग में शहरों की संख्या तेजी से बढ़ती गई। उसकी तुलना में मल-निकासी एवं कूड़े-कचरे के विसर्जन की समुचित व्यवस्था न हो पाने के कारण गलाजत और अनारोग्य का निरन्तर बोलबाला होता रहा। 14वीं शताब्दी में हुए 'ब्लैक डेथ' के बाद लंदन में पहली बार सीवर लाइन बिछाई गई। 16वीं शताब्दी तक स्पेन, फ्रांस और इंग्लैंड में शौचालयों की कोई व्यवस्था नहीं थी।"[2]

भारत में भी प्रगत नागरी संस्कृति के नष्ट हो जाने पर वहाँ की सार्वजनिक आरोग्य-रक्षा की सरल-सहज व्यवस्था को भुला दिया गया। भारतीय सफाई-व्यवस्था के क्रमिक विकास के दौरान शौचालयों की रचना में आए परिवर्तन का जायजा लेने की दृष्टि से स्थापत्यशास्त्र में कोई विशेष जानकारी प्राप्त नहीं हुई। लगता है कि मध्ययुग में इस पहलू की ओर ध्यान दिया ही नहीं गया। क्योंकि देश में शहरों की संख्या ज्यादा नहीं थी और गाँवों में इस विषय पर वैज्ञानिक तरीके से सोचने की आवश्यकता कभी महसूस ही नहीं की गई।

यदि यह मान लिया जाए कि प्राचीन भारत में मल-निकासी की कोई-न-कोई व्यवस्था मौजूद थी, तो यह काम किसके जिम्मे था? इस सवाल का कोई जवाब है हमारे पास? प्राचीन भारतीय वाङ्मय में भंगी जाति का कहीं कोई उल्लेख नहीं है। हाँ, धर्मानन्द कौसांबी की पुस्तक 'बौद्ध संघ की विजय' में यह उल्लेख है कि, "सुनीत का जन्म भंगी परिवार में हुआ था। थेरगाथा के बारहवें निपात से उसकी गाथाएँ हैं। उनमें उसका चरित्र-चित्रण है। वह कहता है—'मैं नीच कुल में जनमा था। मेरे परिजन इस कदर गरीब थे कि दो वक्त की रोटी जुटाना भी मुश्किल था।

1. देवभक्त, भा.ग.; गटणे, कृ.ब.; इनामदार, श्री. दे. 'नगररचना' : मराठी विश्वकोश, खंड 8, सम्पा. लक्ष्मणशास्त्री जोशी। मुम्बई, साहित्य संस्कृति मंडल, 1979, 278-298
2. वही

मेरा व्यवसाय निकृष्ट था। मैं भंगी (पुष्क-घड्डक) था। लोग मुझे टालते थे, मेरी भर्त्सना करते थे। फिर भी मैं बड़ी विनम्रता से कई लोगों का अभिवादन किया करता था।'"[1]

इसके अलावा बॉम्बे गजेटियर के आठवें खंड में पृष्ठ 157 पर जरूर लिखा हुआ है कि "भंगी जाति दो हजार वर्षों से है।" किन्तु इसका कोई आधार उन्होंने नहीं दिया है। धर्मानन्द कौसांबी ने जिन ग्रन्थों की ओर इशारा किया है, उन ग्रन्थों के समकालीन अन्य किसी भी ग्रन्थ में भंगी जाति का जिक्र नहीं है। अतएव यह सवाल अनुत्तरित ही रह जाता है कि मौजूदा सफाई-व्यवस्था का उदय कब हुआ था।

महर्षि वि.रा. शिंदे ने अपनी पुस्तक 'भारतीय अस्पृश्यता की समस्या' में लिखा है—"भारत में मुसलमानों के प्रवेश से पहले क्या यहाँ पाखाने की ठीक ऐसी ही व्यवस्था थी, जैसी आज है? यदि हाँ, तो मनुस्मृति में चांडाल के लिए जो काम गिनाए गए हैं, उनमें इसका उल्लेख भी अवश्य ही रहता। इस प्रान्त में नगरपालिकाओं की स्थापना के बाद पाखाने साफ करने के लिए भंगियों को गुजरात और पंजाब से लाया गया था। क्योंकि यहाँ की कोई भी अंत्यज जाति यह काम करने के लिए तैयार नहीं थी। इससे तो यही ध्वनित होता है कि यह पद्धति उत्तर से ही आई होगी। और इस व्यवसाय में अधिकांश मुसलमान होने के कारण यह कहा जा सकता है कि शायद यह मुसलमानों की ही देन हो।"[2] मुसलमानों में चूँकि परदा-पद्धति थी, औरतों के लिए शायद पाखाना-पद्धति आवश्यक हो गई थी।

श्री गौस अंसारी ने भी उत्तर प्रदेश के भंगी समाज में भंगी जाति के बारे में जो आठ कहानियाँ प्रचलित हैं, उनके हवाले से बताया है कि उनमें से पाँच कहानियों पर इस्लाम का प्रभाव अधिक है।[3] उन्होंने यह भी निष्कर्ष निकाला है कि भारत पर इस्लामी हमले से पहले यहाँ भंगी नहीं थे। भंगियों को मेहतर भी कहा जाता है। सोलहवीं सदी में हुमायूँ के घर में काम करने वाले नौकरों को मेहतर ही कहा जाता था—यह भी उन्होंने सबूत के साथ प्रतिपादन किया है।

---

1. कौसांबी, धर्मानन्द। बौद्ध संघाचा परिचय। मुम्बई, मंगेश नारायण कुलकर्णी, 1926, 254-256
2. शिंदे, विट्ठल रामजी। भारतीय अस्पृश्यचेता प्रश्न; मुम्बई, महाराष्ट्र शासन, समाजकल्याण, सांस्कृतिक कार्य, क्रीडा व पर्यटन विभाग, 1976, 195
3. Ansari, Ghaus, Muslim Caste in U.P. An Ethnographic & Folk Culture Pub. 1960. Appendix C.

श्री एन.आर. मलकानी ने भी अपना मत-प्रदर्शन करते हुए लिखा है कि "आधुनिक काल में शहरों के विकास के साथ ही भंगी-पेशा शुरू हुआ। सबसे पहले मुसलमानों ने इस व्यवसाय की नींव रखी। और अंग्रेजों ने इस व्यवसाय को जबरन पुश्तैनी बना दिया और भंगी जाति पर ठप्पा लगा।"[1] ठीक इसी तरह के विचार एम.जे. उषाराव ने भी व्यक्त किए हैं, "उल्लेखनीय है कि हाल के वर्षों में सफाई काम को संस्थागत रूप प्राप्त हुआ। अंग्रेजों के आगमन के पश्चात् सफाई काम संगठित पेशा बन गया। सैनिकी छावनियों तथा नगरपालिकाओं की स्थापना के बाद भंगियों की आवश्यकता तीव्रता से महसूस की गई।"[2]

ब्रिटिश सेना सफाई-पसन्द थी, इसलिए वे भंगियों को अपने साथ ही रखते थे। सम्भवतया इसी के परिणामस्वरूप भंगी देश के अन्यान्य भागों में पहुँच गए। एंथोविन के कोश में भी यही तर्क प्रस्तुत किया गया है कि "सैनिकी छावनियों के साथ ही भंगी उत्तर से अन्य इलाकों में आ बसे होंगे।"[3]

यह तो निर्विवाद सत्य है कि भंगी सैनिकी छावनियों से जुड़े हुए थे। पुणे में भंगियों की अलग-अलग कॉलोनियाँ हैं। उनकी अलग पंचायतें हैं। इन सभी पंचायतों की एक शीर्ष पंचायत होती है जिसे 'ब्रिगेडी पंचायत' कहा जाता है। सेना की ब्रिगेड से ही शायद 'ब्रिगेडी' शब्द लिया गया है। सैनिकी छावनियों तथा नए शहरों की बढ़ती हुई संख्या के कारण सम्भवतया भंगियों की आवश्यकता तीव्रता से महसूस की गई।

'भंगी' शब्द की व्युत्पत्ति के सम्बन्ध में भी कई मत प्रचलित हैं। देहाती पेशे की विशेषता सूचक भी यह शब्द हो सकता है। गुजरात में बाँस की टोकरियाँ बुनने वालों को भंगी कहा जाता है। जाहिर है, कि बाँस को भंग करना पड़ता है इसलिए उन्हें भंगी कहा जाता है। समाज में बाँस की टोकरियाँ बुनने का काम ओछा माना जाता है। पुणे जिले में बेबड ओहल गाँव में बलुतेदारों (पवनी के हकदार व्यक्ति) से बातचीत करते हुए हमने माँग जाति के एक व्यक्ति से पूछा—"क्या आप बाँस का काम करते हैं?" तिस पर उसने तपाक से जवाब दिया, "हम उस तरह का ओछा काम नहीं करते!" एंथोविन के शब्दकोश में उल्लेख है कि, "उच्च वर्ण के

1. Malkani, N.R. Clean People and Unclean Country. New Delhi, National Committee for Gandhi Centenary, 1965, 137
2. Rao, N.J. Usha, Deprived Caste in India. Allahabad, Chug Publication, 62
3. Enthovine, R.E. Tribes and Castes of Bombay, 3 Vol. Bombay, Bombay Govt., 1920. Vol. I. 104

सामाजिक बन्धनों और आचार संहिता का पालन न करने वाले लोगों को बहिष्कृत किया जाता था। और वे ही बाद में भंगी बन गए।"[1] कई भंगियों से बातचीत के दौरान उन्होंने सामाजिक नियमोल्लंघन की इस हकीकत को स्वीकार भी किया।

पता नहीं ऐसी कौन-सी वह जालिम आचार संहिता या सामाजिक बन्धन थे, जिनके उल्लंघन की वजह से पीढ़ी-दर-पीढ़ी नरक सफाई की कड़ी सजा उन्हें मिलती रही?

1. Enthovine, R.E. Tribes and Castes of Bombay, 3 Vol. Bombay, Bombay Govt., 1920. Vol. I. 105

भंगियों का आयात

व्यापारी शासक के रूप में ब्रिटिशों की जड़ें भारत में जमने के साथ ही शहरों की संख्या और विस्तार में वृद्धि होने लगी। शहरी विकास के साथ सफाई-व्यवस्था अभिन्न रूप से जुड़ गई। मिसाल के तौर पर बम्बई के विकास-क्रम पर गौर फरमाना उचित होगा।

1662 में दूसरे चार्ल्स के विवाह में पुर्तगालियों ने बम्बई द्वीप इंग्लैंड को उपहारस्वरूप दे दिया। दर्यावर्दी (समुद्र प्रेमी) लोगों को यह भाँपते देर नहीं लगी कि बम्बई बहुत बढ़िया प्राकृतिक बन्दरगाह है। अतएव इस द्वीप के विकास की पुरजोर कोशिश वे करने लगे। दरअसल छूत की बीमारी से अक्सर घिरे रहने की वजह से बम्बई के विकास में बाधा पड़ रही थी। मौत के इस आक्रमण का मुँहतोड़ जवाब देना आवश्यक था। सार्वजनिक आरोग्य सेवा में सुधार के बिना यह असम्भव था। शहर-सफाई की गम्भीर समस्या पर सोच-विचार के लिए ईस्ट इंडिया कम्पनी के गवर्नर सर ज़ोशिआ चाइल्ड ने 1726 में बम्बई में 'मेयर्स कोर्ट' की स्थापना की। सरकार बम्बई में निरन्तर बढ़ती जा रही अस्वच्छता के प्रति अत्यधिक चिन्तित थी और उसने इस स्थिति से निपटने के लिए खास तौर पर एक वरिष्ठ अधिकारी की नियुक्ति भी की। भंगी, मैला-गाड़ी और उसे खींचने के लिए भैंसे आदि की व्यवस्था की गई।[1] सामान्यतया 1780 तक बम्बई में जनजीवन अनौपचारिक एवं सीधा-सादा था। किन्तु उसके बाद बम्बई व्यापार और राजनीतिक सत्ता का केन्द्र बन गई तथा उसके विस्तार में गति आ गई।[2] 1793 में चार्टर ऐक्ट के अनुसार गवर्नर जनरल को कम्पनी के कर्मचारियों तथा ब्रिटिश नागरिकों में से मद्रास, बम्बई, कलकत्ता

1. गाडगिळ, गंगाधर। मुम्बई आणि मुम्बईकर; नागपुर, सुविचार प्रकाशन मंडळ, 1970, 38
2. वही, 39

में 'जस्टिस ऑफ पीस' की नियुक्ति करने का अधिकार प्राप्त हुआ। न्याय दान के अलावा आरोग्य रक्षा का काम भी उन्हें सौंपा गया। 1845 में 'बोर्ड ऑफ कांजर्वेन्सी' की स्थापना हुई तथा अंग्रेजी अनुशासन के अनुरूप सफाई-व्यवस्था की रूपरेखा बनाने का काम भी शुरू हुआ। किन्तु इस कार्य में सुसूत्रता नहीं आ पाई थी। उन दिनों गन्दगी का इस कदर बोलबाला था कि सालाना तीन-चार हजार लोगों की मृत्यु हो जाती थी।[1] 1864 की पहली छमाही में 6434 लोगों की मृत्यु हुई थी तो आगामी एक साल में यह संख्या बढ़कर 12,284 तक पहुँच गई। जल-मल नि:सारण की घटिया व्यवस्था, हलालखोरों की लापरवाही और आलस्य के कारण ही यह दुर्गति हुई थी। कई लोग तो बाकायदा कूड़े के ढेर पर सोते हुए पाए जाते थे।[2] इसका उपाय करने वाले क्रॉफर्ड ने कहा था, "हलालखोरों ने नागरिकों को कैंची में पकड़ लिया था। वे आपस में शौचालय बाँट तो लेते, पर काम नहीं करते थे। इसलिए मजबूरन नगरपालिका को अपने हलालखोर लाने पड़े।"[3] उससे पहले मकान मालिक खुद ही भंगी को बुलाकर अपने शौचालय की सफाई करवाता था। किन्तु क्रॉफर्ड ने नगरपालिकाओं के जिम्मे यह काम सौंप दिया। "हलालखोरों की संख्या बढ़ाए जाने की सिफारिश 1864 में जे.पी. मंडल ने की थी। 1865 के कानून में हलालखोर-व्यय देना वैकल्पिक था, इसलिए कुछेक मकान मालिक वह देते नहीं थे। सवाल यह था कि उनसे वह खर्च जबरन वसूल किया जाए अथवा उनके शौचालय गन्दे रहने दिए जाएँ।"[4] क्रॉफर्ड ने जबरन वसूली करने का ही निर्णय लिया और समस्या हल हो गई। नगरपालिका ने अपनी निजी सफाई व्यवस्था स्थापन करने का फैसला किया।

हिन्दुस्तान के प्रमुख शहरों में आरोग्यजनित दु:स्थिति को लेकर तथा बुरी आदतों के बारे में सुशिक्षित स्वजनों में भी तीव्र प्रतिक्रिया होने लगी थी।[5] उनकी आदतों को बदलने के लिए वे प्रयासरत थे। तत्कालीन सामाजिक स्थिति एवं जनमानस का ब्योरा 1 जुलाई, 1864 को प्रकाशित मासिक 'शालापत्रक' के 'जरीमारी आणि दुर्गंधी' शीर्षक वाले लेख में मिलता है—"पिछले दो-एक महीनों में चारों ओर बीमारी का बोलबाला रहा। किन्तु बारिश की वजह से उसका जोर कुछ ठंडा पड़

1. गाडगिळ, गंगाधर। मुम्बई आणि मुम्बईकर; नागपुर, सुविचार प्रकाशन मंडळ, 1970, 59
2. आचार्य बाळकृष्ण बापू; शिंगणे, मोरो विनायक। मुम्बईचा वृत्तान्त। सम्पा. बापूराव नाईक मुम्बई, महाराष्ट्र राज्य साहित्य संस्कृति मंडळ, 1980, प्रस्तावना : 59, 62
3. वही, 68
4. वही
5. शिरवाडकर, वि.वा. (सम्पा.) जीवनगंगा। नासिक नगरपालिका व शहर यांची गेल्या शंभर वर्षाची वाटचाल : 1864 से 1964। नासिक नगरपालिका, 1965, 8

गया है। नासिक, सासवड, पनवेल, नारायण गाँव आदि स्थानों पर वह कहर बरपा हुआ था कि पूछो नहीं। पूरे परिवार-के-परिवार उखड़ गए। अतएव ऐसे मामलों में कुछ विचार करना आवश्यक है। इस बीमारी की जड़ें कहाँ हैं, उसका प्रसार कैसे होता है, आदि बातों का पता लगाना होगा। शौच-विधि और लघुशंका पर पाबन्दी तो नहीं लगाई जा सकती। इस विधि को ओछा मानकर उनकी ओर अनदेखी नहीं की जानी चाहिए। इसके परिणामस्वरूप मौके की जगहों पर ये चीजें उभरकर सामने आती हैं। बम्बई जैसे शहरों में गणेशवाडी, फणसवाडी आदि इलाकों में लोग चैन से कैसे रह पाते हैं, पता नहीं!"[1]

इसकी रोकथाम करने की दृष्टि से महाराष्ट्र के कई कस्बों में नगरपालिकाओं की स्थापना की गई। (1) पुणे-1857, (2) येवला-1858, (3) सिन्नर-1860, (4) मालेगाँव-1863, (5) नासिक-1864। इन सभी स्थानीय स्वराज्य संस्थाओं का जोर सफाई-कार्य पर ही अधिक था। इस वजह से इन संस्थाओं को झाड़ू-बुहारी संस्था कहा जाता था। यह वर्णन अत्यंत यथार्थ था। नासिक नगरपालिका के वर्ष 1864 के तुलन-पत्र से इसी तथ्य की पुष्टि हो जाती है। 1864 में नासिक नगरपालिका का कुल वार्षिक व्यय रु. 20,784/- था। इनमें से रु. 17,268/- यानी कुल व्यय की 83 प्रतिशत रकम आरोग्य रक्षा की मद में खर्च की गई थी। इनमें से रु. 7200/- भंगी कामगारों के वेतन का खर्च था, जो 41.68 प्रतिशत के आसपास बैठता है।[2]

बम्बई महानगरपालिका के आरोग्य विभाग का ब्योरा यदि मिलता तो और भी आश्चर्यजनक तथ्य सामने आ सकते थे। नासिक जैसे छोटे शहर में पुराना रिकॉर्ड फौरन उपलब्ध हो सका, लेखा-बहियों की प्रविष्टियाँ आसानी से प्राप्त हो सकीं। किन्तु बम्बई महानगरपालिका अपने पुराने रिकॉर्ड का अता-पता नहीं बता सकी। नगर निगम के आयुक्त श्री तिनईकर ने स्वास्थ्य विभाग के अधिकारियों को हमें सम्पूर्ण सहयोग प्रदान करने की हिदायत दी थी; फिर भी हमें पुराने रिकॉर्ड देखने को नहीं मिल सके। निरन्तर अनुवर्ती कार्रवाई करने के बावजूद हमें सफलता नहीं मिली तो उपलब्ध जानकारी के आधार पर ही हमें लिखना पड़ रहा है।

अंग्रेजों ने लंदन में 14वीं शताब्दी में भूमिगत सीवरेज की व्यवस्था की थी; तो उसी लीक पर चलते हुए, बम्बई में उसी तरह की व्यवस्था वे क्यों नहीं स्थापित

1. हिन्दुस्थानातील स्वच्छता। समाजसेवक : 6-5, दिसम्बर 1925, 292-99
2. शिरवाडकर, वि.वा. (सम्पा.) जीवनगंगा : नासिक नगरपालिका व शहर यांची गेल्या शंभर वर्षाची वाटचाल; 1864 ते 1964। नासिक, नासिक नगरपालिका, 1965,12

कर सके? यहाँ इनसानी मेहनत पर आधारित सफाई-व्यवस्था को ही उन्होंने तरजीह क्यों दी? पानी की कमी की वजह से ड्रेनेज पद्धति की सफाई-व्यवस्था करना शायद सम्भव नहीं हुआ, यह दलील दी जा सकती है तथापि यह सवाल किया जा सकता है कि पानी की किल्लत दूर कर उस व्यवस्था की स्थापना उन्होंने क्यों नहीं की? जलापूर्ति व्यवस्था पर धन खर्च करने की अपेक्षा कामगारों से ही ऐसे कार्य करवाना उन्हें अधिक किफायती पड़ता था। इसलिए भी मानवीय पद्धति को उन्होंने बढ़ावा दिया।

भंगी कौन है?

नगरपालिकाओं की स्थापना के बाद मानवीय परिश्रम पर आधारित सफाई-व्यवस्था का विस्तार होने लगा। सफाई विभाग में काम करने वाले कामगारों को उच्चवर्णीय लोग भंगी कहते हैं। 'भंगी' और 'सफाई-कामगार'—ये दोनों शब्द समानार्थी रूप में भले ही प्रयुक्त होते हों, ये दोनों शब्द विभिन्न कार्यों का संकेत देते हैं। नासिक नगरपालिका की वर्ष 1876 की रिपोर्ट के निम्नलिखित उद्धरण से यह और भी स्पष्ट हो जाता है :

शहर-सफाई का काम स्वास्थ्य अधिकारी की देखरेख में किया जाता है। उनके अधीन सड़क-सफाई के लिए बुहारे (स्वीपर्स) तथा निजी या सार्वजनिक सफाई के लिए भंगी नियुक्त किए जाते हैं।[1]

इससे यही अर्थ ध्वनित होता है कि मानवी मल-मूत्र सफाई का काम भंगियों के जिम्मे था। महाराष्ट्र के जिन शहरों का हमने दौरा किया, उनमें से कहीं भी मराठी भाषी स्थानीय दलित जातियों का कोई भी कामगार भंगी नहीं था। गुजराती और हिन्दी भाषी कामगार ही इस कार्य से सम्बद्ध दिखाई पड़े। इसकी वजह भला क्या हो सकती है?

महर्षि विट्ठल रामजी शिंदे ने लिखा ही है कि स्थानीय अंत्यज जातियों ने भंगी बनना अस्वीकार कर दिया था। महाराष्ट्र की महार, माँग आदि अस्पृश्य जातियाँ इस काम से क्यों और कैसे दूर रहीं? उन्होंने यह काम करना अस्वीकार क्यों किया? उनके इस अस्वीकार को यहाँ के समाज ने कैसे गवारा किया? इन सवालों के जवाब पाने के लिए जाति-व्यवस्था एवं ग्राम-व्यवस्था का ढाँचा, कार्य विभाजन, दर्जे का निर्धारण आदि पहलुओं पर ध्यान देना होगा।

---

1. नासिक नगरपालिका। नासिक नगरपालिका अहवाल 1876, (नासिक नगरपालिका दफ्तर।)

स्व. त्रिं.ना. आत्रे ने अपनी 'गावगाडा' पुस्तक में गाँव के कामगारों के काम तथा दर्जे का ब्योरेवार ऊहापोह किया है :

अंग्रेज सरकार ने सुविधा की दृष्टि से तीन वर्ग बनाए हैं—(1) सरकारोपयोगी, (2) जनोपयोगी, (3) सरकार और जनता दोनों के लिए उपयोगी।[1]

इनमें से सरकारोपयोगी वेतनदारों की सूची में महार, धेड़, माँग जातियों को शामिल किया गया था; वे पहले दर्जे के कामगार थे।

आम तौर पर गाँव के सभी श्रेष्ठ मुकादम 'गाँव मुकादम' कहलाते थे। सामान्यतया उनकी तीन श्रेणियाँ पाई जाती हैं—प्रथम श्रेणी—कारपेंटर, लुहार, चमार, महार।[2]

महार जाति के कामों की फेहरिस्त श्री आत्रे ने यूँ दी है—"महार-जागले पाटील-कुलकर्णी के हरकामे थे। सरकारी काम के सिलसिले में जिन व्यक्तियों की उपस्थिति आवश्यक हो, उन्हें बुलाना, गाँव में कोई अभ्यागत आ जाए, जन्म-मृत्यु हो जाए, अपराध कर्म हो जाए, वैध-अवैध सरकारी जायदाद, वृक्ष-सीमा-संकेतों का उल्लंघन हो जाए अथवा सरकारी आस्तियों पर कोई धावा बोले...तो ऐसी समस्त जानकारी पाटील-कुलकर्णी को उपलब्ध कराना, साफ-सफाई का समुचित प्रबन्ध करना, गश्त लगाना, पाटील-कुलकर्णी के साथ सरकारी दौरों पर जाना, पलटन का बन्दोबस्त, सरकारी अधिकारियों की खातिर-तवज्जो, गाड़ियों की पड़ताल आदि कामों में पाटील-कुलकर्णी की मदद करना।"[3]

इससे तो यही जाहिर होता है कि नागरी और फौजदारी—दोनों तरह के काम महारों के जिम्मे थे। इनमें से गाँव-शहर की साफ-सफाई के काम का मुद्दा विवादास्पद बना और अन्ततः 28 जून, 1888 को एक विशेष फरमान जारी कर सरकार को स्पष्ट करना पड़ा :

"गाँव-कस्बे की साफ-सफाई का काम मूलतया महारों का है। यह काम निजी नहीं, सरकारी है। यह कतई न समझा जाए कि यह घरेलू काम है। (निर्णय क्र. 4273)।"[4] इसके बावजूद मुख्य रूप से सफाई का काम महारों के जिम्मे कभी था ही नहीं। श्री म. माटे ने 'अस्पृश्यांचे प्रश्न' नामक पुस्तक में 52 अधिकारों की सूची दी है। उसमें अस्पृश्यों के कामों का भी जिक्र है। उनमें सफाई-काम शामिल नहीं है।

---

1. आत्रे, त्रिं.ना. गावगाडा, 3री आ. मुम्बई, ह. वि., मोटे प्रकाशन, 1959, 30
2. वही, 31
3. वही, 63
4. वही, 65

महारों का दर्जा 'अर्ध सरकारी गाँव मुकादम' है। इसी काम के लिए उन्हें सरकारी जमीन बख्शीश में मिली है। उन्हें गाँवजोशी की तुलना में अधिक लेहना प्राप्त करने का अधिकार इसी उपयुक्त नागरी सेवाओं की वजह से है। इसीलिए महारों ने सफाई काम को पेशे के तौर पर कभी स्वीकार ही नहीं किया। 1888 में एक फतवा जारी कर यह काम महारों पर थोपने का प्रयास अवश्य किया गया था, पर महारों ने उसे नहीं माना। त्रिं.ना. आत्रे लिखते हैं : "सड़कें साफ करने से वे साफ मना कर देते हैं। कोई बड़ा अधिकारी आने वाला हो तो साफ-सफाई का आग्रह गाँव वालों से करते हैं और खुद चावड़ी के सामने या मौके के स्थानों पर झाड़ू लगाते हैं।"[1]

इसे महज लापरवाही बरतना नहीं कहा जा सकता। क्योंकि ऐसी कोई लापरवाही बरतना उन्हें काफी महँगा पड़ सकता था। उन्हें पक्का मालूम था कि यह काम उनका है ही नहीं। अतएव अतिरिक्त काम थोपे जाने की इस ज्यादती को स्वीकार करने के लिए वे कदापि तैयार नहीं थे।

सफाई-काम को सूत्रबद्ध जामा पहनाकर, इस काम की आकस्मिकता को नियमित ढाँचे में ढालने का काम अंग्रेजी हुकूमत ने शुरू किया। पर उन्होंने सफाई-काम 'सब घोड़े बारह टके' के हिसाब से सभी महारों पर इसीलिए तो नहीं थोपा।

देहाती सफाई के लिए सन् 1889 में 'बम्बई अधिनियम' बना। उसके तहत सैनिटरी समिति या बोर्ड की स्थापना की गई और इस अधिनियम की धारा 42 के अधीन गाँव के जिन महार-माँगों को जो जमीन दी गई है या लेहना दिया जाता है, उनमें से कुछ लोगों को सरकार समिति को सौंप देती है और समिति के आदेशानुसार उन्हें गाँव की सफाई करनी होती है।[2]

किन्तु यहाँ सफाई-काम से तात्पर्य मुख्यतया सड़कों की सफाई से ही था। क्योंकि उन दिनों गाँवों में शौचालय थे ही नहीं, इसलिए शौचालयों की सफाई का सवाल ही नहीं उठता था।

अंग्रेज सरकार आम तौर पर यहाँ की जाति-प्रथा से किसी भी तरह की छेड़खानी करने से कतराती थी। वह कितनी अधिक नीतिगत सतर्कता बरतती थी, यह निम्न उदाहरण से स्पष्ट हो जाएगा।

---

1. आत्रे, त्रिं.ना. गावगाडा, 3री आ. मुम्बई, ह. वि., मोटे प्रकाशन, 1959, 65
2. वही

लोग तो गुलामों की खरीद-बिक्री में भी जाति-प्रथा का अनुपालन किए जाने के आग्रही थे। इसमें थोड़ी-सी भी कोर-कसर रह जाए तो लोगों में असन्तोष फैलता था। इस स्थिति से बचने के लिए कम्पनी सरकार ने एक आदेश जारी किया था, जो जाति-प्रथा के अमानुष अनुशासन की दुहाई देता है :

"बम्बई सरकार का परिपत्र 22 मई, 1741—बम्बईवासी अपने गुलामों की बिक्री भिन्न जातियों में करते हैं। एक बार नहीं, कई बार यह पाया गया है। इसके परिणामस्वरूप असन्तोष पैदा हो जाता है और मुसीबतें खड़ी हो जाती हैं। कुछ इसी आशय की अर्जियाँ मराठे 'कम्पनी सरकार' को भेज रहे हैं। भविष्य में इस तरह की शिकायती-अर्जियों की संख्या कम करने की दृष्टि से एक सार्वजनिक अधिसूचना जारी की जा रही है। तदनुसार अपनी जाति के अलावा अन्य जाति में गुलामों की बिक्री करने पर 100 रु. जुर्माना किया जाएगा।[1]

गुलामों की खरीद-फरोख्त को जाति परम्परा की सुसंगति से जोड़ने में पूरा एहतियात बरतने वाली सरकार और समाज महारों की परम्परा के निर्वाह के प्रति पूरी सावधानी बरते—यह स्वाभाविक ही है। 1803-1804 के अकाल के बाद घाटी (मध्य महाराष्ट्र) के लोग बम्बई आ धमके, किन्तु शहरी सफाई काम में भी महारों ने सड़क सफाई का काम ही स्वीकार किया। महाराष्ट्र में भंगियों की किल्लत के बारे में श्री एम.आर. मलकानी ने आश्चर्य व्यक्त किया है।

सम्भवतया अस्पृश्य जातियों में केवल भंगी ही स्थलांतरित जाति नजर आती है। पूर्व का संयुक्त प्रान्त (आज का उत्तर प्रदेश) ही वह राज्य है जो बंगाल, असम, सैनिकी छावनियों वाले शहरों तथा बर्मा, मॉरीशस आदि विदेशों को भी वाल्मीकि भंगियों की सप्लाई करता है। इस प्रकार भंगी देश के विभिन्न इलाकों और विदेश भी पहुँच गए।

"यह बड़ी ही विचित्र-सी हकीकत है कि महाराष्ट्र में स्थानीय भंगी मिलते ही नहीं। गुजरात, आन्ध्र प्रदेश से यहाँ भंगी आते हैं। पंजाबी, राजस्थानी भंगी अपने मुसलमान या अंग्रेज मालिकों के साथ ही शायद दक्षिण भारत पहुँच गए।"[2]

---

1. Govt. of India. Gazetteer of Bombay Presidency, Statistical Account of the Town & Island of Bombay-Vol. II. 1894, 255
2. Malkani, N.R. Clean People and Unclean Country, New Delhi. Subcommittee for Social Programmes; National Committee for the Gandhi Centenary, 1965, 134

1864 में ही तत्कालीन आयुक्त क्रॉफर्ड ने इस हकीकत से वाक़िफ़ कराया था कि बम्बई में शौचालयों की सफाई का काम निजी भंगियों को सौंपे जाने के कारण आरोग्य-रक्षा की स्थिति चौपट हो गई है। यह तो हम देख ही चुके हैं कि इस स्थिति से पार पाने के लिए बम्बई नगरपालिका से क्रॉफर्ड ने सिफारिश की थी कि वह अपने स्तर पर हलालखोर भंगियों की नियुक्ति करे। नगरपालिकाओं के आधार स्तम्भ बने ये हलालखोर भंगी आखिर आए कहाँ से? उन्होंने यह काम स्वीकार ही क्यों किया? आदि कई सवाल यहाँ पैदा हो जाते हैं।

अस्पृश्यों में भी अस्पृश्य

बम्बई में जिन्दगी-भर भंगन के रूप में काम करने के बाद निवृत्त जीवन बिता रही वृद्धा पारूबाई सोलंकी से हमने उनके अनुभवों, उतार-चढ़ावों के बारे में जानना चाहा। उन्हें काम के प्रति नहीं, बल्कि लोगों के 'भंगन' कहे जाने से शिकायत थी। उन्होंने कहा, "लोग हमें भंगी कहते हैं। किन्तु असल में हम भंगी नहीं, वणकर हैं। हमारे गाँव में भंगी अलग होते हैं। हम तो उन्हें छूते भी नहीं।"

इसका मतलब यह हुआ कि गुजरात में भंगियों की अलग जमात भले ही हो, महाराष्ट्र में भंगी व्यवसाय में भर्ती हुए सभी लोग इसी एक जाति के नहीं हैं। इस व्यवसाय से जुड़े सभी लोगों को हम भले ही भंगी कहते हों, उनमें धेड़, वणकर, चमार, खलप, वाल्मीकि, लालबेगी, शेख, मलकाना आदि कई जातियाँ समाविष्ट हैं। पारूबाई की शिकायत से तो यही जाहिर होता है कि उन्हें अपनी मूल जाति के प्रति कितना अधिक लगाव है, कितना गर्व है। महाराष्ट्र के कई शहरों की स्थिति का जायजा लेने के बाद उनके अन्दरूनी भेदभावों का पता हमें चल सका। अनुसन्धानकर्ताओं का विचार है कि तुर्कों के आगमन के बाद ही इस व्यवसाय की शुरुआत हुई। अतएव भंगी जाति का उल्लेख कहीं नहीं है। स्टीफन फ्यूकस ने मध्य प्रदेश के निमाड़ जिले के भंगियों का सर्वेक्षण किया था। अपनी सर्वेक्षण-रिपोर्ट में जो जानकारी उन्होंने दर्ज की थी, वह उल्लेखनीय है।

निमाड़ जिले के भंगियों की ऐतिहासिक या पौराणिक परम्परा नहीं है। उनकी जाति या निकृष्ट कार्य आदि का कोई भी पारम्परिक सन्दर्भ नहीं मिलता।[1]

---

1. Fuchs, Stephen. The Scavengers of the Nimar Dist, is M.P., Journal of the Bombay Branch of the Royal Asiatic Society, 1951, 85

अधिकृत जाति-व्यवस्था रहित यह जाति बनी तो कैसे? महाराष्ट्रीय ज्ञानकोश (भ) 4 में भंगियों के बारे में लिखा है :

"मल-मूत्र उठाने के पेशे की वजह से यह वर्ग बना है। अतएव जाहिर है कि उनमें सिख, हिन्दू, मुसलमान आदि सभी धर्मों के लोग हैं। सबसे अधिक भंगी संयुक्त प्रान्त और बम्बई इलाके में हैं। इनके अलावा चुहरा, हलालखोर, मेहतर आदि उनकी अन्य जातियाँ हैं। यदि इन्हें भी भंगियों में शामिल किया जाए तो उनकी संख्या और अधिक हो जाएगी। भंगी अस्पृश्य माने जाते हैं। उन्होंने मैला ढोना क्यों स्वीकार किया, इसके कई कारण हो सकते हैं। वे सम्भवतया प्रतिलोम संतति होंगे, प्राचीन अनार्यों में से होंगे अथवा दलित करार दिए गए होंगे।"[1] एन्थेविन के कोश में भी भंगी के प्रतिलोम-विवाह की संतति होने की सम्भावना व्यक्त की गई है।[2] प्रतिलोम से तात्पर्य है कि उच्चवर्णीय औरत तथा निम्नवर्णीय पुरुष का मिलन। किन्तु परम्परानुसार प्रतिलोम विवाह की संतति को चांडाल माना जाता है, और चांडालों के लिए मनुस्मृति में जो काम गिनाए गए हैं, उनमें भंगी-कर्म नहीं है—यह तथ्य वि.रा. शिंदे ने उजागर किया है।[3]

स्टीफन फ्यूकस निमाड़ जिले के अपने सर्वेक्षण से निष्कर्ष निकाले हैं कि : "निमाड़ के मेहतर मिश्र वांशिक हैं। क्योंकि वे अपनी जाति में औरों को मुक्त-प्रवेश देते हैं। किसी भी जाति के सामाजिक या नैतिक कारणों से बहिष्कृत व्यक्ति इस जाति के साये में चले आते हैं।"[4] अन्य लोगों को भंगी जाति में शामिल कर लेने की विधि का ब्योरा स्टीफन फ्यूकस ने इस प्रकार दिया है : "यह एक सामान्य विधि है। जो व्यक्ति जाति-प्रवेश के लिए इच्छुक है और उस जाति के प्रमुख लोग एवं नेताओं (पटेल) की सहमति है तो मेहतर नाई प्रवेश-इच्छुक व्यक्ति का सिर मूँड़ता है, मेहतरों द्वारा लाए गए पानी से नहाता है, नवागत बनने के बाद जात-पटेल को सात रुपये देता है और सभी मेहतरों को खाना खिलाता है। सह भोजन का आयोजन ही इस बात का प्रतीक है कि उसे जाति में प्रवेश मिल गया है। गरीबों को किसी

1. केतकर, श्रीधर व्यंकटेश। (सम्पा.) महाराष्ट्रीय ज्ञानकोश, (भ) खंड 4
2. Enthovine, R.E. Tribes and Castes of Bombay. 3 Vols. Bombay, Bombay Govt. 1920, Vol. I, 105
3. शिंदे, विट्ठल रामजी। भारतीय अस्पृश्यचेता प्रश्न; मुम्बई, महाराष्ट्र शासन समाज कल्याण, सांस्कृतिक कार्य, क्रीडा व पर्यटन विभाग, 1976, 195
4. Fuchs, Stephen. The Scavengers of the Nimar Dist., in M.P., Journal of the Bombay Branch of the Royal Asiatic Society, 1951, 87

भी औपचारिकता के बिना जाति में शामिल कर लिया जाता है। महार-चमार आदि निकृष्ट जातियाँ भंगी जाति में प्रवेश किए हुए मूल व्यक्ति को पुन: अपनी पूर्व जाति में नहीं लेतीं।"[1]

इस प्रकार बाहरी औपचारिकताओं से जाति-परिवर्तन का यह अनोखा तरीका है। दरअसल जाति जन्मना प्राप्त होती है, औपचारिकताओं से नहीं। धर्म-परिवर्तन तो हो सकता है, जाति-परिवर्तन नहीं। अतएव ऊपर बतलाई गई विधि को क्या जाति-प्रवेश की विधि माना जाए? हमने जो सर्वेक्षण किया उसमें एक भी व्यक्ति ऐसा नहीं मिला, जो अपने-आप को भंगी कहता हो। ऐसा हर व्यक्ति खुद को वाल्मीकि, वणकर, मेघवाल, चमार आदि विभिन्न जातियों का एक पुर्जा मानते थे। जात-निकाला दिए गए लोगों की एक अलग जाति बन गई, पर उन्हें कहीं कोई स्थान न होने से उन्होंने यह पेशा स्वीकार किया होगा—यह मानना भी जायज प्रतीत नहीं होता। क्योंकि गुजरात के अलावा अन्य कहीं भी जातिवाचक 'भंगी' शब्द का प्रयोग नहीं होता। भंगी कहलाए जाने वाले गुजराती भाइयों का पूर्वेतिहास भी दिलचस्प है। अतएव इसका ब्योरा जान लेने के इरादे से हमने गुजरात में ग्रामीण जाति-व्यवस्था का गहन अध्ययन करने का प्रयास किया और उसमें से आश्चर्यजनक तथ्य सामने आए हैं।

प्रा. आई.पी. देसाई ने 'ग्रामीण गुजराती अस्पृश्यता' नामक पुस्तक में गुजरात में अस्पृश्य जातियों की संरचना का विस्तृत ब्योरा दिया है। 'ग्रामीण' गुजरात में अस्पृश्यों से निम्नलिखित अस्वच्छ काम करवाए जाते हैं :

1. मृत पशुओं को ठिकाने लगाना और उनकी चमड़ी निकालना।
2. मृत कुत्ते-बिल्लियों को ठिकाने लगाना।
3. गाँव के गली-कूचों की सफाई।

गाँवों में शौचालय नहीं होते तथापि यदि हों, तो उम्मीद की जाती है कि उनकी सफाई अस्पृश्य करें। उपर्युक्त तीन में से पहला काम चमार, खलप, चमड़िया आदि जातियों के लोग करते हैं। दूसरा और तीसरा काम भंगी करते हैं और वे समूचे गुजरात में हैं।

गुजरात में मेघवाल जाति के लोग सबसे अधिक संख्या में पाए जाते हैं। उन्हीं को धेड़, मायावंशी, वणकर भी कहा जाता है। इन जातियों के लोग अमूमन अस्वच्छता-सफाई का कोई भी काम नहीं करते। पर यदि अन्य किसी भी अस्पृश्य जाति का कोई

1. Fuchs, Stephen. The Scavengers of the Nimar Dist., in M.P., Journal of the Bombay Branch of the Royal Asiatic Society, 1951, 87

व्यक्ति न उपलब्ध हो, तो उन्हें सफाई भी करनी पड़ती है। क्योंकि स्पृश्य समाज की निकृष्ट समझी जाने वाली जाति से भी सफाई-काम की अपेक्षा नहीं की जाती।[1]

सफाई का काम करने वाली तथा न करने वाली अस्पृश्य जातियों के आपसी सम्बन्ध भी जाति-व्यवस्था के अनुरूप ही उच्च-नीच संकेतों पर आधारित होते हैं। श्री के.बी. व्यास ने अपने शोध-प्रबन्ध में इसकी समुचित जानकारी दी है।

"वणकर, चमार, गरोड जातियाँ एक समूह की मानी जाती हैं। आर्थिक और सामाजिक दृष्टि से भी उनमें काफी समानता है। भंगियों का अलग समूह है। उनकी कद-काठी, उनका समाजार्थिक जीवन उक्त तीन जातियों से श्रेष्ठ माना जाता है। भंगी अस्पृश्यों के अस्पृश्य हैं। वणकर और चमारों से सम्बन्ध रखने से वे कतराते हैं, उन्हें निकृष्टतम, अछूत मानते हैं।"[2]

स्टीफन फ्यूकस ने निमाड़ जिले की अस्पृश्य जातियों के आपसी सम्बन्धों का विवरण अपनी सर्वेक्षण-रिपोर्ट में दिया है। उन्होंने बलाई (देहाती बुनकर), चमार आदि अस्पृश्य जातियों को मेहतरों को अस्पृश्य मानते हुए पाया है।[3] इतना ही नहीं, उनकी प्रतिक्रिया स्पृश्य हिन्दुओं से भी अधिक तीखी होती है। मेहतरों को छुआ भोजन स्पृश्य हिन्दू केवल फेंक देते हैं किन्तु बलाई तो भोजन के साथ-साथ आटा-दाल भी फेंक देते हैं। मिट्टी के बर्तन-घड़े आदि भी फोड़ देते हैं।[4]

श्री बी.के. व्यास ने वणकर और भंगियों में निम्नलिखित अन्तर दर्शाया है : "वणकर-चमार भंगियों से अधिक कद्दावर और तीखे नाक-नक्श वाले होते हैं। फसल-कटाई के मौसम में वणकर-चमार खेतिहर मजदूर के तौर पर काम करते हैं। जबकि भंगियों को कमजोर माना जाता है। उन्हें कृषि-कार्यों में नहीं लिया जाता। आमतौर पर वे सफाई, टोकरियाँ बुनना, ढोल बजाना आदि विशेष परिश्रम-रहित कार्य करते हैं[5] जैसा कि 'वणकर' नाम से ही ध्वनित होता है, वे कृषि-कार्यों के अलावा मोटा-खुरदरा वस्त्र भी बुनते थे। उनके अन्य कार्य महारों के काम से ही मिलते-जुलते होते हैं।"

---

1. Desai, I.P. Untouchability in Rural Gujarat. Bombay, Popular Prakashan, 1976, 139
2. Vyas, K.B. The Untouchables of Kathiawar : A Socio-economic Survey. (Thesis) Chapter II. 5
3. Fuchs, Stephen. The Scavengers of the Nimar Dist. in M.P., Journal of the Bombay Branch of the Royal Asiatic Society. 1951, 92-93
4. वही, 93
5. Vyas, K.B. The Untouchables of Kathiawar : A Socio-economic Survey. (Thesis), Chapter II. 5

"धेड़ों को चमारों से श्रेष्ठ माना जाता है। मृत पशुओं को ठिकाने लगाने के काम के अलावा उनसे अन्य कोई काम नहीं करवाया जाता। पूर्व में वे मोटे-खुरदरे वस्त्र की बुनाई का काम करते थे। इसके अलावा सरकारी तिजोरियों का स्थानान्तरण, बोझ ढोना, हरकारे का काम करना आदि जिम्मेदारियाँ उन्हें निभानी पड़ती थीं।"[1] इस काम के बदले उन्हें खेती योग्य जमीन दी जाती थी और उसका लगान नहीं लिया जाता था। भंगियों से कुछ-कुछ अलग ही दिखाई पड़ते हैं वे। "वणकरों की तुलना में भंगी ज्यादातर काले होते हैं। वणकरों का चेहरा गोल और रंग थोड़ा-सा उजला होता है। भंगियों के गालों की हड्डियाँ उभरी हुईं और रंग अपेक्षया काला होने से वे फौरन पहचाने जा सकते हैं। उनके रीति-रिवाज भी अलग होते हैं।"[2]

महाराष्ट्र में भंगी के तौर पर काम करने वाले गुजराती भाषी लोग अपनी खूबसूरती के कारण आकर्षक लगते हैं। वणकर जाति का वर्णन उन पर हूबहू लागू हो जाता है। रेवरंड जे.एस. टेलॉन ने भी कहा है कि धेड़-वणकर खेतिहर-मछुआरों की तरह दिखते हैं।[3]

यही धेड़ गुजरात के अन्यान्य भागों में मेघवाल, मायावंशी, वणकर के रूप में भी जाने जाते हैं। इनमें से मेघवाल नाम प्राप्त होने के सम्बन्ध में एक किंवदन्ती है।[4]

"सिद्धराजा के जमाने में (1094 से 1193) पाटण के तालाब में पानी रहता ही नहीं था। अतएव वहाँ बलि चढ़ाने का निर्णय लिया गया। बलि का बकरा बनाया गया मायो अथवा मेघ को, जो धेड़ जाति का था। मायो बलि चढ़ने के लिए राजी तो हुआ किन्तु इसके बदले में उसने धेड़ जाति पर लगे यंत्रणादायी प्रतिबन्धों को हटाने की माँग की। जैसे—धेड़ों को बारहसिंघे का सींग अपने कमर से लटकाए रखने की अनिवार्यता थी। किन्तु मेघ के बलिदान के बाद यह अनिवार्यता समाप्त हुई।"[5]

---

1. Govt. of India. Gazetteer of Bombay Presidency, Gujarat Population-Hindu, Vol. IX Part I. 1901, 338
2. Vyas, K.B. The Untouchables of Kathiawar : A Socio-economic Survey, (Thesis) Chapter II. 5
3. Govt. of India. Gazetteer of Bombay Presidency. Gujarat Population—Hindu. Vol. IX. Part I. 1901, 338
4. Mehta, B.H. Social & Economic Condition of the Meghwal—Untouchables of Bombay City (Thesis), Vol. I. Part I. 12
5. Desai, I.P. Untouchability in Rural Gujarat. Bombay, Popular Prakashan, 1976, 41

मेघवाल खुद तो अस्पृश्यता के दायरे से बाहर आ जाना चाहते थे किन्तु भंगियों को वे अस्पृश्य ही मानते थे। श्री आई.पी. देसाई ने गुजरात के 66 गाँवों का सर्वेक्षण करने के बाद पाया कि उनमें से 34 गाँवों में अन्य अस्पृश्य जातियाँ भंगियों को अस्पृश्य मानती थीं। इसकी भी एक मजेदार वजह है।

एक चमार के कथनानुसार "हम भंगियों को नहीं छूते। उनसे अन्न ग्रहण नहीं करते। यह तो पुराना रिवाज है। वे हीन, निकृष्ट जाति के हैं। क्योंकि मरे हुए कुत्ते-बिल्लियों को ढोना उनका फर्ज है। हम मरे हुए जानवरों को ढोते तो हैं, किन्तु वे जानवर जीते-जी दूध देते हैं, खेती के काम में सहायक होते हैं; जबकि कुत्ते-बिल्लियाँ किसी काम की नहीं होतीं। इसीलिए हम भंगियों से श्रेष्ठ हैं।"[1]

श्रेष्ठत्व की कल्पना और उसे सिद्ध करने के लिए की जाने वाली हास्यास्पद दलीलबाजी बेतुकी तो है, किन्तु हमारी जाति-व्यवस्था में ऐसी स्थितियाँ अक्सर देखने में आती हैं।

उक्त जानकारी से यह स्पष्ट हो जाता है कि वणकर भंगियों से बिलकुल अलग हैं। उनका व्यवसाय भी अलग है और तीखे नाक-नक्श के कारण वे भंगियों से अलग दिखाई देते हैं, उच्चवर्णियों के समीपवर्ती होने का आभास दिलाते हैं। वे खुद को भंगियों से श्रेष्ठ मानते हैं और उनके व्यवहार से भी ऐसा प्रतीत होता है। उनका रहन-सहन, रीति-रिवाज भी भंगियों से अलग हैं।

इसके बावजूद अस्पृश्यों में जातीय एवं व्यावसायिक दृष्टि से श्रेष्ठ समझा जाने वाला यह वर्ग निम्न स्तर पर क्यों और कैसे आ गया? या कि धकेल दिया गया? अत्यंत हीन समझा जाने वाला काम उन्होंने आखिर क्यों स्वीकार किया? इन सवालों की जड़ में पहुँचने पर हमें पता चलता है कि वरिष्ठ जाति समूह अधिक ऐश-ओ-आराम की प्रगत जिन्दगी की ओर ज्योंही अग्रसर होने लगते हैं, उनकी लापरवाही और बेमुरव्वती के कारण निकृष्ट जाति समूहों की और अधिक अवनति एवं दुर्गति हो जाती है। इस प्रकार इन दोनों के बीच की खाई अधिक चौड़ी होती नजर आती है।

---

1. Desai, I.P. Untouchability in Rural Gujarat. Bombay, Popular Prakashan, 1976, 45

गुजरात के वणकरों की धज्जियाँ

अपना गाँव छोड़कर दूसरी जगह जा बसने के लिए यूँ ही तो कोई तैयार नहीं होता। भारी मात्रा में इस तरह का स्थलांतर सम्भवतया तीन वजहों से किया जाता है : (1) अकाल, (2) छूत की बीमारियाँ, (3) युद्ध। वाल्मीकि और वणकर समूह के स्थलांतर का जायजा लेने का प्रयास हमने किया। किन्तु वाल्मीकियों के सम्बन्ध में अत्यल्प जानकारी हमें उपलब्ध हो सकी। इसके अलावा मूल गाँव में वाल्मीकियों का दर्जा भी यहाँ से कोई खास अलग नहीं था। इस समूह के अधिकांश लोगों ने 'वहाँ भी सफाई करते थे, यहाँ भी करते हैं' कहा। उत्तर प्रदेश, हरियाणा के जमींदारों की हवेलियों और तबेलों की सफाई का काम ही अक्सर उन्हें सौंपा जाता था। इसलिए यहाँ आने से अपना कोई नुकसान हुआ ऐसा वे नहीं मानते। बल्कि यहाँ वे अधिक खुश हैं, क्योंकि यहाँ उत्तर भारतीय जाति व्यवस्था की जुल्म-जबरदस्ती, जमींदारों की ज्यादतियाँ आदि तो नहीं हैं। किन्तु मेघवालों की स्थिति इससे भिन्न है। जाति व्यवस्था में उन्हें वरिष्ठ स्थान प्राप्त था। यहाँ आकर उस वरिष्ठता को खो देने का मतलब उनके दिल को कचोटता है। अतएव उनके स्थलांतर के कारणों की टोह लेना अधिक महत्त्वपूर्ण है।

वणकर मूलतया अत्यंत कुशल कारीगर हैं; किन्तु उनकी कुशलता जाति-व्यवस्था की कँटीली बाड़ के दायरे में सिमट गई थी। इसके परिणामस्वरूप उनकी आमदनी पर पड़ने वाले विपरीत परिणाम का वर्णन के.बी. व्यास ने कुछ इस प्रकार किया है : "उनकी अस्पृश्यता की वजह से वणकरों से व्यवहार करने में हिन्दू व्यापारियों को दिक्कत होती है। यदा-कदा वे उनसे व्यवहार करते भी हैं। किन्तु इसकी बारंबारता बढ़ने पर हिन्दू व्यापारियों की प्रतिष्ठा पर आँच आती है। अतएव अस्पृश्यों को हिन्दूतर व्यापारियों पर निर्भर रहना पड़ता है। हिन्दूतर व्यापारी वणकरों से व्यवहार करने की सीमा तक उदारता तो दिखाते हैं; किन्तु वणकरों की मजबूरी का फायदा

उठाने से वे नहीं चूकते। वणकरों को कच्चे माल की आपूर्ति वे ऊँचे दामों पर करते हैं और तैयारशुदा माल कम दाम में खरीदते हैं।"[1]

जाहिर है कि इस दुहरी मार के कारण वणकरों की आमदनी जैसे-तैसे गुजारा करने लायक होती है तथापि अपने हिस्से की कृषि योग्य बित्ता-भर जमीन और अपर्याप्त आमदनी वाला बुनकर उद्योग छोड़कर जाने के लिए वणकर तैयार नहीं होते।

सत्रहवीं सदी के अन्त में अंग्रेजों ने बम्बई के विकास के लिए प्रयास शुरू किए। उन दिनों सूरत अंग्रेजों का प्रमुख केन्द्र था। बम्बई का विकास करना हो तो विभिन्न तरह के कुशल कारीगरों को बम्बई में लाकर बसाना होगा—इस आशय के पत्र अंग्रेज 1672 से, सूरत से बम्बई लिखा करते थे। ऐसे कारीगरों को लिवा लाने के लिए खर्चे की पेशगी रकम देकर बोमन जी पटेल को भेजा गया। 17 सितम्बर, 1736 को वे 40-50 कारीगर परिवारों को सूरत से बम्बई ले आए। इन परिवारों को रहने के लिए नि:शुल्क जगह दी गई।[2] इनमें थोड़ी-सी ऊँची जाति के खत्री भी थे और वणकर भी। श्री मेहता ने भी अपने शोध-प्रबन्ध में कहा है कि रोजगार के अवसर की वजह से मेघवालों ने बम्बई में स्थलांतरित होना पसन्द किया होगा।[3]

तथापि इस अवधि में भी भारी मात्रा में स्थलांतर नहीं हुआ। अपर्याप्त आमदनी के बावजूद वणकर गाँव छोड़कर अन्यत्र जाना नहीं चाहते थे।

औद्योगीकरण की मार

वणकरों के स्थान को जड़ समेत हिला देने वाली विपदा ठीक इसी दौरान इंग्लैंड में उभरने लगी थी। औद्योगिक क्रान्ति के रूप में ही यह तूफान बरपा हो रहा था। मानवी परिश्रम से जितना कच्चा धागा और वस्त्र तैयार हो सकता था उससे कहीं अधिक उत्पादन करने वाले वाष्प-यंत्र बाजार में आ गए। लंकाशायर में कपड़ा मिलें धड़धड़ाने लगीं और इसकी अनुगूँज दुनिया-भर के बरतानवी उप-निवेशों में होने लगी!

---

1. Vyas, K.B. The Untouchables of Kathiawar : A Socio-economic Survey. (Thesis) 15
2. Govt. of India. Gazetteer of Bombay Presidency, Statistical Account of the Town & Island of Bombay—Vol. II. 1894, 139-40
3. Mehta, B.H. Social & Economic Condition of the Meghwal—Untouchables of Bombay City. (Thesis) Vol. I, Part I. 3

1816-17 में भारत से 165 लाख रुपये मूल्य का हथकरघा-वस्त्र निर्यात होता था। किन्तु औद्योगिक क्रान्ति के सिर्फ पन्द्रह साल के भीतर 1830-31 में यह निर्यात घटकर महज 8 लाख रुपयों तक पहुँच गया।[1]

पहले काठियावाड़ से केवल कपड़ा निर्यात होता था किन्तु बाद में वहाँ से कपास का निर्यात भी होने लगा और उसके बदले कच्चा धागा तथा कपड़ा आयात किया जाने लगा। 1879-80 में काठियावाड़ में 1,85,285 पौंड मूल्य का कपड़ा तथा 70 हजार रुपये मूल्य के कच्चे धागे का आयात किया गया; जबकि 92,53,110 रुपये मूल्य के 32 हजार 277 टन कपास का निर्यात किया गया। यह कपड़ा मुख्यतया मैनचेस्टर से भावनगर भेजा गया था।[2]

लंकाशायर की मिलों को कपास के अभाव में बन्द न होने देने का पूरा एहतियात ब्रिटिशों ने बरता। केवल अमरीकी कपास पर निर्भर रहना उन्होंने उचित नहीं समझा और बरार के कपास उत्पादक जो जिले निजाम के कब्जे में थे, उन्हें स्थायी रूप से अपने कब्जे में रखने का पूरा प्रयास किया। इस प्रकार यहाँ की कपास पर लंकाशायर की कपड़ा-मिलों के वारे-न्यारे होने लगे।

विदेशी मिलों की सफलता से प्रेरित होकर देसी धन्ना सेठों में भी चेतना जागी। इस प्रकार सन् 1818 में हुगली नदी के किनारे पहली कपड़ा मिल शुरू हुई। 1854 में बम्बई में नानाभाई दावर नामक एक पारसी व्यक्ति ने बॉम्बे स्पिनिंग एंड वीविंग कम्पनी की स्थापना की। 1865 तक बम्बई में कुल मिलाकर 10 मिलें शुरू हुईं। उनमें 2,50,000 तकलियाँ तथा 3,380 करघे थे। 1898 तक बम्बई प्रान्त में कपड़ा मिलों की संख्या 133 तथा करघों की संख्या 29,446 हो गई थी।[3]

बाजार में मिल के कपड़ों की बाढ़-सी आ गई और उत्पादन के इस ज्वार में हथकरघा बुनकरों की हवा निकल गई। "वाष्प यंत्र पर आधारित कपड़ा मिलों की स्थापना बम्बई में हुई और अहमदाबाद के बाजार मिल के कपड़ों से पट गए। किफायती दाम पर मिलने वाले इन कपड़ों की होड़ में हथकरघा बुनकर टिक नहीं सके। उनके व्यवसाय चौपट हुए और उन्हें मजदूर बनना पड़ा।"[4]

---

1. Potdar, Ramnath. The Indian Cotton Industries. Bombay; Mill Owners Association, 1959, 6
2. Govt. of India. Gazetteer of the Bombay Presidency Kathiawar—Vol. VIII, 1909, 199. (Mehta, B.H. Social & Economic Condition of the Meghwal—Untochables of Bombay City (Thesis) Vol. I, Part I, 29. (मधून)
3. Govt. of India. Gazetteer of Bombay Presidency Vol. I, 486
4. Govt. of India. Gazetteer of Bombay Presidency Vol. IX, Part I, 339

इस प्रकार जाति-व्यवस्था के कँटीले दायरे में पहले से ही सिमटे हुए बुनकर व्यवसाय ने कपड़ा मिलों के बरक्स आँखें मूँद लीं! इसी के साथ कुशल अस्पृश्य कारीगरों के रूप में वणकरों की जो ख्याति थी, वह भी मिट गई। जिन्दा रहने की आपाधापी में गधे-घोड़े सब बराबर हो गए और बेरोजगारों के काफिलों को तबाही का मुँह देखना पड़ा।

काठियावाड़ के राजनीतिक एजेंट ला ग्रैंड जेकब ने अंग्रेजों के दाँव-पेचों को रेखांकित करते हुए जो गुमानी वक्तव्य दिए, उनसे उनकी मानसिकता व्यक्त होती है। उन्होंने कहा—"बरतानवी पूँजी और वाष्प-यंत्रों के संयुक्त जादू ने स्थानीय कलाकारों एवं कारीगरों को लगभग मटियामेट कर दिया।"[1]

इन कारीगरों को नई व्यवस्था में समा लेने का कोई भी सार्थक प्रयास इस दौरान नहीं हुआ। दरअसल उम्मीद की जाती है कि ऐसे प्रयास खुद को ही करने चाहिए। औद्योगिक व्यवस्था में सभी को समान अवसर उपलब्ध होते हैं। मौके का लाभ उठाने वाले आगे निकल जाएँगे और बाकी लोग विनष्ट हो जाएँगे। उसमें मलाल करने की तो कोई बात ही नहीं। विकास के लिए नई टेक्नोलॉजी आवश्यक है और वह आएगी ही। यहाँ कौन किसके लिए रुकता है? इस तरह का युक्तिवाद नई व्यवस्था के हिमायती अक्सर करते पाए जाते हैं। पीढ़ी-दर-पीढ़ी एक अलग जीवन पद्धति में पली-बढ़ी वरिष्ठ जातियों को भी जब अंग्रेजी व्यवस्था की गति और परिवर्तन की आहट नहीं आ पाई, तो अस्पृश्य धेड़ों से इस तरह की उम्मीद करना सरासर अन्यायपूर्ण होगा। इसके विपरीत अंग्रेज शासक अपनी गोरी जनता के हितों की रक्षा को तनिक भी नजरअन्दाज नहीं करते थे। 1861 में अमरीका में हुए गृह युद्ध की वजह से लंकाशायर की मिलों को कपास की होने वाली आपूर्ति बन्द हुई। अतएव भारत में कपास की कीमतों में वृद्धि हुई। मौके का फायदा व्यापारियों ने खूब उठाया और अच्छा-खासा मुनाफा कमाया। बताया जाता है कि इसके परिणामस्वरूप लखपतियों की एक नई पीढ़ी का उदय हुआ। इसी बीच कपास के अभाव में लंकाशायर की कुछेक मिलें बन्द हो गईं तथा 25-30 हजार गोरे मजदूरों को बेरोजगारी का शिकार होना पड़ा। ऐसे पीड़ित परिवारों की सहायता का आह्वान कम्पनी-अधिकारियों ने कपास के व्यापारियों से किया। बेरोजगार मजदूरों की दयनीय स्थिति से लोगों को अवगत कराने के लिए बम्बई के टाउन हॉल में

---

1. Govt. of India. Gazetteer of Bombay Presidency Kathiawar–Vol. VIII, 1909, 119

एक सभा आयोजित की गई। सभा में पेश की गई स्थिति से भारतीय व्यापारियों का दिल पसीज गया और उन्होंने तीन लाख रुपये इकट्ठा कर इंग्लैंड भेज दिए।[1]

भारतीय कपड़ा मिलों तथा इंग्लैंड की कपड़ा मिलों में प्रतियोगिता को टालने के लिए अंग्रेजों ने ठीक इसी समय भारतीय कपड़े पर चुंगी लगा दी। श्री एच.एच. विल्सन के बयान के अनुसार "प्रतियोगी को जुल्मी शासन के कदमों तले दबाए रखने और आखिरकार उसे मार डालने का ही यह प्रयास था।"[2]

मिलों की बदौलत भुखमरी का शिकार हो रहे भारतीय हथकरघा कारीगरों को नई पूँजीवादी अर्थव्यवस्था के नियमों से वाकिफ होकर तथा भविष्य की आहट पाकर बदलती स्थितियों के अनुरूप खुद को न ढाल पाने के अपराध में कड़ी-से-कड़ी सजा भुगतनी पड़ी। उन्हें मुक्त अर्थव्यवस्था की उन्मुक्त हवा में भाग्य के भरोसे छोड़ दिया गया! स्वजनों और देशवासियों की बद-से-बदतर होती जा रही इस स्थिति से पूँजीपतियों का दिल नहीं पसीज पाया। कम्पनी सरकार या कपास-व्यापारियों ने उनके लिए एक पाई की भी सहायता-राशि इकट्ठा नहीं की।

अकाल

जिस आर्थिक और सामाजिक परिवेश में वणकर साँस ले रहे थे वह परिवेश तो नष्ट-भ्रष्ट हो गया था। फिर भी वे पैर जमाए खड़े रहे। किन्तु ठीक इसी समय प्रकृति ने भौंहें टेढ़ी कर लीं। गुजरात को लगातार अकालों का मुँह देखना पड़ा। हमने अपने सर्वेक्षण के दौरान उनसे 'आपके पूर्वज यहाँ कब आ बसे थे? अपना गाँव छोड़कर उनके यहाँ आ बसने की वजह क्या थी?' आदि सवाल किए। ठाणे के बारिया, इगतपुरी के बोरीचा, जलगाँव के सारसर या शोलापुर के सोलंकी—सभी का जवाब एक ही था, 'छप्पनिया अकाल'।

गुजरात में निरन्तर अकाल ही पड़ता रहा। जगतशाह अकाल (1 और 2), सताशिओ अकाल, तिलोत्रा अकाल, छप्पनिया अकाल, अग्नोत्रा अकाल आदि विभिन्न स्थानीय शीर्षक से ये अकाल कहर ढाते रहे। इन अकालों की मनहूस स्मृतियाँ आज भी वहाँ की जनता के दिलों में बराबर मौजूद हैं। इस जानलेवा दौर

1. माडगाँवकर, गोविन्द नारायण, मुम्बई वर्णन, सम्पा. न.र. फाटक, 2 री आ. मुम्बई, इतिहास संशोधन मंडळ, 1961, 219
2. Potdar. Ramnath. The Indian Cotton Industries, Bombay, Mill Owners Association, 1959, 6

को लेकर प्रचलित कई कहावतें आज भी वहाँ की जनभाषा में रूढ़ हैं। जैसे—"यदि मैं झूठ बोल रहा होऊँ तो अग्नोत्रा के दोजख से मुझे गुजरना पड़ेगा।"[1]

श्री बी.एच. मेहता ने अपने शोध प्रबन्ध में लिखा है कि 1878 के अकाल में मेघवाल स्थलांतर करने लगे थे। इस अकाल के बारे में बॉम्बे गजेटियर में निम्नलिखित जानकारी उपलब्ध है : "1875 में ही गुजरात में अत्यल्प वर्षा हुई, राजकोट में कुएँ सूख गए। तो 1878 में भारी वर्षा के कारण फसल चौपट हुई। इसी बीच टिड्डियों का हमला हुआ और बची-खुची फसल का भी सफाया हुआ। टिड्डियों के अंडे तो थे ही, अगली बारिश में नई जमात पैदा हुई और फिर एक बार फसल पर गाज़ गिरी। इस प्रकार खरीफ तो खरीफ, रबी की फसल भी चौपट हुई। उसके बाद छूत की बीमारियों का दौर आया तो हजारों लोग उसके शिकार हुए।"[2]

इस भीषण विभीषिका में कई गाँव तबाह हुए। मोरवी के देहातों की संख्या 60 से घटकर पन्द्रह हो गई। नवानगर में 60 गाँव उजड़ गए। काठियावाड़ की जनसंख्या भी 15 प्रतिशत घट गई।[3]

इधर प्रकृति की भौंहें तन गई थीं तो उधर अर्थव्यवस्था भी अपने तेवर दिखाती रही। अकाल के फौरन बाद हुए छूत के प्रकोप के लिए धेड़-भंगी ही जिम्मेदार हैं— यह लोगों की धारणा थी। इसके भीषण परिणामों का आभास बॉम्बे गजेटियर में दिए गए वर्णनों से हमें हो जाएगा।

"हैजा तथा छूत की अन्य बीमारियों के प्रकोप के दौरान लोगों को तो यही सन्देह होता था कि धेड़-भंगी मृत्यु-देवता से जुड़े हुए हैं। इसलिए उनके बच्चों को पकड़कर माता के मन्दिर में उनकी बलि चढ़ाई जाती थी।"[4]

इस प्रकार औद्योगीकरण की वजह से पूरक व्यवसाय भी ठप पड़ गए और अकाल की वजह से खेती भी चौपट हुई। खेतिहर मजदूर के रूप में काम मिलना भी मुश्किल हो गया। चारों तरफ से पत्ता कट जाने के बाद पेट पालने के लिए दर-दर की ठोकरें खाते फिरने का विकल्प ही उनके सामने बचा रहा।

---

1. Govt. of India. Gazetteer of the Bombay Presidency—Kathiawar Vol. VIII, 1909, 194
2. वही, 194
3. Mehta, B.H. Social & Economic Condition of the Meghwal—Untouchables of Bombay City. (Thesis) Vol. I, Part I, 31
4. Govt. of India. Gazetteer of the Bombay Presidency–Kathiawar Vol. VIII, 157

बॉम्बे गजेटियर में इसका ब्योरा यूँ दिया गया है : "1863 से 1866 के बीच व्यापारिक उथल-पुथल की वजह से अप्रत्याशित रूप से मजदूरों का स्थलांतर होता रहा। और 1877 के अकाल में तो दक्खन, गुजरात तथा राजपूताना के शरणार्थियों से शहर पट गया। अतएव ये लोग बंगाल के कोयला खदानों से लेकर दक्षिण अफ्रीका तक विभिन्न इलाकों की शरण में चले गए।"[1]

1. Govt. of India. Gazetteer of the Bombay Presidency, Vol. I, 1909, 167

सोने के बजाय 'सोनखत' नसीब हुआ

अंग्रेजों की बदौलत बम्बई का नाम रौशन होने लगा था। इसलिए भावनगर बन्दरगाह एवं रेलवे स्टेशन के आसपास के लोग बम्बई की ओर चल पड़े। काठियावाड़ से बम्बई में स्थलांतरित हुए लोगों की क्रमिक वृद्धि के आँकड़े इस प्रकार हैं[1] :

वर्ष	व्यक्तियों की संख्या
1881	32568
1891	39055
1901	45531
1911	58775
1921	72435
1931	53288

रोजगार की तलाश में इलाके से बाहर जाने वाले लोग बम्बई की ओर आकृष्ट होने लगे। उनकी मानसिकता का हृदयद्रावक चित्र सोहनी ने अपनी पुस्तक 'धेड़ की कहानी' में पेश किया है :

"हमने तो सुना था कि बम्बई में सोना मिलता है। अतएव हम लोगों में से तीन ने अपना मुकद्दर आजमाने का निर्णय लिया। पुश्तैनी घर-बार छोड़कर कहीं दूर जा बसने के दौरान दुख भला किसे नहीं होगा? फिर भी जाना तो जरूरी था। मार्ग व्यय के लिए भी पैसा नहीं था तो गाय-बछड़े, हथकरघे तक बेचने की नौबत आ गई।

1. Govt. of India. Census of India 1931, 16. (B.H. Mehta यांच्या प्रबन्धातून)

"आँगन में लगाई साग-सब्जी, केले आदि के तनों को अब भला कौन सींचेगा? वे तो सूख जाएँगे। यह सोचकर मेरा दिल भर आया। दरअसल मैं असमंजस में पड़ गया था कि घर में रहकर ही अपने परिजनों के साथ भुखमरी को बाँट लिया जाए अथवा लोगों की राय मानकर बम्बई जाया जाए और बम्बई महानगरपालिका की ओर से सफाई-कामगारों को दिए जाने वाले अच्छे-खासे वेतन का लाभ उठाया जाए। काफी कशमकश के बाद मैंने बम्बई जाने का निर्णय लिया।"[1]

इस अत्यंत कटु निर्णय के बाद भी बम्बई जाना आसान नहीं था। जाति-व्यवस्था यानी कँटीले बाड़ से घिरी एक दर्दनाक कैद है। यहाँ निचली जाति की समस्त गतिविधियों को बेड़ियों से जकड़कर रखा गया था। अंग्रेजों की बदौलत रेल तो आ गई थी, पर अस्पृश्यों को रेल के टिकट कहाँ मिलते थे?

"मैं टिकट लेने गया तो बाबू टिकट नहीं देता था। आखिरकार हाथ-पाँव पड़ने पर वह राजी हुआ। प्रत्येक टिकट के लिए तीन आने रिश्वत देना तय हुआ। तब मेरे दिए तीस रुपयों पर भी गंगाजल छिड़कने के बाद ही उसने रुपये भीतर रखे और ठीक गाड़ी के चल पड़ने के वक्त ही टिकटें मेरी ओर उछाल दीं, जो सत्ताईस रुपयों की थीं। निर्धारित शर्त के अनुसार उसे सिर्फ नौ आने लेने चाहिए थे। किन्तु वह पूरे तीन रुपये हजम कर गया।"[2]

बाद में काठियावाड़ में 'धेड़' नाम-पट्ट लगाकर अलग से एक खिड़की ही शुरू की गई। इतने बड़े पैमाने पर स्थलांतर जो शुरू हुआ था।[3] टिकट के पैसे न होने के कारण कई लोग तो सूरत से बम्बई पैदल ही आए। चन्दू घेचन्द नामक 63 वर्षीय निवृत्त सफाई कामगार ने तो बताया कि उसके दादा-परदादा राजस्थान से पैदल चलकर महाराष्ट्र आए थे। चन्दू शोलापुर में रहता है। गुजराती में एक कहावत है :

देव गया डुंगरे, पीर गया मक्के
अँगरेजना राज मा, धेड़ मारी धक्के

किन्तु हकीकत में धेड़ों को ही धक्के खाने पड़े। अपने गाँव से धक्का खाकर निकले हुए लोगों को शहर में कहाँ ठौर मिलता! किन्तु मजबूरी के क्षणों में भी

---

1. Sohni, V.S. EK-Dhed-na-dukhni-Kahani, Bombay, Bharat Sevak Samaj, 1921, (B.H. Mehta यांच्या प्रबन्धातून, 12)
2. वही, 36
3. वही

अपने पेशे के अलावा अन्य कोई भी पेशा करने के लिए कोई राजी नहीं होता। और फिर ओछा काम स्वीकार करना तो ज्यादा मुसीबतजदा होता है। साथ ही यह भी सही है कि स्थलांतर के कारण जाति-व्यवस्था के बन्धन कुछ शिथिल पड़ जाते हैं। महाराष्ट्र में महार-माँग अपना गाँव छोड़कर शहरों में आए तो सही, किन्तु यह स्थलांतर राज्य में ही होने से वे अपने स्थान के प्रति जागरूक रह सके। भंगी-काम करने के लिए लोगों को प्रवृत्त करने की दृष्टि से अंग्रेजों ने भंगियों के लिए आकर्षक वेतनमान रखे थे। 1864 में नासिक में बुहारे का वेतन दस रुपये तो भंगी का पन्द्रह रुपये था।[1] बम्बई में भी नगरपालिका, पोर्ट ट्रस्ट आदि संस्थाओं ने भी ऐसे ही आकर्षक वेतन रखे थे। रोजी-रोटी की आवश्यकता, आकर्षक वेतन का लालच और स्थलांतर के कारण जाति-व्यवस्था के शिथिल पड़े बन्धनों की वजह से वणकरों ने भंगी-काम स्वीकार किया।

गुजरात से अछूतों के हुए स्थलांतर के सम्बन्ध में डॉ. बी.वी. पंड्या ने शोधकार्य किया है। उन्होंने पाया कि गुजरात के पिछड़े वर्ग के लोगों की कुल आबादी में से 48 प्रतिशत लोग अहमदाबाद की शरण में आए। उन्होंने जिन 173 परिवारों का सर्वेक्षण किया, उनमें से 48 परिवारों को अपना मूल पेशा बदलना पड़ा, तो 21 परिवारों के हिस्से में बेरोजगारी आई।[2]

जब उनके गृह राज्य गुजरात में यह स्थिति थी तो बम्बई में उन्हें मजबूरन वैकल्पिक पेशा स्वीकारना पड़े तो आश्चर्य नहीं होना चाहिए। 1901 के बॉम्बे गजेटियर में दिए गए आँकड़े इसी तथ्य की पुष्टि करते हैं : "पिछले 25 वर्षों में बड़े शहरों में धेड़ भंगी-काम जैसे ओछे काम भी करने लगे हैं।"[3]

अन्यान्य जातियाँ भंगी-काम में किस तरह प्रवृत्त हुईं—इस सम्बन्ध में कई तरह के प्रवाद प्रचलित हैं। अमृतलाल नागर ने अपने उपन्यास 'नाच्यौ बहुत गोपाल' में यह निष्कर्ष निकाला है कि निचली जातियों को जोर-जबरदस्ती से भंगी बनाया गया। इसके समर्थन में उन्होंने 'मार-मार के भंगी बनाना' कहावत का हवाला दिया है। कुछ विद्वानों की राय है कि युद्ध-बन्दियों को जबरदस्ती इस काम में लगाया गया

1. शिरवाडकर, वि. वा. (सम्पा.) जीवनगंगा : नासिक नगरपालिका व शहर यांची गेल्या शंभर वर्षांची वाटचाल : 1864 से 1964। नासिक, नासिक नगरपालिका, 1965, 12
2. Pandya, B.V. Occupational Pattern of Scheduled Castes in Ahmedabad–Dist. Journal of the Gujarat Research Society, 1957, 116
3. Govt. of India. Gazetteer of the Bombay Presidency Vol. IX, Part I, 1909, 341

होगा। कुछ अन्य लोगों की दलील है कि जोर-जबरदस्ती इक्का-दुक्का व्यक्ति के साथ की जा सकती है, समाज के बड़े समूह के साथ नहीं। इसमें जोर-जबरदस्ती तो है, किन्तु वह शारीरिक नहीं, समाजार्थिक है।

इस प्रकार 'बम्बई में तो सोना मिलता है' इस अफवाह को आजमाने के लिए आए धेड़ों पर 'सोनखत' (मनुष्य के मल-मूत्र से बनी खाद) की टोकरियों का बोझ ढोने की नौबत आई। इसके परिणामस्वरूप जाति-व्यवस्था जनित उनके स्थान को सदमा पहुँचा। बम्बई के एक वृद्ध भंगी ने अत्यंत मायूसी-भरे अन्दाज में कहा, "गाँव में हमें 'दोजख के भागी' कहा जाता था।" उल्हासनगर के श्री कालीचरण के कथनानुसार 'परदेस में पैसा भी मिलता है और आजादी भी' यह तो सही है, किन्तु प्रत्याशी अपनी हकीकत को गाँववालों से छुपाने की पुरजोर कोशिश करते हैं। ठीक यही स्थिति चमार मूल के शोलापुरी भंगियों की है। वे आन्ध्र प्रदेश से स्थलांतरित हुए हैं और उनका यह व्यवसाय शादी के रिश्ते तय करने में बाधक बनता है।

बम्बई में इस व्यवसाय को स्वीकार कर लेने के बाद अन्यान्य नगरों में स्थापित नगरपालिकाओं में उनकी माँग बढ़ती गई। श्री एम.जी. भगत ने अपने सर्वेक्षण में इस बात की ओर इशारा किया है। वे लिखते हैं—"सफाई-काम की विधिवत् शुरुआत हो जाने के बाद महाराष्ट्र के जिन कई नगरों में नगरपालिकाओं की स्थापना हुई वहाँ भंगी बराबर पहुँच गए।"[1] भंगियों की माँग ज्यादा थी पर उस अनुपात में काम करने के लिए लोग तैयार नहीं होते थे। इस खींचतान की वजह से कई मजेदार किस्से सामने आते थे। नासिक नगरपालिका की 1877 की वार्षिक रिपोर्ट में क्रम संख्या 35 में लिखी गई टिप्पणी को नमूने के तौर पर लिया जा सकता है। उसमें लिखा है, "88 रुपये, 3 आने, 6 पाई की प्रविष्टि रद्द की जाती है। बम्बई से एक भंगी को लिवा लाने के लिए यह रकम पेशगी दी गई थी। किन्तु वह भाग गया।" भंगियों की माँग ज्यादा होने के कारण उन्हें पेशगी का लालच दिया जाता था। इसी सुविधा का लाभ उठाते हुए वह भंगी शायद रफूचक्कर हो गया।

उपर्युक्त विवरण से यह स्पष्ट हो जाता है कि किन्हीं नैतिक नियमों का उल्लंघन करने के इरादे से वणकर भंगी नहीं बने। आज महाराष्ट्र में यह माना जाता है कि भंगियों की एक अलग जाति है तथापि कम-से-कम महाराष्ट्र में यह सवाल उभरकर

---

1. Bhagat, M.G. The Untouchable Classes of Maharashtra. Journal of the University of Bombay. Vol. IV, Part I, July 1935

सामने आता है कि भंगी जाति है या पेशा? जाति की विशेषताएँ इम्तियाज अहमद ने इस प्रकार दी हैं :

1. जाति की सदस्यता जन्मना प्राप्त होती है।
2. जाति के भीतर किए गए विवाह मान्यता-प्राप्त होते हैं।
3. जाति का विशिष्ट पेशा और अपनी पंचायत होती है।[1]

यह तो हम देख ही चुके हैं कि महाराष्ट्रीय भंगी व्यवसाय में मेघवाल, चमार, खलप, वाल्मीकि आदि कई जातियाँ शामिल हैं। इनमें से प्रत्येक जाति की अपनी पंचायत है। उनका पेशा भले ही एक हो, शादी-ब्याह अनिवार्यतया अपनी-अपनी जाति में ही होते हैं। मजबूरी में भंगी बनना पड़ा हो, तो भी इससे निजात पाने की हर सम्भव कोशिश वे करते हैं।

जाति की इस परिभाषा की परिधि में महाराष्ट्र के भंगी नहीं आ सकते। कुछ लोग साग्रह कहते हैं कि भंगी जाति नहीं, पेशा है। माना कि यह एक आधुनिक पेशा है; किन्तु इतिहास इस बात का साक्षी है कि भारत में एक ही व्यवसाय में बिलबिलाने वाला समूह धीरे-धीरे जाति के वस्त्र परिधान ग्रहण करने लगता है। इन दिनों सेवा-शर्तों में ऐसे प्रावधान किए जा रहे हैं कि सेवानिवृत्ति के बाद अपने बेटे को उसी नौकरी में समा लिया जाएगा। इससे किसी भी पेशे को परम्परागत बनाने की दिशा में अनायास नया सिलसिला शुरू हुआ है। फिलहाल इस पेशे से सम्बद्ध समूह को 'जाति' भले ही न कहा जाता हो किन्तु 'किसी हद तक जाति की विशेषताओं से युक्त समूह' के रूप में उसका वर्णन किया जा सकता है। यह समूह जाति बन सकता है अथवा नहीं यह तो इस बात पर निर्भर करता है कि अपनी मूल जाति से उस समूह के सम्बन्ध किस प्रकार के हैं; रोटी-बेटी व्यवहार उनमें जारी है या नहीं आदि।

जाति या पेशे का लेबल बहस का मुद्दा होने के बावजूद यह हकीकत है कि शहरों की फसल पनपने के बाद ही इस पेशे ने आकार ग्रहण किया है। इस दृष्टि से सोचा जाए तो यही कहना होगा कि जाति-व्यवस्था नष्ट करने के बजाय ये शहर नए रूप में उसे कायम करने में ही हाथ बँटा रहे हैं।

शहर तथा शहरों की समस्याओं के सम्बन्ध में लिखते हुए हॉवर्ड वूल्स्टन ने दलीलें दी थीं कि "शहर आधुनिक स्फिंक्स पक्षी है। अपने सवालों के जवाब न

---

1. Ahmed, Imtias. (ed.) Caste and Social Stratification among Muslims in India. New Delhi, Manohar Book Services, 1973, 23

देने वालों को वह सुला देता है और उसके कूट प्रश्न हल करने वाले इंडीपस के सामने घुटने टेकता है। यह कूट प्रश्न है—आदमी का विकास।"[1]

वूल्स्टन की उपमा को एक व्यापक धरातल पर लाना हो तो कहना होगा कि स्फिंक्स के कूट प्रश्न हल करने से प्राप्त विजय ही इंडीपस के सर्वनाश की शुरुआत थी। विकास का गणित हल करने का भी वही फार्मूला है। केवल शहरों के विस्तार को इनसानी विकास नहीं कहा जा सकता। शहर में रहनेवाले लोग किस तरह का जीवन जीते हैं—इस पैमाने पर इनसानी विकास को नापना होगा। अन्यथा स्फिंक्स का सन्तोष केवल असन्तुष्ट जीवन को ही गति देने वाला सिद्ध होगा।

---

1. Woolston Howard. Metropolis New York, D. Appleton Century Co., 1936. 5. Mythili, K.L.A. Socio-Ecological Study of Immigrant Community. (Thesis) 1939, (मधून. 6)

अपनी रौरवमयी परम्परा

यह तो हम देख ही चुके हैं कि भंगी-व्यवसाय का प्रारम्भ अनुमानतया कैसे हुआ होगा तथा गुजरात और राजस्थान से आए लोगों ने ही इस पेशे को स्वीकार किया होगा। यह बात सही है कि एक बार उन्होंने इस पेशे को अपना लिया तो कड़े परिश्रम से उन्होंने लोगों को बीमारी से मुक्त कराया। महाराष्ट्र में शहरों का विकास हुआ। उद्योगों को वरीयता मिली। जीवन स्तर ऊँचा उठ सका। किन्तु इस सर्वतोमुखी विकास की नींव का पत्थर बने सफाई-सैनिकों को इससे क्या लाभ हुआ? सौ साल पहले वे किस तरह की जिन्दगी जी रहे थे और आज उनकी स्थिति क्या है? प्रारम्भिक दौर में उनके सामने कौन-कौन-सी व्यावसायिक दिक्कतें थीं और आज कौन-सी हैं? सौ-डेढ़ सौ साल महाराष्ट्र में बिताने के बाद महाराष्ट्रीय पुर्जे के रूप में उन्हें इस व्यवस्था में समा लिया गया है अथवा नहीं? ऐसे प्रश्नों की टोह लेने का प्रयास आगामी अध्यायों में किया गया है। उनकी केवल मौजूदा स्थिति का चित्रण करना नाकाफी सिद्ध होगा। इसीलिए पिछले सौ सालों में हुए परिवर्तनों का जायजा लेने के लिए तुलनात्मक चित्र सामने प्रस्तुत करने का हमारा प्रयास है। क्योंकि तुलनात्मक लेखा-जोखा प्रस्तुत किए बिना समाज की प्रगति हुई है या अधोगति—इस निष्कर्ष पर नहीं पहुँचा जा सकता।

अतएव प्रत्येक अध्याय में हमने पूर्व अभ्यासकों द्वारा किया गया पुराने जमाने का मत-प्रदर्शन, आजादी के बाद उस स्थिति में सुधार लाने के लिए किए गए प्रयास और इसी पृष्ठभूमि पर हमारा मूल्यांकन—इस रूप में हमने विवेचन किया है। इसीलिए प्रत्येक गाँव के लिए एक-एक अध्याय बनाने की अपेक्षा समस्यावार अध्याय बनाना हमें उचित लगा। सामान्यतया स्थितियाँ एक-सी होने पर हमने गाँव के नाम का उल्लेख नहीं किया है। अनूठी, अपवादात्मक स्थिति होने पर ही विशेष रूप से सम्बन्धित गाँव का जिक्र किया है।

दरअसल तुलनात्मक अध्ययन के लिए पुराने रिकॉर्डों की छानबीन करना आवश्यक था। किन्तु ऐसे रिकॉर्डों के बारे में सरकारी दफ्तरों में पाई जाने वाली अनास्था तथा सरकारी अधिकारियों में पाई जाने वाली टालमटोल वृत्ति के सामने हमें हार माननी पड़ी। भविष्य में यदि किसी भाग्यवान को यह सम्भव हुआ तो और अधिक प्रभावशाली तरीके से विषय-प्रतिपादन किया जा सकेगा। फिलहाल तो हम केवल इस तरह की शुभकामना ही व्यक्त कर सकते हैं!

अत्यधिक सफाईपसन्दगी की आड़ में

'शुद्धता' के सम्बन्ध में भारतीय धारणाओं का काफी ऊहापोह आज तक किया गया है। निजी जिन्दगी में 'शुचिता' पर पागलपन की सीमा तक जोर दिया जाता है। किन्तु सार्वजनिक स्तर पर गन्दगी की सफाई पर जोर देने की अपेक्षा नफरत की भावना से ही देखा जाता है! लक्ष्मीबाई तिलक ने अपनी आत्मकथा में नमक भी धोकर शुद्ध करने के बाद ही प्रयोग में लाने वाले पिताजी का वर्णन किया है। कदम-कदम पर जल-सिचन से अपवित्र को पवित्र करार देने का घिनौना खेल उच्चवर्णीय लोग आज भी खेलते हैं। पुराने जमाने में तो अस्पृश्यों के साये से भी वे लोग दूर रहा करते थे। गलती से उनका साया पड़ते ही नहाकर पवित्र होने का स्वाँग भरते थे। स्पर्श-अस्पर्श के प्रति इतनी अधिक सतर्कता बरतते हुए वे किस तरह जी पाते थे यह गुत्थी आज भी दिमाग को अवश्य ही झकझोरती है। 'हिन्दुस्थानातील स्वच्छता' शीर्षक से लिखे गए एक लेख में लेखक ने तत्कालीन स्थिति का विदारक वर्णन किया है।

"हम हिन्दी भाई—खास तौर से हिन्दू—अत्यधिक सफाईपसन्द होने का स्वाँग भरते हैं। उच्चवर्णीय हिन्दुओं में तो ज्यादती की सीमा तक सफाई का दिखावा किया जाता था, मानो इसकी आड़ में गलाजत की छूट उन्हें प्राप्त हुई थी। छुआछूत के कट्टर हिमायती लोग यदा-कदा इत्ती-सी बात को लेकर बाल-की-खाल निकालते हैं। इसी वजह से स्पर्श-अस्पर्श का इतना अधिक बोलबाला हिन्दुस्तान में हुआ है। नहाने के बाद रेशमी वस्त्र परिधान के पीछे विद्युत् शास्त्रीय कारण बताया जाता है। स्पर्श-अस्पर्श के मामले में सूक्ष्म जीव-विज्ञान का सहारा लिया जाता है। समाज में अस्वच्छता की कितनी ही अन्य मदें हैं किन्तु उस ओर किसी का ध्यान कभी जाता ही नहीं।"[1]

1. हिन्दुस्थानातील स्वच्छता, समाजसेवक (मुम्बई)। 6-5 दिसम्बर 1925, 143-46

इसीलिए हद दर्जे की शुचिता की पृष्ठभूमि पर हमें महामारी—हैजा, बड़ी माता आदि महा भयंकर छूत की बीमारियों से जर्जर समाज की आहें सुनाई देती हैं। न्यूनतम सार्वजनिक सफाई के नियमों का भी पालन न किए जाने से पनपने वाली खतरनाक बीमारी बड़ी ही बेमुरव्वती से हर एक को अपने आगोश में समेट रही थी, फिर भी उच्चवर्णीय समाज इस ओर से आँखें मूँदे हुए था। अस्पृश्य जातियों को इस विभीषिका का दोषी मानकर उनमें से किसी एक की बलि चढ़ाते हुए संकट से पार पाने का फरेबी प्रयास किया जाता था। यानी कि सफाई के अभाव में पहले इनसान दम तोड़ता था और उसके बाद इनसानियत!

'हिन्दुस्थानातील स्वच्छता' नामक लेख में लेखक ठीक इसी विसंगति को बराबर रेखांकित करता है। "हिन्दू खास तौर से चौके में कुछ ज्यादा ही छुआछूत बरतते हैं। सभी लोगों की यही धारणा है कि केवल अपना घर साफ रखना ही पर्याप्त है। सफाईपसन्द दादी-परदादी का बस चले तो वह नमक और कली को भी पानी से धो लेंगी। किन्तु अपने घर के आँगन में या पिछवाड़े कूड़ा फेंकने में ये तनिक भी नहीं हिचकेंगी। इस देश में रहने वाले लोगों की शायद यह पक्की धारणा हो गई है कि सड़क या सार्वजनिक स्थानों को गन्दा करने का उनका अधिकार तो ईश्वरप्रदत्त है। उस वक्त विद्युत् शास्त्र या सूक्ष्म जीव-विज्ञान की याद किसी को नहीं आती।"[1]

यह हकीकत है। क्योंकि हमारे देश में 'शुचिता' भौतिक सफाई से नहीं, आध्यात्मिकता से जुड़ी है। इसीलिए नमक को भी धोकर प्रयोग में लाने वाले समाज में शौचालयों को साफ रखने का कोई भी प्रावधान नहीं है। एक दिन भंगी न आए तो सब लोग अपने तईं बेचैन हो जाते हैं, किन्तु स्थिति से निपटने के लिए कोई भी माई का लाल आगे नहीं आता। गन्दगी फैलाने में अगुआ और गन्दगी साफ करने वालों को अछूत मानते हुए उनके साये से भी दूर रहना—यह भला कहाँ का न्याय है? सफाईपसन्द होने का स्वाँग भरने वाले उच्चवर्णीय रवैये के कारण ही बीमारियाँ पनपने लगती हैं। सफाई के कारगर तरीके ईजाद करने में अपना दिमाग लगाने के बजाय स्पर्श बन्दी के नए-नए बहाने ढूँढ़ने में ही उच्च वर्णीय लोगों ने एड़ी-चोटी का जोर लगाया।

वैज्ञानिक दृष्टि के अभाव के कारण शौचालयों की रचना, सफाई का समय और उसकी पद्धति आदि में वस्तुनिष्ठ और वैज्ञानिक तरीका अपनाने के बारे में कभी किसी ने सोचने की जुर्रत नहीं की। यथास्थितिवाद ही हमें अच्छा लगता है।

---

1. हिन्दुस्थानातील स्वच्छता, समाजसेवक (मुम्बई)। 6-5 दिसम्बर 1925, 143-46

आजादी के बाद के इन चार दशकों से भी अधिक अवधि में भंगी-काम में किस प्रकार तथा किस सीमा तक परिवर्तन आ सका—इस हकीकत का जायजा लेने का प्रयास हमने किया। इस दौरान सामाजिक मानसिकता को तो हमने नजरअन्दाज नहीं किया था, तथापि हमें उम्मीद थी कि इक्कीसवीं सदी की ओर तेजी से आगे बढ़ते हुए कुछ अच्छा देखने को मिलेगा।

भंगी-काम : अतीत और वर्तमान

1854 में बोर्ड ऑफ कांजर्वेंसी की स्थापना हुई। इस बोर्ड के जरिए सफाई-काम की एक व्यवस्था कायम की गई। नगरपालिकाओं के स्वास्थ्य विभाग के ताने-बाने का स्वरूप नासिक नगरपालिका की वार्षिक रिपोर्ट (1864) से हमारे ध्यान में अवश्य आएगा।[1]

क्रम	पद	मानसिक वेतन	संख्या	कुल
1.	स्वास्थ्य अधिकारी	100	1	100
2.	भंगी मुकादम	15	2	30
3.	बुहारे	10	2	20
4.	भंगी	15	40	600
5.	बुहारी महिलाएँ	8	36	288
6.	गाड़ी वाले	17	8	136

उक्त तालिका से यह तो साफ जाहिर होता है कि भंगियों का वेतन अधिक था। प्रत्येक भंगी का कार्यक्षेत्र निर्धारित कर दिया जाता था।

"प्रत्येक हलालखोर (भंगी) को दिन में औसत 26 निजी तथा 13 सार्वजनिक शौचालयों की सफाई करना अनिवार्य था।"[2]

सफाई की वजह से मृत्यु संख्या घटती थी। अतएव नगरपालिकाएँ इस दिशा में पर्याप्त जागरूकता दिखाती थीं। भंगियों और बुहारों के कड़े परिश्रम के कारण ही आए दिन सिर ऊपर उठाने वाली बीमारियों को नियंत्रित किया जा सका। नासिक नगरपालिका की वर्ष 1922-23 की रिपोर्ट तो यही कहती है।

---

1. शिरवाडकर, वि. वा. (सम्पा.) जीवनगंगा : नासिक नगरपालिका व शहर यांची गेल्या शंभर वर्षांची वाटचाल : 1864 से 1964। नासिक, नासिक नगरपालिका, 1965, 12
2. नासिक नगरपालिका। नासिक नगरपालिका अहवाल 1896, 221

“स्वास्थ्य रक्षा : आरोग्य विभाग के कर्मचारियों की संख्या में नगरपालिका ने क्रमश: वृद्धि की। इस वजह से मृत्यु-संख्या में कमी आई है—यह तो आँकड़ों से पता चल ही जाएगा। पिछले वर्ष की तुलना में इस वर्ष मृत्यु-संख्या 119 से घट गई है।”

तथापि समाज को जान बख्शने वाले इस वर्ग की ओर समाज अत्यंत अनुदार दृष्टि से देखता था। भारतीय समाज में शुद्धता की तरह-तरह की धारणाएँ प्रचलित होने से भंगियों को अत्यंत कष्टप्रद एवं अपमानजनक परिस्थिति में काम करना पड़ता था। कार्य-समय निर्धारित करने जैसा सामान्य प्रशासनिक मसला भी सिरदर्द बन गया था। उसमें बार-बार परिवर्तन होता रहा। मिसाल के तौर पर नासिक नगरपालिका की वार्षिक रिपोर्ट 1884-85 को लिया जा सकता है : “शौचालय रात को ही साफ किए जाते हैं और रातों-रात मैला डिपो में पहुँचा दिया जाता है। भंगियों के मनहूस हुलिए को देखना भी लोगों को गँवारा नहीं था। अतएव मैला-सफाई का काम रात के अँधेरे में ही करवाना पड़ता था। रात के समय लालटेन की रोशनी में यह काम करना उनकी मजबूरी थी। हम तो केवल यह सोचकर ही दंग रह जाते हैं कि सँकरी, तंग, ऊबड़-खाबड़ गलियों से गुजरते हुए रात के अँधेरे में मैला ढोने वाले उन लोगों पर क्या गुजरती होगी? मुमकिन है कि ऐसी स्थिति में उनके काम में कहीं कोई न्यूनता रह जाती हो।”

अन्तत: 1891 में यह प्रथा बन्द कर भोर में भंगियों को काम पर बुलाया जाने लगा। “निजी और सार्वजनिक शौचालयों की रात्रिकालीन सफाई की प्रथा खंडित कर दी गई। अब उनका यह काम प्राय: 4 बजे शुरू होकर प्रात: 8 बजे ही खत्म हो जाता है। इस परिवर्तन के कारण उनके काम पर नजर रखना आसान हो गया है। इस वजह से उनके काम में चुस्ती आ गई है तथा उनकी कार्यक्षमता में भी वृद्धि हुई है।”

इस निर्णय को मंजूर करवाने में नगरपालिका को वरिष्ठ जातियों के साथ बहस-मुबाहिसा करना पड़ा। उन्हें समझाना पड़ा कि यह समय-परिवर्तन उन्हीं के हित में है।

“धीरे-धीरे भोर में किए जाने वाले इस सफाई अभियान की आदत-सी पड़ गई लोगों को। शुरू-शुरू में लोगों ने आपत्ति उठाई। किन्तु बाद में उन्हें यह परिवर्तन रास आया। क्योंकि पूर्व-पद्धति में ठीक रात के भोजन के वक्त ही बदबूदार माहौल पैदा हो जाता था, जो समय परिवर्तन के कारण अब नहीं होता। इसलिए धीरे-धीरे जनता का विरोध ठंडा पड़ता गया।”[1]

---

1. नासिक नगरपालिका। नासिक नगरपालिका अहवाल 1891

यह सुधार भी जैसे पर्याप्त नहीं था। दरअसल सफाई के अन्य कामों की तरह मैला-सफाई का काम भी दिन के उजाले में ही किया जाना चाहिए था। भोर में सफाई-काम शुरू करने के कारण कार्यक्षमता में तो वृद्धि हुई, पर लालटेन का झमेला बना ही रहा तथापि 1891 से 1934 तक पूरे 43 साल इसी समय में यह काम होता रहा। अन्तत: 1934 में नगरपालिका समय में कुछ और परिवर्तन कराने में सफल हुई।

"जून, 1934 से भोर-सफाई की पद्धति स्थगित कर दी गई। अब सवेरे छह बजे यह काम शुरू होता है।"[1]

एक मामूली-से प्रशासनिक निर्णय लेने के लिए लोगों को प्रवृत्त करने में पूरे सत्तर साल गुजर गए! यह कहना भी उचित नहीं कि नासिक एक तीर्थक्षेत्र होने से वहाँ के लोग ज्यादा कर्मकांडी होंगे। भंगियों की ओर देखने का यह नजरिया सब जगह लगभग एक-सा था। कोल्हापुर के 65 वर्षीय वृद्ध जुम्मन उमरवाल ने बताया कि "लोग दिन में हमारी शक्ल देखना पसन्द नहीं करते थे। इसलिए हमें रात में काम करना पड़ता था।" अन्य कई लोगों ने भी इसकी पुष्टि की।

असुविधाजनक काम बेवक्त करने की सख्ती जाति-व्यवस्था बरतती थी। साथ ही नगरपालिकाओं की उजड्ड नीति भी किसी हद तक इसके लिए जिम्मेवार थी। 1930 में नासिक में भंगियों ने हड़ताल की, जिसमें वेतनवृद्धि के अलावा एक और माँग भी शामिल थी—'भंगियों को वर्दी दी जाए तथा रात के वक्त काम करने के लिए किरासन तेल की व्यवस्था की जाए।' यानी कि उच्चवर्णीय लोगों के पूर्वाग्रह की वजह से भंगियों को रात के वक्त काम करने के लिए मजबूर करना किन्तु लालटेन में किरासन तेल भरने का खर्चा न देना! यही न्याय था नगरपालिका का!!

मृत्यु-संख्या को घटाने में सफल होने पर नगरपालिका के स्वास्थ्य अधिकारी एक ओर अपनी पीठ खुद ही थपथपा रहे थे, तो दूसरी ओर सफाई कामगारों के खिलाफ शिकायतें भी करते थे। 1936 की रिपोर्ट में तत्कालीन स्वास्थ्य अधिकारी डॉ. सोमण ने लिखा है, "अन्य नगरपालिकाओं के कर्मचारियों को न मिलने वाली कई सुविधाएँ यहाँ के कर्मचारियों को प्राप्त होने के बावजूद उनमें अनुशासनहीनता की वारदातें बढ़ती ही जा रही हैं। इसके परिणामस्वरूप शहर में पर्याप्त मात्रा में सफाई रखने में बाधा आने लगी है।"

1. नासिक नगरपालिका। नासिक नगरपालिका अहवाल 1891, 1934-35

ऐसा तो नहीं है कि भंगी कामचोर होते ही नहीं। किन्तु इस समस्या का एक और पहलू भी तो है, जो इसी रिपोर्ट की निम्न तालिका में देखा जा सकता है। यह पहलू है—शौचालयों की बढ़ती हुई संख्या।

रिपोर्ट में दी गई तालिका से पता चलता है कि छह वर्षों में शौचालयों की संख्या में 305 की वृद्धि हुई कितु भंगी एक ही बढ़ा। स्वास्थ्य अधिकारी भी इस हकीकत को स्वीकार करते हैं। सफाई-काम की व्याप्ति की तुलना में कर्मचारियों की संख्या काफी कम है। 250 की जगह केवल 122 कर्मचारी ही नगरपालिका के पास हैं।[1]

पंढरपुर के भंगियों ने लगभग इसी तरह की शिकायत की। पंढरपुर में जब मेला लगता है तब वहाँ गन्दगी भी काफी बढ़ जाती है तथापि नगरपालिका भंगियों की संख्या में पर्याप्त वृद्धि नहीं करती। मौजूदा भंगियों पर ही काम का बोझ बढ़ जाता है। इस सिलसिले में भंगियों की शिकायत थी कि "मेले में पंडितों-पुरोहितों के तो वारे-न्यारे हो जाते हैं और हमारी जान निकलने लगती है।"

भंगी-कामगारों के मार्ग में जो प्रशासनिक दिक्कतें थीं, वे अब समाप्त हो गई हैं। किन्तु प्रत्यक्ष रूप से जहाँ की सफाई करनी होती है, उन शौचालयों की स्थिति कैसी होती है?

नासिक में शौचालयों और भंगियों की संख्या

	शौचालय			
वर्ष	**निजी**	**सार्वजनिक**	**कुल**	**भंगी**
1931-32	2800	406	3206	121
1932-33	2900	452	3352	118
1933-34	2852	450	3302	118
1934-35	2927	450	3377	120
1935-36	2983	460	3443	122
1936-37	3046	465	3511	122

शौचालय

सिर पर मैले से लबालब, यदा-कदा छेदीला डिब्बा अपने सिर पर उठाए हुए भंगी या भंगन हमारी सफाई-व्यवस्था का प्रतीक हैं। गलती से कभी भंगी सामने से गुजरे तो

1. नासिक नगरपालिका। नासिक नगरपालिका अहवाल 1936-37, 100

नाक पर रूमाल रखकर फौरन उसके रास्ते से दूर हो जाना—बस यही हमारे 'सभ्य' समाज की प्रतिक्रिया होती है। किन्तु गांधी जी के आन्दोलन ने समाज के विवेक को झकझोरा। मानवी मल-मूत्र को इनसान सिर पर ढोए—यह हमारी इनसानियत पर कलंक है। इसे गँवारा नहीं किया जाना चाहिए। यह हकीकत लोगों के दिलों को कचोटने लगी। इसी वजह से 'भंगी-मुक्ति' को कांग्रेस के कार्यक्रम में प्रमुख स्थान मिला। तत्कालीन संयुक्त प्रान्त (आज का उ.प्र.) ने इस समस्या पर उपायों की सिफारिश करने के लिए पहली समिति नियुक्त की। इस समिति ने 1947 में अपनी रिपोर्ट सरकार को सौंपी। और आजादी मिलने के केवल चार दिन बाद यानी 19 अगस्त, 1947 को सरकार ने सभी स्थानीय स्वराज्य संस्थाओं को इन सिफारिशों पर अमल करने की हिदायत दी। तत्पश्चात् बम्बई प्रान्त (आज के महाराष्ट्र व गुजरात राज्य) ने श्री विं. बर्वे की अध्यक्षता में 'भंगी जीवन निरीक्षण और जाँच समिति' नियुक्त की। इस समिति ने 1955 में अपनी रिपोर्ट पेश की। इन सिफारिशों के कार्यान्वयन के आदेश 24 सितम्बर, 1955 को राज्य सरकार के स्वास्थ्य विभाग ने जारी किए। उसके बाद भारत सरकार ने फिर एक बार इसी काम के लिए 1957 में श्री एन.आर. मलकानी की अध्यक्षता में एक अन्य समिति नियुक्त की, जिसने 1960 में अपनी रिपोर्ट प्रस्तुत की।

बर्वे तथा मलकानी—दोनों समितियों ने अत्यंत परिश्रमपूर्वक अपनी रिपोर्टें बनवाईं। वे दोनों गांधी जी के आन्दोलन से सम्बद्ध थे। इसलिए उन्होंने समस्या के सभी पहलुओं का बारीकी से निरीक्षण किया। केवल सामाजिक ही नहीं, आर्थिक मुद्दे को ध्यान में रखकर ही उन्होंने सिफारिशें कीं।

शौचालयों की रचना के बारे में बर्वे समिति ने सिफारिश की थी कि "जहाँ मैला डिब्बे में या जमीन पर गिरता हो, वहाँ उसे हाथ से बाहर निकालना पड़ता है। यह पद्धति यथाशीघ्र बन्द की जानी चाहिए।"[1] इस सिलसिले में उन्होंने नासिक का उदाहरण दिया था—"यहाँ नासिक जैसे प्रमुख शहर का उदाहरण हम प्रस्तुत करते हैं। इस शहर में आज भी एक हजार ऐसे शौचालय हैं जहाँ नीचे टिन का डिब्बा नहीं रखा रहता। वहाँ टिन के छोटे डिब्बे या टुकड़े से मैला बड़े डिब्बे में भरना पड़ता है। इस दौरान बदन लथपथ हो जाता है।"[2] और मैले का यह डिब्बा सिर पर ही ढोना पड़ता था। इस सम्बन्ध में बर्वे समिति ने सिफारिश की थी—"सिर

1. Barve, V.N. (Chairman) Report of the Scavengers Living Conditions Enquiry Committee, State of Bombay, Bombay, Director, Govt. Printing, Publications & Stationery, Bombay State, 1958, 26
2. वही, 58

पर मैले का डिब्बा ढोने की पद्धति फौरन बन्द की जानी चाहिए। इसे सामाजिक अपराध माना जाना चाहिए।"[1]

बर्वे समिति की आग्रही सिफारिशों के बाद स्थिति में आए परिवर्तन का जायजा भारत सरकार द्वारा नियुक्त मलकानी समिति की रिपोर्ट में लिया गया है। श्री मलकानी ने अपनी पुस्तक—'स्वच्छ जनता और अस्वच्छ देश' में महाराष्ट्र के बारे में लिखा है, "महाराष्ट्र ही एकमात्र ऐसा राज्य था जहाँ सिर पर मैला ढोने की पद्धति एक साल के भीतर यानी 2 अक्तूबर, 1963 से पहले बन्द करने का निर्णय लिया गया था। महाराष्ट्र में कुल 123 नगरपालिकाएँ हैं। उनमें से दस नगरपालिकाओं को इस काम में पर्याप्त सफलता नहीं मिली—यह हमें अधिकृत रूप से बतलाया गया। हमारे लिए यह सुखद आश्चर्य ही था। किन्तु बारीकी से छानबीन करने के बाद हमने पाया कि उपर्युक्त शेखी बघारने का कोई मतलब ही नहीं था। पश्चिमी महाराष्ट्र में तो उन सिफारिशों पर अमल किया गया था किन्तु विदर्भ-मराठवाड़ा में स्थिति पूर्ववत् थी।"[2]

कड़ी-से-कड़ी प्रतिज्ञा करना तथा उसे भुला देना महाराष्ट्र सरकार की पुरानी विशेषता है। महाराष्ट्र सरकार के झूठे दावे का बाकायदा खंडन तो मलकानी ने किया ही; उसके अलावा महाराष्ट्र में प्रचलित शौचालयों के बारे में भी तीव्र नाराजगी व्यक्त की थी।

महाराष्ट्र में बाल्टी या टोकरी-उठाऊ शौचालय हैं। सिर पर मैला ढोने से भी घृणास्पद कामचलाऊ स्थिति में ये शौचालय हैं, जो 'हिन्दू शौचालय' कहलाए जाते हैं। इस तरह के शौचालय फौरन बन्द कर दिए जाने चाहिए। क्योंकि इस तरह की व्यवस्था में सफाई के लिए आदमी भीतर जा ही नहीं पाता। अतएव पानी, मल-मूत्र एक होकर गन्दगी बहती रहती है। शौचालयों के दरवाजे सड़कों की ओर खुलते हैं। इसलिए गन्दगी की बदबू से सार्वजनिक स्वास्थ्य पर आँच आती है। वहाँ सूअरों की आवाजाही जारी रहती है। मल-मूत्र के इस मिश्रण को एकाध गड्ढे में जमा होने दिया जाता है तथा हफ्ते में एक बार गड्ढा खाली किया जाता है।[3]

---

1. Barve, V.N. (Chairman) Report of the Scavengers Living Conditions Enquiry Committee, State of Bombay, Bombay, Director, Govt. Printing, Publications & Stationery, Bombay State, 1958, 111
2. Malkani, N.R. Clean People and Unclean Country. New Delhi, Subcommittee for Social Programmes, National Committee for the Gandhi Centenary, 1965, 124
3. वही, 126

मलकानी समिति ने शौचालयों की सुधारित रचना का ढाँचा तथा मैला हाथ से न भरना पड़े—इस सम्बन्ध में उपाय बतलाते हुए कुछ महत्त्वपूर्ण हिदायतें भी दी थीं। "शौचालय में एक विशेष आकार का डिब्बा रखा होना चाहिए। वह वजन में हल्का होना चाहिए। उसे उठाने के लिए दोनों ओर हत्थे या कड़ियाँ होनी चाहिए। डिब्बा बैठक के ठीक नीचे रखा होना चाहिए, ताकि मैला सही तरह से डिब्बे में ही जमा हो सके। डिब्बे को न हिलने देने के लिए जमीन में डिब्बे के पेंदे के आकार का एक खाँचा बनाया जाना चाहिए।"[1] "भंगियों को रबड़ के दस्ताने, जमीन पर फैला हुआ मैला समेटने के लिए स्क्रैपर दिए जाएँ तथा मैला ढोने के लिए उन्हें ठेले दिए जाएँ। मैला यदि गड्ढे में जमा किया गया हो तो उसे भरने के लिए पंप लगाया जाए। हर सम्भव कोशिश यही की जानी चाहिए कि मैले से प्रत्यक्ष शरीर का कोई सम्पर्क न हो।"[2]

शौचालय, वहाँ रखे जाने वाले डिब्बे, स्क्रैपर, ठेले, ठेलों पर रखे डिब्बे आदि के रेखाचित्र समिति ने अपनी रिपोर्ट में दिए थे। कम-से-कम खर्चे में यह साज-सामान जुटाने के कारगर तरीके उसमें दिए गए थे।

तथापि राज्य सरकार इस मामले में निश्चिंत थी। स्क्रैपर, रबड़ के दस्ताने, झाड़ू आदि मूलभूत साधनों की आपूर्ति भी महाराष्ट्र में नहीं की गई। ये किफायती एवं सहज-सुलभ साधन भंगियों के लिए काफी सहायक सिद्ध होते हैं, तथापि इस सम्बन्ध में पाई गई अनास्था को रेखांकित करते हुए मलकानी ने लिखा है : "महाराष्ट्र सरकार ने नीतिगत निर्णय तो ले लिया है कि भंगियों को सिर पर मैला ढोने की आवश्यकता नहीं होगी, किन्तु उनकी काम की स्थिति (working condition) में सुधार लाने की कोई भी योजना उनके पास नहीं है, जबकि केन्द्र सरकार की सहायता तो दोनों कामों के लिए उपलब्ध है।"[3]

मौजूदा स्थिति

दोनों समितियों की सिफारिशों के पच्चीस साल बाद हमने सर्वेक्षण शुरू किया था। महाराष्ट्र के लगभग 31 गाँवों का दौरा हमने किया। उनमें से बम्बई, पुणे

1. Malkani, N.R. Clean People and Unclean Country. New Delhi, Subcommittee for Social Programmes, National Committee for the Gandhi Centenary, 1965, 126
2. वही
3. वही, 125

आदि प्रगत शहरों में भूमिगत मल-निकासी योजनाएँ हैं। शेष नगरों में सफाई की पारम्परिक पद्धति ही प्रचलित थी। सभी जगहों का ब्योरा अलग-अलग देने के बजाय प्रातिनिधिक तौर पर एकाध वाकया विस्तार से बयान करना ज्यादा उचित होगा। बर्वे समिति ने भी अपनी रिपोर्ट में प्रातिनिधिक उदाहरणों के जरिए स्थिति स्पष्ट करने का तरीका अपनाया था। उन्होंने मिसाल के तौर पर नासिक शहर के शौचालयों की स्थिति को लिया था। हम भी यदि वहीं की स्थिति पर विचार करें तो तुलनात्मक चित्र सामने आ सकता है।

डॉ. अनिल अवचट सुलभ इंटरनेशनल द्वारा नासिक में बनाए गए शौचालयों का मुआइना करने के लिए नासिक आए थे। उस वक्त स्वास्थ्य अधिकारी के साथ हम पुराने नासिक में बनाए गए नए शौचालयों का निरीक्षण कर रहे थे। डॉ. अवचट ने स्वास्थ्य अधिकारी से पूछा, "क्या नासिक में सिर पर मैला ढोने की पद्धति अभी भी है?" इसका जवाब उन्होंने 'नहीं' में दिया। ठीक इसी समय एक भंगन सिर पर मैले का डिब्बा उठाए सामने से आ रही थी। अब स्वास्थ्य अधिकारी की जुबान को काठ मार गया! वे लीपा-पोती करने लगे कि लोग मानते ही नहीं...इत्यादि।

स्वयं मैं (अरुण ठाकुर) 1973 तक नासिक में मेन रोड के पीछे एक पुराने बाड़े में रहता था। वहाँ गन्दगी फैलाने वाले ही शौचालय थे। मैं जानता था कि अभी भी वहाँ की स्थिति में कोई परिवर्तन नहीं हुआ है तथापि शहर में कुल मिलाकर स्थिति का जायजा लेने की दृष्टि से एक मुकादम दोस्त के साथ मैं प्रात: छह बजे सफाई काम का निरीक्षण करने चल पड़ा था।

नासिक में मकानों की दो पंक्तियों के पिछवाड़े एक सँकरी गली बन जाती है और इसी गली में शौचालयों के चेम्बर के दरवाजे खुलते हैं। ये दरवाजे छोटे, चौकोर या आयताकार होते हैं। इसी गली में लोग अपनी-अपनी खिड़कियों में से कूड़ा-कचरा भी फेंकते हैं। इसलिए वहाँ कूड़ा-ही-कूड़ा बिखरा रहता है। इसी में से रास्ता बनाते हुए भंगी को चेम्बर तक पहुँचना पड़ता है। चेम्बर का आकार छोटा होने से नीचे झुककर भीतर से डिब्बा निकालना पड़ता है। ऐसा नहीं है कि हर बार डिब्बा वहाँ मिलेगा ही। डिब्बे में छेद आदि हो जाने पर नया डिब्बा लाकर वहाँ रखने वाला मकान मालिक ढूँढ़ें नहीं मिलता। एन.आर. मलकानी ने जिन शौचालयों को फौरन बन्द किए जाने की माँग की थी, वे 'हिन्दू' शौचालय यही तो हैं!

"सँकरी, कूड़े से पटी पड़ी गलियों में स्थित ऐसे असुविधाजनक शौचालयों को फौरन गिरा देना चाहिए। धरती पर बने हुए नर्क हैं ये, जिन्हें हिन्दुओं ने अपने घरों में स्थान दिया है।"[1]

नासिक में हाल के दिनों में जो दृश्य हमने देखा था, वह 25-30 साल पहले बर्वे-मलकानी के देखे दृश्यों से अलग नहीं था। गोरे राम गली में हम पहुँचे तो वहाँ सफाई-काम चल रहा था। वहाँ के कम-से-कम चार शौचालयों में मैले के डिब्बे ही नहीं थे। इसलिए गन्दगी जमीन पर ही बह रही थी। चेम्बर के दरवाजे टूटे हुए थे। हमारे सामने ही एक भंगन अर्ध गोलाकार डिब्बों में से मैला अपने डिब्बे में उँडेल रही थी। उसके हाथ में न रबड़ के दस्ताने थे, न ही स्क्रैपर। अन्तत: मैले से भरा हुआ वह डिब्बा हमारे सामने ही उसने सिर पर उठा लिया। क्योंकि गली सँकरी होने से मैला-गाड़ी मुख्य सड़क पर ही छोड़नी पड़ी थी। अतएव वहाँ तक मैला सिर पर ही ढोना पड़ता था। सुबह के वक्त मुहल्ले की औरतें पानी भरने की फिराक में थीं। एक ओर तो घर के दरवाजे के सामने लिपे-पुते आँगन में रंगावली सजी थी और दूसरी ओर मैले के ये डिब्बे रखे गए थे।

मेरे मुकादम दोस्त ने बताया कि पुराने नासिक में इस तरह के सात सौ शौचालय अभी भी मौजूद हैं। यहाँ के मकान और बाड़े काफी पुराने होने से शौचालयों की रचना बदलने में कई तरह की बाधाएँ आती हैं। बर्वे समिति ने ऐसे शौचालयों की संख्या अनुमानतया एक हजार बतलाई थी। यानी कि तीस वर्षों में केवल तीन सौ दोजख ही नष्ट हो पाए। यह औसत सालाना दस बैठता है। इस गति से नासिक में पूर्ण परिवर्तन के लिए सत्तर साल तक प्रतीक्षा करनी होगी! बर्वे समिति ने 1949 में जिस 'रौरवमयी' परम्परा से साक्षात्कार किया था, वह अभी भी बाकायदा मौजूद है।

बर्वे-मलकानी ने मैला ढोने के लिए जिन ठेलों की सिफारिश की थी, वह ठेले हमें कभी भी दिखाई नहीं पड़े! नासिक छोटी-छोटी पहाड़ियों पर बसा शहर होने से यहाँ के ऊँचे-नीचे रास्तों में ठेले चलाना असुविधाजनक है—इस तरह की दलील अक्सर दी जाती है। तर्कसंगत न होते हुए भी इस दलील को जायज मान लें तो भी येवला, अकोला, चालीसगाँव आदि नगरों में भी ऐसे ठेले हमारे देखने में नहीं आए। ये नगर तो पहाड़ियों पर नहीं बसे हैं।

---

1. मलकानी, एन.आर. स्वच्छ लोग—अस्वच्छ देश, सफाई दर्शन, 22 अगस्त, 1962, वर्ष 4, अंक 2, 25

हम अपने इस सर्वेक्षण में अन्यान्य समस्याएँ जान लेने का प्रयास भी तो कर रहे थे। मसलन—इस तरह के काम में खास तौर से कौन-कौन-सी कठिनाइयाँ आती हैं? कौन-सी ऋतु में अधिक तकलीफ होती है? कौन-कौन-सी बीमारियाँ धावा बोलती हैं? लोग किस तरह से पेश आते हैं? क्या प्यास लगे तो पानी मिल जाता है? क्या सफाई के लिए वे औजार मिलते हैं, जिनकी सिफारिश बर्वे-मलकानी समितियों ने की थी? उन साधनों का प्रयोग क्यों नहीं किया जाता? आदि।

इन सवालों के बारे में उनकी प्रतिक्रियाएँ उल्लेखनीय थीं। संगमनेर की हाफीजा शेख ने कहा, "तकलीफ तो होती है। लेकिन बगैर काम किए कोई खाना तो नहीं खिलाएगा।" मुमताज ने विषय को नई दिशा प्रदान करते हुए कहा, "बगैर मुसीबत के तो कोई काम ही नहीं होता।" पनवेल की सुशीला ने कहा, "मैला उठाने के दौरान हाथ गन्दे हो जाते हैं, आँखों में जलन-सी होने लगती है।" संगमनेर की 50 वर्षीय गुलाबबाई तेजी ने शिकायत की, "इस काम से पीठ में कूबड़ आता है, हाथ में फोड़े हो जाते हैं।" 'टोकरी-संडास' जहाँ हैं, वहाँ सबसे ज्यादा कष्ट होने की शिकायत सभी ने की। मुख्यतया विषाक्त गैस के कारण आँखों में जलन होना तो आम बात थी। बदबू सूँघने की आदत पड़ जाने के बावजूद उससे तकलीफ तो होती ही है।

उनमें से कई लोगों ने कहा कि "तकलीफ तो हर मौसम में होती है," किन्तु गरमियों में गैस की ज्यादा तकलीफ होने की प्रमुख शिकायत उन्होंने की। बारिश के दिनों में मैले का डिब्बा सिर पर उठाए, राह चलते कदम फिसलने का खतरा अधिक रहता है। कोल्हापुर के जुम्मन ने 'टोकरी संडास' में साँप के खतरे का भी जिक्र किया।

विषाक्त गैस का असर आँख तथा श्वसन व्यवस्था पर यकीनन पड़ता होगा। इस पेशे से सम्बद्ध लोगों को अक्सर दमा, टी. बी. तथा आँख की बीमारी से पीड़ित पाया जाता है। कॉमरेड ढंढोरे (जलगाँव) ने तो यहाँ तक कहा कि "मेहतर कामगारों के शरीर से खून भी बहने लगता है।" मलकानी-रिपोर्ट में क्रम संख्या 214 में "सिफारिश की गई थी कि—सभी राज्य सरकारों को चाहिए कि वे सर्वेक्षण कर यह पता लगाएँ कि मैला-सफाई का काम करते रहने की वजह से उन्हें कोई बीमारी तो नहीं हुई? यदि हुई तो इलाज का समुचित प्रबन्ध सरकार को करना चाहिए। समय-समय पर कामगारों के स्वास्थ्य परीक्षण की व्यवस्था भी की जानी चाहिए।"

किन्तु हमें तो नहीं लगता कि सरकारी स्तर पर ऐसा कोई सर्वेक्षण किया गया हो। अपने निरीक्षण के दौरान हम इस बात की ओर विशेष ध्यान नहीं दे पाए,

तथापि अपनी-अपनी बस्ती के डॉक्टर से यह जानकारी प्राप्त की जा सकती है। हमने सतारा में मलकाना जाति के डॉ. अविनाश अष्टेकर से मुलाकात की तो उन्होंने बताया कि भंगियों में अक्सर गठिया, ब्रांकाइटिस, आँखों में जलन आदि बीमारियाँ पाई जाती हैं।

भंगियों का कार्य-समय तो अब सुविधाजनक है किन्तु उनकी मुसीबतें ज्यों की त्यों हैं, बल्कि और बढ़ गई हैं। कालिदास सोलंकी ने बताया कि पंढरपुर के मेले में ब्राह्मणों की कमाई होती है और हमारी जान निकलती है। भंगियों की संख्या बढ़ाए बिना जो हैं उन्हीं का खून चूसा जाता है। मेले के पन्द्रह दिनों में चालीस रुपल्लियाँ ज्यादा मिलती तो हैं किन्तु पूरा दम निकलता है। बार्शी के ईश्वर नानजी गलीयल ने बताया, "पहले यहाँ की जनसंख्या साठ हजार थी तब 80 भंगी थे। अब जनसंख्या तो कहीं अधिक हो गई है, जबकि भंगियों की संख्या घटकर 55 रह गई है।" ऐसी विपरीत स्थिति में भी भंगी काम कर रहे हैं।

नासिक के गोविंद परमार ने कहा था, "आदत हो जाने से तकलीफ नहीं होती; बल्कि सवेरे-सवेरे अच्छी-खासी कसरत हो जाती है।" वे 65 वर्ष के हो चले थे। उनकी पीढ़ी के लोग भले ही इस कसरत से सन्तुष्ट हों, नई पीढ़ी को यह सब नागवार गुजरता है। नासिक में जिस दोस्त के साथ मैंने सफाई-काम का निरीक्षण किया, उसकी बातों से कदम-कदम पर नाराजगी व्यक्त हो रही थी। आशा की यही तो एक किरण थी तथापि युवा पीढ़ी इस पेशे में आई तो है किन्तु भंगियों की कष्ट मुक्ति के लिए सिफारिश किए गए साधनों का आग्रह वे नहीं करते। वे दस्ताने पहने हुए नहीं थे। ठेलों का प्रयोग नहीं करते थे। इस मामले में वे अपने बुजुर्गों का ही अनुकरण करते पाए गए।

मशहूर गांधीवादी कार्यकर्ता श्री मामा साहब उर्फ वि.ल. फड़के कहा करते थे, "जब तक भंगी महँगे नहीं होते, भंगी-मुक्ति नहीं होगी।"

श्री प्रफुल्लचन्द्र पटनायक ने भंगी-मुक्ति की दृष्टि से ये हिदायतें दी थीं : "एक निर्धारित अवधि (भले ही वह पाँच वर्ष की हो) के बाद जीर्ण-शीर्ण टोकरी-संडास को प्रयोग में लाने वाले महाभागों पर 'अमानुषिकता टैक्स' लगाया जाए। उसके बाद भी उन्हें पाँच वर्ष की अतिरिक्त अवधि दी जाए। दस साल बाद शौचालयों की सफाई के लिए भंगियों को नियुक्त करने का दायित्व नगरपालिका पर नहीं होगा।"[1]

1. कांकरोडे, प्रफुल्लचन्द्र पटनायक, भंगी-मुक्त समाज की भूमिका, सफाई दर्शन, 22 दिसम्बर 1962, वर्ष 4, अंक 6, 84

नगरपालिकाओं की लापरवाही, शौचालयों के सुधारों के मद में तनिक भी खर्च न करने की मकान मालिकों की प्रवृत्ति की वजह से शौचालयों में कोई सुधार नहीं हो सकता। इस दृष्टि से पटनायक ने योग्य उपाय बताया था। इसी उपाय के बकौल मकान मालिकों पर दबाव डालने का प्रयास नासिक के तत्कालीन प्रशासक विष्णु प्रसाद खटुआ ने किया था। उन्होंने शौचालय-कर में काफी वृद्धि की थी। लेकिन उनका तबादला होते ही मकान मालिकों ने एकजुट होकर नाजायज कर-वृद्धि रद्द करवा ली।

सरकारी समितियों की रिपोर्टों की स्थिति अब पोथी-पुराणों जैसी हो गई है। सिफारिशें लागू करने की जिम्मेदारी जिन अधिकारियों पर होती है, वे अधिकारी ही नए-नए बहाने ढूँढ़ते रहते हैं। नगरपालिका प्रशासन ही क्यों, कामगार संगठन भी सिफारिशों को लागू करने-कराने में तनिक भी उत्साह नहीं दिखाते।

नासिक के सफाई महाविद्यालय में भाषण करते हुए एक बार श्री एन.आर. मलकानी ने कहा था, "यह समस्या बड़ी जटिल है। मैं तो उनसे कहा करता हूँ—लोगों के रहन-सहन में सुधार होना चाहिए, मकान ठीक-ठाक और हवादार होने चाहिए। लेकिन आप लोग माँग नहीं करते। आपकी माँगें तो केवल छुट्टियों और वेतन-वृद्धि तक ही सीमित होती हैं।"[1] अभी भी उनकी यही स्थिति है। सामूहिक प्रयास केवल भंगी-मुक्ति के लिए ही नहीं, कष्ट-मुक्ति के लिए भी किए जाने की आवश्यकता है। ऊँची-नीची सड़कों की वजह से यदि ठेले चलाना सम्भव न हो तो किसी वैकल्पिक व्यवस्था के बारे में सोचना, रबड़ के दस्ताने, स्क्रैपर आदि वस्तुएँ प्राप्त कर उनका प्रयोग करने के लिए कामगारों को प्रोत्साहित करना आदि बातें यूनियनों को गौण प्रतीत होती हैं, "जैसे-तैसे काम तो पूरा हो रहा है न?" इसी में अधिकारी भी खुश हैं। न तो कष्ट-मुक्ति के साधन उपलब्ध कराते हैं, न उनमें सुधार लाने के बारे में कभी सोचते हैं। सिर पर मैला ढोना कानूनन अपराध होने के बावजूद पालिका प्रशासन ने वह बात कामगारों की स्वेच्छा पर छोड़ दी है।

गांधी शताब्दी वर्ष में सरकारें कम-से-कम यह महसूस तो करती थीं कि उनकी भी कोई नैतिक जिम्मेदारी है। किन्तु अब यह बात दो दशक पुरानी हो गई है। सरकार के भोथरे एहसास तो अब बिलकुल ही संवेदनहीन हो गए हैं। जाहिर है कि सरकार जिन लोगों से बनती है उस समाज के एहसास भी ऐसे ही भोथरे होते हैं।

1. मलकानी, एन.आर. सफाई विद्यालय में, सफाई दर्शन, 22 फरवरी, 1963, वर्ष 4, अंक 8, 116 (17 जाने. 1963 रोजी नासिक रोड नगरपालिकेतील सफाईकामगारांसमोरील भाषण।)

इस सन्दर्भ में समाज मन को यथार्थ रूप से रेखांकित करने वाला अत्यंत मर्मग्राही उदाहरण श्री विं.न. बर्वे ने अपनी रिपोर्ट में दिया था, "दो बाल्टियों के शौचालयों की पद्धति साबरमती आश्रम में महात्मा गांधी ने शुरू की। जब तक गांधी जी आश्रम में रहे, तब तक बाल्टियाँ उठाने के लिए वहाँ भंगियों की नियुक्ति कतई नहीं की गई। आश्रमवासी ही यह काम करते थे। यही वहाँ का अनुशासन था। गांधी जी के बाद वह हरिजन आश्रम कहलाया जाने लगा। दो बाल्टियों वाले शौचालय तो वहाँ बरकरार रहे किन्तु सफाई के लिए अब वहाँ भंगी नियुक्त किए गए।"[1]

गांधी जी की मृत्यु के बाद उनके आश्रम में ही यदि उनके आदर्शों की धज्जियाँ उड़ने लगीं तो देश में इससे अलग और क्या होना था? एन.आर. मलकानी को उससे बड़ा ही क्षोभ हुआ था। इसी उखड़े हुए अन्दाज में उन्होंने लिखा था, "दूसरे किसी मुल्क में न कभी भंगी थे, न आज हैं। किन्तु हमारे यहाँ हैं। हम यह मानकर चलते हैं कि दुनिया में हमीं सबसे पाक-साफ हैं। हमारा दम्भ और अहंकार जितना महान है, उतना ही हमारा पतन भी महान है।"[2]

कूड़े-कचरे का डिपो

सफाई कामगार कूड़ा, मैला, गन्दगी समेटकर लाते तो हैं किन्तु उन्हें ठिकाने लगाने की समस्या मुँह बाए खड़ी रहती है। मैला और कूड़े पर राख या मिट्टी डालकर उससे खाद बनाई जा सकती है। नासिक नगरपालिका ने ऐसा किया था और उन्हें इससे अच्छी-खासी आमदनी भी हुई थी। यह कूड़ा जहाँ जमा किया जाता है उस जगह को 'डंपिंग ग्राउंड' कहा जाता है। मलकानी समिति ने डंपिंग ग्राउंड पर कुछेक सुविधाएँ उपलब्ध कराने की सिफारिश की थी। उनमें से प्रमुख सिफारिश यह थी कि "डंपिंग ग्राउंड पर कामगारों को मुँह-हाथ धोने के लिए साबुन की व्यवस्था की जाए।"[3]

---

1. Barve, V.N. (Chairman) Report of the Scavengers Living Conditions Enquiry Committee, State of Bombay. Bombay, Director, Govt. Printing, Publications & Stationery; Bombay State, 1958-59
2. मलकानी, एन.आर. स्वच्छ लोग—अस्वच्छ देश, सफाई दर्शन, 22 सितम्बर, 1962, वर्ष 4, अंक 3, 38
3. मलकानी, एन.आर. मलकानी अहवाल—सिफारिश क्रमांक दोनशे दहा। सफाई दर्शन। 22 दिसम्बर, 1963, वर्ष 5, अंक 6, 88

यदि इन सिफारिशों पर अमल किया जाता तो बम्बई के सफाई कामगार 19.9.1986 को हड़ताल न करते। हड़ताल के अन्य मुद्दों के साथ-साथ डंपिंग ग्राउंड पर साबुन उपलब्ध कराए जाने का मुद्दा भी था। महानगरपालिका के आयुक्त को घेराव के दौरान कामगारों द्वारा सड़कों पर कूड़ा बिखेर दिए जाने की वजह से आयुक्त बेहद नाराज हुए थे। यह मामला काफी प्रचारित हुआ। कामगारों पर टीका-टिप्पणी भी हुई। किन्तु इस बात की ओर किसी का ध्यान नहीं गया कि 1963 में की गई सिफारिश पर बम्बई जैसी मालदार पालिका भी 1986 तक अमल नहीं कर सकी। प्रशासन की इस मनोवृत्ति पर किसी ने भी उँगली नहीं उठाई। इस हड़ताल के बाद भी पालिका प्रशासन ने अधिकारियों के लिए तो साबुन-तौलिए की व्यवस्था की, कामगारों के लिए नहीं! यहाँ मुझे वे दिन याद आ रहे हैं, जब 1932 में नासिक के भंगी कामगारों को रात को काम करने के लिए लालटेन की जरूरत पड़ती थी और किरासन तेल का खर्चा नगरपालिका से प्राप्त करने के लिए उन्हें संघर्ष करना पड़ा था। इस बीच लगभग साठ साल गुजर रहे हैं, किन्तु प्रशासन की मानसिकता वही है।

जिस दिन नासिक के डंपिंग ग्राउंड पर हम लोग गए थे, उसी दिन उस इलाके के निवासी 'कचरा डिपो हटाओ' आन्दोलन शुरू करने वाले थे। उनकी मुख्य शिकायत थी कि डिपो की वजह से बदबू फैलती है और मक्खियों की बाढ़-सी आ जाती है। उनकी शिकायत तो बिलकुल जायज थी। किन्तु जरा सोचिए, इससे भी अधिक बदबूदार माहौल में भंगी बरसों से काम कर रहे हैं, पर किसी के कानों पर जूँ तक नहीं रेंगी। अब जब खुद पर बीतने लगी है तो लोगों को बड़ा ही कष्ट होने लगा है। और माँग भी सिर्फ इतनी-सी है कि डिपो वहाँ से दूर किसी अन्य स्थान पर स्थानान्तरित कर दिया जाए!

नासिक के डंपिंग ग्राउंड पर मुँह-हाथ धोने के लिए पानी के नल की भी सुविधा नहीं है—फिर साबुन के बारे में तो सोचना ही बेकार है। गड्ढे खोदकर उनमें मैला और कूड़ा एकत्र करने की वही पुरानी पद्धति अभी भी बरकरार है। कूड़े के ढेर, असहनीय बदबू और मक्खियों का ज्वार...इसके अलावा वहाँ होता ही क्या है? काम पूरा करने पर मुँह-हाथ धोने के लिए कामगारों को वहाँ से कुछ ही दूर स्थित कैनाल तक जाना पड़ता है। कैनाल में पानी हुआ तो वहाँ जाने का प्रयोजन सिद्ध होता है, वरना खाली हाथ ही लौटना पड़ता है।

बम्बई और नासिक जैसे बड़े शहरों में यह स्थिति है। फिलहाल देश में व्यापक परिवर्तन, प्रगति, वैज्ञानिक क्रान्ति, हरित क्रान्ति आदि का काफी बोलबाला है किन्तु इस दौर में भंगियों जैसे उपेक्षित समूह की दुर्गति की ओर ध्यान देने की फुरसत ही किसी के पास नहीं। भंगी बेचारे दिल को तसल्ली देते हैं कि धीरे-धीरे स्थिति में अपने-आप परिवर्तन आएगा। इस प्रकार की मानसिकता का वर्णन सुप्रसिद्ध हिन्दी साहित्यकार श्री वियोगी हरि ने 1959 में किया था, जो आज भी सटीक लगता है, "इस प्रश्न में क्रमवार का सहारा लिया जाता है, तब तो खून खौल उठता है। दिल्ली में एक तरफ अशोका होटल है और दूसरी तरफ आन्ध्र के झोंपड़े हैं। कई लोग कहते हैं कि क्या उतावली है, धीरे-धीरे सब हो जाता है। माली बीज बोता है, तो क्या फौरन उसके फल मिल जाते हैं? उसमें समय तो लग ही जाता है! हम पूछते हैं कि बँगले में आग लगी है, ठीक है। धीरे-धीरे एक-एक लोटा पानी डालेंगे। उस समय हमारी फोटो खिंच जाएगी। इसके लिए थोड़ा इधर-उधर होना पड़ेगा। और उतने में बँगला खाक हो जाएगा।"[1]

श्री वियोगी हरि की यह सार्थक दलील कोरी गप नहीं है। समाज में व्याप्त शिथिलता, सरकारी लाल फीताशाही और कसैली मानसिकता की वजह से हमारा वरीयता-क्रम ही बदल गया है। प्रजातंत्र में इनसान सर्वोपरि होता है। किन्तु आजादी के चालीस साल बाद भी हम भंगी के सिर से मैले का डिब्बा नीचे नहीं उतार पाए। किन्तु इस सामाजिक अकर्मण्यता पर किसी को कोई मतलब नहीं। तो फिर जो परिवर्तन धीरे-धीरे अपेक्षित है, वह कब और कैसे आएगा?

श्री वियोगी हरि ने भंगियों की दु:स्थिति को समूचे घर में आग लग जाने की तीव्रता से महसूस किया। ऐसे संवेदनशील लोगों ने ही समस्या के इन एहसासों को समाज के रू-ब-रू लाने का महत्त्वपूर्ण कार्य किया है। इनमें गांधीवादी कार्यकर्ताओं का सहभाग उल्लेखनीय है।

इस सम्बन्ध में कर्मठ गांधीवादियों का रवैया अत्यंत परिवर्तनशील एवं प्रगतिवादी था। विषय प्रतिपादन का उनका ढर्रा भले ही आध्यात्मिक या धार्मिक रहा हो उनकी कृति वैज्ञानिक थी। केवल भूतदयावादी दृष्टि से उन्होंने इस समस्या का अध्ययन नहीं किया। उसके आर्थिक, सामाजिक, व्यावसायिक आदि सभी पहलुओं को मद्देनजर रखते हुए उन्होंने विश्लेषण किया; समस्या का समाधान ढूँढ़ने का प्रयास किया। भंगी

1. वियोगी हरि। भंगी-मुक्ति परिसंवाद—पहले दिन की कार्रवाई, सफाई दर्शन, जुलाई 1959 से अप्रैल 1960, 17

व्यवसाय को एक ही दौर में नष्ट नहीं किया जा सकेगा, इस हकीकत को महसूस कर उन्होंने दो चरणों की योजना बनाई : (1) भंगी कष्ट-मुक्ति, (2) भंगी-मुक्ति।

भंगी-काम में कामगारों को जो मुसीबतें उठानी पड़ती हैं, उन्हें दूर करने की दृष्टि से फौरी उपाय किए जाने का आग्रही प्रतिपादन उन्होंने किया। इस सिलसिले में उन्होंने अनुसन्धान भी किया। शौचालयों की रचना में सुधार, सफाई के लिए नए सुविधाजनक उपकरण तथा आज भंगी को जिस बदबूदार और अस्वास्थ्यकर वातावरण में दकियानूस तरीके से काम करना पड़ता है उस पर रोक...इन्हीं सब पहलुओं को उजागर करने का आग्रह उन्होंने किया। अप्पासाहब पटवर्धन के 'गोपुरी' के शौचालय उनके इसी सोच की उपज थे। भाई नावरेकर ने 'नायगाँव शौचालय' बनवाए। वे निरन्तर इसी प्रयास में थे कि प्रयोग करने के बाद भी साफ-सुथरे रह सकने वाले शौचालयों को वरीयता दी जाए, मैले को खाद के रूप में प्रयोग में लाया जाए, सफाई के लिए भंगी की आवश्यकता न पड़े आदि। ग्रामीण इलाके में शौचालयों को 'खाद घर' जैसे सार्थक कार्य के रूप में परिवर्तित करने की दृष्टि से उन्होंने पुरजोर कोशिश की। गोपुरी शौचालयों और भंगी-मुक्ति के प्रचार-प्रसार के लिए अप्पासाहब ने जनाधारित पदयात्रा की।

नए आधुनिक साधनों की बदौलत भंगी कष्ट-मुक्ति तो हो जाएगी किन्तु यह अन्तिम लक्ष्य तो नहीं हो सकता। इस सन्दर्भ में उनमें दो तरह की विचारधाराएँ थीं। अप्पासाहब पटवर्धन ने कहा था, "भंगियों को अपने अपमान और घटिया कार्यपद्धति का सबसे अधिक मलाल है। इसके साथ जुड़ी है उनकी लाचारी और गुलामी। यह काम वे बखुशी नहीं, मजबूरी में करते हैं। अपमान, घटिया तरीके और उलाहना का कोई कारगर इलाज हो, तो इस पेशे से उन्हें कोई गिला-शिकवा नहीं होगा।"[1]

कई गांधीवादियों को अप्पासाहब की यह दलील स्वीकार्य नहीं थी। कोई भी व्यक्ति अपनी इच्छा से, खुशी-खुशी इस पेशे में नहीं आ सकता। श्रम की जहाँ कोई कद्र न हो, वहाँ तो इस स्थिति की कल्पना भी नहीं की जा सकती। भारत भी उन्हीं में से एक देश है। और फिर यहाँ तो काम के स्वरूप के साथ सामाजिक दर्जा जुड़ा होने से इस तरह का घटिया काम करने का मतलब होता है समाज के सबसे नीचे के तबके में चले जाना। इसीलिए अप्पासाहब की दलील का विरोध करते हुए प्रफुल्लचन्द्र पटनायक ने लिखा था, "हमारा अन्तिम लक्ष्य भंगी कष्ट-मुक्ति नहीं, भंगी-मुक्ति है। मेरी राय में भंगी कष्ट-मुक्ति पहली सीढ़ी हो

1. पटवर्धन, अप्पासाहब। भंगी-मुक्ति, सफाई दर्शन, 22 मई, 1962, वर्ष 3, अंक 11, 163

सकती है। किन्तु हम लोग उसी को अन्तिम लक्ष्य मानकर उस पर इतना अधिक जोर देने लगे हैं कि हमें डर है कि कहीं हम भंगी-मुक्त समाज की स्थापना के चरम लक्ष्य को भुला न दें।"[1]

आज पच्चीस वर्षों बाद हम भंगी कष्ट-मुक्ति की पहली सीढ़ी भी पार नहीं कर पाए। अब तो भंगी-मुक्ति की बात अतीत में खो गई है।

गांधीवादियों ने एक ओर भंगी कष्ट-मुक्ति के साधनों की टोह लेना जारी रखा और दूसरी ओर सफाई काम के प्रति समाज में व्याप्त गलत धारणाओं के निराकरण के प्रयास भी जारी रखे। इसी इरादे से 22 जुलाई, 1957 से 'सफाई दर्शन' नामक मासिक उन्होंने शुरू किया। उसमें सफाई की आवश्यकता, सफाई के नए साधन, विदेशी सफाई व्यवस्था, भंगी पेशे के दुख-दर्द आदि विषयों पर लेख, कविताएँ आदि को स्थान दिया जाता था। कुल मिलाकर सामाजिक प्रबोधन का ही यह एक प्रयास था। उन्होंने सफाई शब्द को 'सभी वस्तुओं का फायदेमन्द इस्तेमाल' इन्हीं शब्दों में परिभाषित किया।[2] इस पेशे के बारे में व्याप्त सामाजिक घृणा को नष्ट करना, सार्वजनिक सफाई व्यवस्था का महत्त्व लोगों के गले से नीचे उतारना आदि बातों पर उनका विशेष जोर था। इस पेशे को प्राप्त जातीय कलेवर को उतार फेंकने की सार्थक कोशिशें भी उन्होंने की। इसी अभियान के एक हिस्से के तौर पर व्यारा (गुजरात) में एक सफाई महाविद्यालय शुरू किया गया। जुलाई, 1962 से इसे व्यारा से नासिक में स्थलांतरित किया गया। इस महाविद्यालय में उच्चवर्णियों के अलावा विभिन्न जातियों के छात्रों को सफाई की वैज्ञानिक तालीम दी जाती थी। इस उद्देश्य से तीन महीनों की अवधि का एक पाठ्यक्रम भी बनाया गया था। इसके तहत भंगी पेशे के इतिहास से लेकर अधुनातन सफाई व्यवस्था तक सभी मदों की शिक्षा छात्रों को दी जाती थी। रोजाना प्रत्यक्ष सफाई भी उन्हें करनी पड़ती थी। 'भारत सफाई मंडल' नाम से काम करने वाली संस्था के सदस्यों को 'सफाई चन्दा' अनिवार्यतया देना पड़ता था। प्रतिदिन कम-से-कम 15 मिनट सफाई काम करना—यही वह चन्दा था।[3] उनका आग्रह था कि देश के सुरक्षा-प्रहरी और सफाई-प्रहरी का दर्जा एक होना चाहिए।

---

1. कांकरोडे, प्रफुल्लचन्द्र पटनायक। भंगी-मुक्त समाज की भूमिका, सफाई दर्शन, 22 दिसम्बर, 1962, वर्ष 4, अंक 6, 84
2. तैत्राणिया, राजुभाई। सफाई दर्शन; 22 सितम्बर, 1961, वर्ष 3, अंक 3, 41
3. पटवर्धन, अप्पासाहब। भंगी-मुक्ति, सफाई दर्शन, 22 मई, 1962, वर्ष 3, अंक 11, 163

यह तो हम देख ही चुके हैं कि इस लक्ष्य को हम कहाँ तक प्राप्त कर सके। भंगियों के कष्टप्रद जीवन की वास्तविक कठिनाइयों को महसूस करने की बात तो दूर, 'आमदनी ज्यादा हो जाने से वे लोग गुमानी हो गए हैं' यही धारणा आम तौर पर लोगों में पाई जाती है। गांधीवादी संस्थाओं में शुरू-शुरू में जो मिशनरी प्रवृत्ति पाई जाती थी, वह अब खत्म हो चुकी है। वहाँ के बुजुर्ग कार्यकर्ताओं की पीढ़ी के बाद समर्पित युवकों की पीढ़ी के होनहार लोग उन संस्थाओं में दाखिल नहीं हुए। सरकारी प्रयास कागजी कार्रवाई की औपचारिक खानापूर्ति के अलावा अधिक कुछ नहीं कर सके। इस प्रकार भंगी कष्ट-मुक्ति, भंगी-मुक्ति आदि सपने अब अपना अर्थ खो बैठे हैं। सार्वजनिक सभा-समारोहों में यदा-कदा उनका जिक्र होता है, बस।

यांत्रिकीकरण—चौबे जी छब्बे...

बम्बई में 'सफाई यंत्रों' की स्थापना की खबर आजकल लोगों की चर्चा का प्रमुख विषय है। यहाँ भूमिगत मल निस्सारण व्यवस्था कायम हो जाने से सफाई के लिए भंगियों को आवश्यकता नहीं पड़ती। किन्तु सड़कों के किनारे तैयार होने वाले कूड़े के ढेर अच्छा-खासा सिरदर्द बन रहे हैं। इस गन्दगी को हटाने के लिए भी तो सफाई कामगारों की आवश्यकता होती है। यह काम यंत्रों के जरिए करवाने की यथार्थता पर पिछले तीन-चार वर्षों से विचार किया जा रहा है।

बहुत पहले से यह मसला विचाराधीन रहा है कि सफाई व्यवस्था मानवी परिश्रम पर आधारित न रहे, इस कार्य में यंत्रों का अधिकाधिक प्रयोग किया जाए। मलकानी समिति ने विभिन्न देशों में प्रयोग में लाए जा रहे सफाई-यंत्रों की जानकारी इकट्ठा कर उसी तरह की व्यवस्था भारत में भी कायम करने की सिफारिश की थी। गांधीवादी यांत्रिकीकरण के विरोधक होने के बावजूद सफाई-कार्य में यंत्रों के प्रयोग का उन्होंने समर्थन ही किया है। नित नई ईजाद किए जाने वाले वैज्ञानिक साधनों के बारे में सफाई-महाविद्यालय में विधिवत् जानकारी दी जाती थी।

मानवी प्रतिष्ठा को उचित सम्मान दिलाने के उद्देश्य से ही यंत्र-प्रयोग को गांधीवादियों का समर्थन प्राप्त था; क्योंकि उन्हें मालूम था कि भारत में मानवी परिश्रम की कोई कद्र नहीं है, बल्कि सफाई के लिए किए जाने वाले परिश्रम कितने ही आवश्यक एवं महत्त्वपूर्ण क्यों न हों, उनसे सम्बद्ध आदमी 'अछूत'

ही रह जाता है। इसीलिए 'जैसी रसोई वैसी सफाई' की धारणा को दृढ़मूल करने का प्रयास उन्होंने किया। उनका आग्रह था उच्चवर्णीय लोग प्रतीकात्मक रूप से ही सही, सफाई काम अवश्य करें तथापि इस हकीकत से भी वे अच्छी तरह से वाकिफ थे कि जब तक सफाई काम इनसान को अपने हाथों से करना पड़ेगा, भंगियों की जाति अलग से बराबर मौजूद रहेगी। अतएव उन्होंने इसके यांत्रिकीकरण को तरजीह दी। साथ ही, उनकी यह भी दलील थी कि यांत्रिकीकरण के फलस्वरूप बेरोजगार होने वाले कामगारों को अन्य रोजगार में समा लेने की व्यवस्था महापालिका को करनी चाहिए।

कोल्हापुर के मेहतरों ने 1986 में एक स्मारिका प्रकाशित की थी। उसमें अप्पासाहब नारलेकर ने भंगी-मुक्ति—'एक ज्वलंत समस्या' शीर्षक से लिखे लेख में निम्नलिखित उपायों की सिफारिश की थी :

1. धन्धे के लिए ब्याज रहित दीर्घावधि ऋण दिए जाएँ।
2. सम्पूर्ण निवृत्ति वेतन एवं हरजाने की पूरी रकम देकर ही उन्हें मुक्त किया जाए।
3. शैक्षणिक पात्रता तथा कार्यक्षमता के आधार पर भंगी कामगारों को वैकल्पिक सेवाओं में अवसर प्रदान किए जाएँ।
4. प्रकल्प के कारण जिन लोगों पर विपरीत परिणाम होते हों, उनके लिए जो-जो उपाय स्वीकार्य होते हैं उन्हें युद्ध स्तर पर मंजूरी दी जाए।
5. सुवर्णकारों की बेरोजगारी दूर करने के लिए जिस तरह उपाय योजना की गई; उसी तरह से विभिन्न कारगर उपायों के जरिए इस समूह के लोगों को भी जीने का जरिया बाकायदा उपलब्ध कराया जाए।
6. सिंचाई सुविधायुक्त उर्वरा जमीन नि:शुल्क प्रदान कर वहीं कॉलोनियाँ बनाने में सरकार सहायता प्रदान करे।
7. निजी कारखाने, मिलें, चीनी मिलें, बैंक आदि क्षेत्रों में, यांत्रिकीकरण की वजह से बेरोजगार हुए कामगारों को उनकी योग्यतानुसार रोजगार के अवसर बाकायदा उपलब्ध कराए जाएँ।

कष्ट-मुक्ति के साधन, आधुनिक शौचालय (जिनमें भंगियों की आवश्यकता ही न पड़ती हो) आदि की ओर नगरपालिकाएँ कितना ध्यान देती हैं, यह तो हम देख ही चुके हैं। इसी पृष्ठभूमि पर 'सफाई कामगारों की मुक्ति के लिए ही यांत्रिकीकरण किया जा रहा है' इस दावे में बम्बई महानगरपालिका की नेकनीयती को जाँचना होगा। जिन कामगारों को डंपिंग ग्राउंड पर हाथ धोने के लिए साबुन भी उपलब्ध

नहीं हो पाता, उन्हीं सफाई कामगारों के उन्नयन के लिए यांत्रिकीकरण की दुहाई देना 'पूतना-प्रेम' से अधिक कुछ नहीं है।

गांधीवादियों ने सफाई कामगारों से अनुरोध किया था कि "भूखों मर जाना बेहतर है, किन्तु यह काम करना छोड़ दो।" इस अनुरोध के मूल में आत्मसम्मान जगाने की भावना ही प्रमुख थी; उन्हें भूखों मारने की मंशा नहीं थी इसीलिए उनका आग्रह था कि भंगियों को कारीगरी सिखाई जाए, अनिवार्य प्राथमिक शिक्षा दी जाए, आदि। असली सवाल तो यह है कि बम्बई महानगरपालिका ने आधुनिकीकरण का जो बिगुल बजाया है, क्या उसमें कहीं मानवता की कोंपल है?

वस्त्रोद्योग के आधुनिकीकरण ने गुजरात के वणकरों को तहस-नहस कर दिया। आखिरकार जिन्दा रहने के लिए इन कारीगरों को मजबूरन भंगी बनना पड़ा। अब आधुनिकीकरण तथा यांत्रिकीकरण की गाज़ कौन-से नए गुल खिलाएगी, पता नहीं! यदि इस चिन्ता से भंगी बेचैन हो गए हों, तो आश्चर्य नहीं होना चाहिए।

हम यदि भंगियों या सफाई कामगारों के दिलों में यह विश्वास जमा सके कि नई, आधुनिक व्यवस्था उनके लिए खुशहाल और प्रतिष्ठित जिन्दगी का मार्ग प्रशस्त करेगी; तो ही यह गुत्थी सुलझ सकती है। लेकिन महानगरपालिका का व्यवहार कुछ अधिक ही स्वार्थी प्रतीत होता है। किसी जमाने में शहरों को रौनक बख्शने के लिए जो सेना काम आई, उसी को आज गैर जिम्मेदार, कामचोर और नालायक करार देना कृतघ्नतापूर्ण ही होगा। क्योंकि ये लोग न होते तो शहरों को मटियामेट होते देर नहीं लगती।

आजकल लोगों की यह धारणा होने लगी है कि शहरों में जो गन्दगी है उसके जिम्मेदार केवल सफाई कामगार ही हैं : हम अभी भी इस भ्रम में जी रहे हैं कि सभी भारतीय शहर सिंगापुर, न्यूयार्क की तरह लकदक होंगे। यूरोपीय शहर साफ-सुथरे होते हैं, पर आधुनिक यंत्रों की वजह से नहीं, बल्कि वहाँ सफाई और पाक़ीज़गी को सामाजिक दायित्व समझा जाता है इसलिए वहाँ लोग सफाई-नियमों का पालन करने के आदी हो गए हैं। हमारा व्यवहार ठीक इसके विपरीत होता है। घर का कूड़ा सड़क पर गेरकर हम समझते हैं कि हमने तीर मार लिया! सड़कें साफ-सुथरी रखने की जिम्मेवारी महानगरपालिका की यानी सफाई कामगारों की है। दरअसल भंगियों की कामचोर वृत्ति के कारण नहीं, जहाँ-तहाँ इत्मीनान से गन्दगी करने की अपनी आदत के कारण हमारे शहर अस्वच्छ होने लगे हैं! जब तक यह स्थिति बनी रहेगी, तब तक ढेरों आधुनिक यंत्रों के बावजूद हमारे शहर सिंगापुर नहीं बन सकते।

डबडा नगर तथा लफाटा चाल

औद्योगीकरण की बाढ़ तथा अकाल की मार की वजह से आजीविका के लिए शहरों की शरण में आए अनिकेत लोगों का बोलबाला रहा। शहरों में उनकी रोजी-रोटी की व्यवस्था तो हुई किन्तु सिर छुपाने के लिए जगह! आवास समस्या मुँह बाए खड़ी रही। बाढ़ के पानी के साथ बकला-कूड़ा भी आया और जहाँ-तहाँ आए अवरोधों-मोड़ों पर ठिठका रहा। इन दिनों शहरों में मकानों की कीमतें आसमान छूने लगी हैं। पर इस वजह से इन लोगों की स्थिति पर कोई विपरीत असर नहीं पड़ा। क्योंकि इतिहास इस बात का साक्षी है कि शहरों के साथ दीनहीन गरीबों की बस्तियाँ अभिन्न रूप से जुड़ती रही हैं।

बॉम्बे गजेटियर में दी गई ये टिप्पणियाँ इसी स्थिति की दुहाई देती हैं।

1. "सन् 1675 में बम्बई शहर के गरीब लोग नारियल के पत्ते और फूस से बनी छत के नीचे जैसे-तैसे गुजारा करते थे।"[1]
2. "उन्नीसवीं सदी के आरम्भ में निचले तबके के लोग छोटे-छोटे झोंपड़ों में रहा करते थे। इन झोंपड़ों की दीवारें मिट्टी की तथा छतें ताड़-माड़ के पत्तों और फूस की बनी होती थीं।"[2]
3. "बीसवीं सदी के प्रारम्भ में स्थिति और भी बदतर हो गई। 1908 में निम्न वर्ग के अधिकांश लोग एक कमरे वाले मकानों में रहते थे।"[3]

इससे यही ध्वनित होता है—बम्बई शहर के क्रमिक विकास के साथ ही यहाँ रहनेवाले साधनहीन लोगों की स्थिति क्रमशः बिगड़ती ही गई। बी.एच. मेहता ने

1. Govt. of India. Gazetteer of the Bombay Presidency–Vol. II. 1909, 189
2. Govt. of India. Gazetteer of the Bombay Presidency –(Frayers Travels Gazetteer of the Bombay City) Vol. I, 194
3. वही, 210-11

अपने शोध-प्रबन्ध में लिखा है कि मेघवाल जब बम्बई आए तो झोंपड़ों में ही रहा करते थे।

सिफारिशें

अनारोग्यदायी मकान हर दृष्टि से हानिकारक होते हैं। साफ-सुथरे, हवादार मकान ऐयाशी के लिए नहीं हैं। वह मूलभूत आवश्यकता है। जिस दिन सरकार के दिमाग में यह बात बैठ जाएगी उस दिन समझ लो कि भाग्य खुल गए। श्री एन.आर. मलकानी ने इसी आवश्यकता को बखूबी रेखांकित किया है, "भंगी तथा सफाई कामगारों की स्थिति में सुधार लाने की दृष्टि से उन्हें ठीक-ठाक मकान दिए जाने चाहिए। इस मूलभूत सेवा के बिना बाल भवन, संस्कार केन्द्र, पालना घर आदि सुविधाएँ फिजूल हैं।"[1]

इस सिलसिले में 1949 में सिफारिश की गई थी कि "भंगियों को यथासम्भव मालिकाना अधिकार वाले ठीक-ठाक मकान दिए जाने चाहिए। युद्धोत्तर पुनर्वास योजना (P. W. R.) की धारा 219 के तहत अपना खुद का मकान बनाने के लिए भंगियों तथा सफाई-कामगारों को प्रोत्साहित किया जाना चाहिए।"[2]

इसके लिए उन्होंने सिलम समिति की रिपोर्ट का आधार लिया था। सिलम समिति की सिफारिशें थीं कि :

1. एक कमरे वाले मकान बनाना फौरन बन्द कर दिया जाए।
2. चार सदस्यीय परिवार के लिए कम-से-कम 250 वर्ग फुट का मकान होना ही चाहिए। शौचालय, स्नानगृह और बरामदा इसमें शामिल नहीं हैं। फी आदमी 60 वर्ग फुट स्थान तो होना ही चाहिए।[3]

सिलम खुद ही बम्बई महानगरपालिका की स्थायी समिति के अध्यक्ष होने के बावजूद अपनी सिफारिशों के अनुसार सफाई कामगारों को मकान नहीं दिला सके। बर्वे समिति ने इस विसंगति को बराबर रेखांकित किया था। हर व्यक्ति अपना खुद का घरौंदा चाहता है। भंगी भला इसका अपवाद कैसे हो सकता है? अतएव

---

1. Malkani, N.R. Clean People and Unclean Country. New Delhi, Subcommittee for Social Programmes, National Committee for the Gandhi Centenary, 1965, 102
2. Barve, V.N. (Chairman) Report of the Scavengers Living Conditions Enquiry committee, State of Bombay. Bombay, Director, Govt. Printing, Publication & Stationery, Bombay State, 1958, 87
3. वही, 54

उनकी इस चाहत को प्रोत्साहित करने की सिफारिश बर्वे समिति ने की थी। इसके दो उपाय भी उन्होंने बताए थे :

1. साधनहीन लोगों को किराया खरीद (Hire Purchase)प्रणाली के आधार पर जमीन दी जाए, जैसे शोलापुर में दी गई है। उनमें भंगियों तथा सफाई-कामगारों को भी शामिल किया जाए तथापि इस बात का एहतियात बरता जाना चाहिए कि उस जमीन पर मकान के बजाय झोंपड़पट्टी न बने।
2. युद्धोत्तर पुनर्वास योजना की धारा 219 का पूरा फायदा उठाया जाए। यह काम दो तरह से हो सकता है : (क) सहकारी गृह निर्माण संस्थाओं की स्थापना कर तथा (ख) यथासम्भव वैयक्तिक सहायता देकर।[1]

भंगियों को मकान उपलब्ध कराने की बात पर जोर देते हुए बर्वे समिति ने कहा था, "बम्बई शहर को साफ-सुथरा रखने और आकर्षक बनाने के लिए भंगियों तथा सफाई कामगारों की सेवा अत्यंत आवश्यक है। इसीलिए उपयुक्त एवं हवादार मकान कामगारों को उपलब्ध कराने में सर्वोच्च वरीयता भंगियों तथा सफाई कामगारों को ही दी जाए।"[2]

1964 में बनी मलकानी समिति ने फिर एक बार इस सवाल की ओर सरकार का ध्यान आकर्षित किया था। उन्होंने तो ऐसे मकानों की रूपरेखा भी प्रस्तुत की थी—"कम-से-कम 700 वर्ग फुट जगह होनी चाहिए। उसमें 240 वर्ग फुट जगह में मकान बनाया जाए। 10×12 के दो कमरे, 8×10 का बरामदा तथा 5×6 की रसोई।"[3]

बर्वे समिति की सिफारिश के बावजूद मलकानी समिति को जो चित्र दिखाई दिया, वह इस प्रकार था—"सामान्यतया अत्यंत असुविधाजनक और गन्दे इलाके में सफाई कामगार रहते हैं। अक्सर उनके घरों के पास ही मैले के डिपो भी होते हैं।"[4]

ऐसी बात नहीं कि यह स्थिति केवल महाराष्ट्र में ही है। एन.जी. गुप्ता तथा बी.जी. प्रसाद ने भी लखनऊ शहर में इसी तरह की स्थिति होने की पुष्टि की

---

1. Barve, V.N. (Chairman) Report of the Scavengers Living Conditions Enquiry committee, State of Bombay. Bombay, Director, Govt. Printing, Publication & Stationery, Bombay State, 1958, 51
2. वही, 38
3. Malkani, N.R. Clean People and Unclean Country. New Delbi. Sub-committee for Social Programmes, National Committee for Gandhi Centenary, 1965, 75
4. वही, 73

है : "यद्यपि भंगी स्वास्थ्य रक्षा का महत्त्वपूर्ण कार्य करते हैं, तथापि उनके रिहाइशी मकान अस्वास्थ्यकर एवं गन्दे परिवेश में ही होते हैं।"[1]

मौजूदा स्थिति

बर्वे समिति की सिफारिशें, मलकानी समिति की निरीक्षण रिपोर्ट और हिदायतें आदि का परिणाम भंगी बस्तियों पर हुआ भी है या नहीं, इस बात का जायजा तो हम पूर्व पृष्ठों में ले ही चुके हैं। सभी बस्तियों में हम खुद गए थे। उनके मकानों का मुआइना हमने किया, बेहतर रिहाइशी व्यवस्था के लिए उनके पास क्या कोई योजना है—इस बात की टोह ली, इस मामले में आई दिक्कतें, उनके प्रयासों का स्वरूप, उन्हें मिली सफलता या असफलता का जायजा भी हमने लिया।

फिलवक्त सफाई कामगारों के तीन तरह के मकान हैं :

1. नगरपालिका या निजी मिल्कियत वाली जमीन पर स्वयं उनके द्वारा बनाए गए कच्चे, घरौंदानुमा मकान या पालिका प्रशासन द्वारा बनाए गए कच्चे संक्रमण-शिविर।
2. नगरपालिका की चालें।
3. कामगारों के खुद के मकान/गृहनिर्माण संस्था।

घरौंदानुमा मकान—अधिसंख्य सफाई कामगार इसी तरह के मकानों में रहते हैं। बम्बई जैसे महानगरों में भी इस तरह की योजनाविहीन, झोंपड़ीनुमा, ठेलमठेली बस्तियाँ हैं। ये मकान अक्सर किसी सरकारी विभाग या नगरपालिका की मिल्कियत वाले होते हैं। या फिर भू-किराए के रूप में कुछ रकम नगरपालिका को देकर कामगार खुद ही ऐसे मकान बनवाते हैं। ये मकान ऊटपटाँग तरीके से बने होते हैं। इनके निर्माण के दौरान स्वास्थ्य-सम्बन्धी या अन्य किसी भी तरह का कोई एहतियात नहीं बरता गया होता। यदि मूलतया संक्रमण शिविर के तौर पर ये मकान बनाए गए हों, तो उम्मीद की जा सकती है कि वे किसी हद तक ढंग के होंगे। तथापि असुविधाएँ इसमें भी होती हैं। ऐसी बस्तियों के नाम भी उनके परिवेश के अनुरूप ही होते हैं। पिंपरी में ऐसी एक बस्ती का नाम 'डबडा नगर' है तो ठाणे में 'लफाटा चाल' नामक एक बस्ती है।

---

1. Gupta, S.C. and Prasad, B.G. A Socio-Medical Survey of Sweepers and Their Families in Lucknow Municipal Corporation. The Indian Journal of Social Work. Vol. XXIV. Jan. 1964, 289

ऐसी बस्तियों के अधिकांश मकान एक कमरे वाले ही होते हैं। दीवारें मिट्टी की या टिन की बनी होती हैं, टप्पर भी टिन का ही होता है। जमीन भी कच्ची, बम्बई, पुणे, नासिक आदि बड़े शहरों में फर्श होता है। घर के सामने ही गन्दे पानी का नाला बह रहा होता है। इसी एक कमरे में लकड़ी का पार्टीशन डालकर थोड़ी-सी ओट करने का प्रयास किया गया होता है। बम्बई से येवला तक हर जगह कमोबेश ऐसा ही चित्र देखने में आया। इन बस्तियों में बिजली, पानी, शौचालय आदि की कोई व्यवस्था नहीं होती। सफाई कामगार शहर में तो स्वास्थ्य-रक्षा के लिए खटते हैं पर उनकी अपनी बस्तियाँ अनारोग्य एवं कुप्रबन्ध का नमूना ही होती हैं।

शहर का विकास होता है किन्तु उसकी समृद्धि का हिस्सा गरीबों को मिलने के बजाय छीछालेदर ही उनके भाग्य में बदी होती है। इसके कई उदाहरण हमारे देखने में आए।

ठाणे जैसे बड़े शहर में दादोजी कोंडदेव स्टेडियम बनाने के लिए वहाँ की सफाई कामगारों की बस्ती उजाड़ दी गई। वहाँ से दूर, एक अन्य बस्ती में उन्हें अस्थायी निवास दिए गए। ये लोग पन्द्रह साल से वहाँ रह रहे हैं किन्तु बिजली-पानी की कोई व्यवस्था नहीं थी। समता आन्दोलन की बदौलत काफी संघर्ष के बाद अब वहाँ बिजली की व्यवस्था हो पाई है। वे मकान यानी अस्थायी शिविर होने के कारण वहाँ स्थायी व्यवस्था नहीं है और पालिका प्रशासन के लिए यह बाध्यकर भी नहीं है। इसके अलावा उनके पास निधियों की कमी भी तो है! बार्शी में नगरपालिका की जमीन पर अपने खर्चे से कच्चे मकान बनाकर सफाई कामगार रहते हैं। शुरू-शुरू में तो यह बस्ती शहर से बाहर प्रतीत होती थी। किन्तु अब शहर का विस्तार ही ऐसा हुआ है कि अब सफाई कामगारों की यह बस्ती बीच शहर में हो गई है। नगरपालिका की नीयत में खोट आ जाने से अब वह उस जगह पर सुपर बाजार बनाना चाहती है। हम जब वहाँ गए तो वे लोग वहाँ से खदेड़ दिए जाने की वजह से उखड़े-उखड़े-से लग रहे थे। उनमें से महबूब झांजुडे ने कहा, "यहाँ अड़तीस लाख का मार्केट बन रहा है। मार्केट बनाने के लिए उनके पास पैसा है, हमारे लिए मकान बनाने की न उनके पास फुरसत है, न उसके लिए पैसा!" इसी बस्ती के एक और निवासी गुलाब धोंडी चंडोले नामक 75 वर्षीय सेवानिवृत्त सफाई कामगार का आधा मकान सड़क चौड़ी करने की योजना में तोड़ दिया गया था। अब वे उसी खँडहरनुमा मकान में रहने के अलावा कर ही क्या सकते थे? उनकी कैफियत सुनने वाला भी कोई नहीं था।

नगरपालिका की विकास-योजना में भंगियों का नाम तो सबके अन्त में ही होगा। माना कि वरीयता सूची में अक्सर ऐसा ही होता है। किन्तु कामगारों ने अपनी मेहनत से जो मकान बनाए थे, उनमें सुधार करने के बजाय उन्हें जमींदोज करने पर नगरपालिका आमादा हो जाए तो यह हैवानियत की परिसीमा है।

शहरों में जमीन की समस्या को ध्यान में रखकर बर्वे समिति ने सिफारिश की थी कि "जहाँ भंगी बरसों से रह रहे हैं, वहाँ से उन्हें झोंपड़पट्टी निर्मलन के बहाने खदेड़ दिए जाने की शिकायत कुछ भंगियों से प्राप्त हुई है। अतएव हमारा अनुरोध है कि भंगियों को इस तरह विस्थापित न किया जाए। और यदि उन्हें विस्थापित करना अनिवार्य हो जाए तो उतने ही रकबे की जमीन उन्हें दी जानी चाहिए।"[1]

बर्वे समिति ने यह सिफारिश 1949 में की थी। उस समय शहरों के विस्तार की गति बहुत धीमी थी। लेकिन अब यह विस्तार बेहद तेजी से हो रहा है। इसके अलावा, व्यापारीकरण के लिए अधिक जमीन की आवश्यकता पड़ने लगी है। जाहिर है कि ऐसी स्थिति में कमजोर वर्ग ही सबसे पहले इसकी चपेट में आता है, भले ही बर्वे समिति की सिफारिश कुछ भी हो।

उल्हासनगर, नासिक, येवला आदि बाकी सभी नगरों में भंगी कामगार इसी तरह की बिखरी बस्तियों में रहते हैं।

ऐसी बस्तियों में शौचालय होते भी हैं तो पुराने हिन्दू पद्धति के, और वाल्मीकि बस्ती में सूअरों की बहुतायत होने से वहाँ बेहद गन्दगी पाई जाती है। गटर भी खुले ही होते हैं। बम्बई, ठाणे आदि नगरों में जरूर वे फर्श से ढके होते हैं। गटर ढकने के लिए बिछा फर्श ही पगडंडी बन जाता है। अन्यथा इन बस्तियों में मकानों की दो पंक्तियों के बीच में चलना टेढ़ी खीर होता है। नगरपालिका इन बस्तियों में सुधार लाने की ओर तनिक भी ध्यान नहीं देती तथापि भू-शुल्क, मकान भाड़ा आदि वसूलने में वह पूरी चुस्ती दिखाती है। शहर में नागरी सुविधाएँ प्रदान करने का दायित्व नगरपालिका का होता है। तथापि अपने कर्मचारियों को ये सुविधाएँ प्रदान करने के नाम से उसके कानों पर जूँ तक नहीं रेंगती। पानी के नल, बिजली, सड़कें आदि सुविधाएँ प्राप्त करने के लिए उन्हें पालिका के साथ कड़ा संघर्ष करना पड़ता है।

---

1. Barve, V.N. (Chairman) Report of the Scavengers Living Conditions Enquiry committee. State of Bombay. Bombay, Director, Govt. Printing. Publications & Stationery, Bombay State, 1958, 55

चालें

इन कच्चे मकानों की पृष्ठभूमि पर नगरपालिका की चालें उभरकर सामने आती हैं। पिछड़े वर्ग के लोगों के लिए महापालिका द्वारा की गई रिहाइशी व्यवस्था के रूप में इन बहुमंजिली शानदार चालों की ओर संकेत किया जाता है। शुरू-शुरू में इन चालों को देखकर तो हमें भी खुशी हुई। किन्तु हकीकत यह है कि नगरपालिका वक्त-बेवक्त हथियार के तौर पर इन चालों को उपयोग में लाती है। बी.एच. मेहता ने अपने शोधप्रबन्ध में इसका एक उदाहरण पेश किया है।

"भड़ौच पालिका कर्मचारियों के हड़ताल के प्रति अपना समर्थन व्यक्त करने के लिए बम्बई के कामगार सांकेतिक हड़ताल करना चाहते थे। किन्तु उन्हें ऐसा करने से रोकने के लिए पालिका अधिकारियों ने एक आदेश जारी किया, जिसमें कहा गया था कि यदि स्वास्थ्य विभाग के किसी भी कर्मचारी ने काम ठप किया तो उन्हें बिना किसी पूर्व सूचना के, उनके परिजनों एवं सामान के साथ, अपने मकान खाली करने पड़ेंगे।"[1]

हाल के कुछ वर्षों में नासिक में भी एक भंगी महिला को धौंस दी गई थी कि यदि वह पदोन्नति स्वीकार करती है तो उसे सफाई कामगार के रूप में मिला हुआ मकान छोड़ देना पड़ेगा। घर से बाहर हो जाने के डर से उस महिला ने आखिरकार पदोन्नति स्वीकार ही नहीं की।

बी.एच. मेहता ने बम्बई महापालिका के तत्कालीन प्रशासन की उद्दंडता का एक और उदाहरण दिया था, जो मकान का किराया निर्धारित करने से सम्बन्धित था। " 'मकान का किराया लगाते समय' बाहर के व्यक्ति के लिए मनमाने तरीके से किराया वसूला जाता है। यह पद्धति आपत्तिजनक है। पत्नी और पुत्र भी किसी अन्य संस्था में काम करने लगते ही 'बाहर' के हो जाते हैं यानी कि वे यदि पालिका की सेवा में नहीं हैं तो उन्हें मनमाने ढंग से लगाया गया किराया मजबूरन देना ही पड़ता है।"[2]

इसका मतलब यह हुआ कि सफाई कामगारों को पालिका प्रशासन की ओर से जो मकान दिए गए थे वे उनकी सुविधा के लिए नहीं, उन्हें भंगी पेशे में जकड़ने

---

1. Mehta, B.H. Social and Economic Condition of the Meghwal–Untouchables of Bombay City (Thesis) Vol. II, Part 1, 207
2. वही, 523

के लिए थे। उन्हें इस काम के लिए बम्बई लाते वक्त तो नि:शुल्क आवास सुविधा का लालच दिया गया था, पर अब उसका किराया बाकायदा लिया जाता है। शहर के विकास और विस्तार के साथ ही जमीन और मकान की कीमतें भी अनाप-शनाप बढ़ती जा रही हैं। अब तो स्थिति और भी गम्भीर हो गई है। जब प्रारम्भिक दौर में ही ये कामगार मकान खरीदने की स्थिति में नहीं थे, तो अब भला कहाँ से होंगे? मेघवाल, वाल्मीकि आदि लोग जब बम्बई आए उस वक्त कीमतें बहुत ही कम थीं। जुहू स्थित महापालिका चाल में रहने वाली एक वृद्धा ने बताया, "हम जब बम्बई आए थे, तब पार्ले में ग्राम पंचायत थी। उन दिनों यहाँ तीन पाई में एक गज की दर से जमीन मिलती थी। किन्तु हमें तो झोंपड़ा ही अच्छा लगा। मकान बनाने के लिए जमीन खरीदने की कल्पना भी हमारे दिमाग में नहीं आई।"

अपना मकान बनाने की कल्पना दिमाग में आने के लिए समाजार्थिक स्थिरता की आवश्यकता होती है। प्राकृतिक या मानव निर्मित विपदा के कारण विस्थापित जिन्दगी जीने वाला इनसान तो जो मिले उसी को मुकद्दर समझकर उसी से चिपके रहना पसन्द करता है। भारत में निचले तबके के लोगों को जायदाद बनाने या रुपये-पैसे जमा करने का अधिकार ही नहीं था। उनकी सांस्कृतिक तथा सामाजिक स्थिति को देखते हुए यह अनुमान भलीभाँति लगाया जा सकता है कि उनकी मानसिकता जायदाद बनाने की क्यों नहीं थी।

आज जुहू धनवानों की पनाहगाह हो गया है। जब वहाँ सफाई कामगारों के लिए चाल बनाई गई, तब वे लोग खुश होकर उन पक्के मकानों में रहने के लिए चले गए। किन्तु पास-पड़ोस के साधन-सम्पन्न समाज को यह नागवार गुजरा था। शुरू-शुरू में इस चाल में पानी की व्यवस्था नहीं थी। आसपास कुएँ तो थे पर वहाँ भंगियों को पानी भरने की मनाही थी। अब इसी चाल के सामने सन-एन-सैंड जैसा आलीशान पाँच सितारा होटल बना है। जगह की कीमत सोने की कीमत से भी अधिक हो गई है। जिस इलाके में एकाध छोटा-सा फ्लैट लेने में भी लाखों गिनने पड़ते हों, वहाँ जमीन खरीदना तो दूर, खरीदने के बारे में सोचने से ही शायद दिल का दौरा पड़ जाए। अब इन कामगारों को लगता है कि उस वक्त वे अपनी झोंपड़ियों में ही रहते तो आज उनके वारे-न्यारे हो गए होते। क्योंकि सीमेंट की चाल ने उन्हें महापालिका की सेवा में जकड़ लिया है।

ठाणे के 'समता आन्दोलन' के एक कार्यकर्ता जगदीश खैरालिया ने इस सम्बन्ध में जो अनुभव सुनाए, वे समस्या की तीव्रता को और अधिक उभारते हैं।

"मौसाजी की मृत्यु के कारण अब हमें मकान खाली करना पड़ सकता था। किन्तु पालिका कर्मचारी की मृत्यु के बाद मृतक के नजदीकी रिश्तेदार को पालिका की सेवा में लेने का प्रावधान था। हमारे कुछ लोगों की कोशिशों के बाद काकाजी को सेवा में लिया गया। शुरू-शुरू में काकाजी इसके लिए तैयार नहीं थे, क्योंकि निजी कम्पनी में वे बुहारे थे और काम सीमित था। इसके विपरीत महापालिका की सेवा में जाओ तो कहीं भी झाड़ू लगाना पड़ सकता था, बाल्टियों में कचरा भर-भर कर ट्रकों में उँडेलना पड़ सकता था, सरेआम लोगों के सामने काम करना पड़ सकता था जो उन्हें मंजूर नहीं था तथापि मकान के लालच में उन्होंने सफाई कामगार बनना स्वीकार किया।"[1]

सैंडहर्स्ट रोड इलाके के मेघवाल बस्ती के एक कार्यकर्ता श्री परमार ने भी अपने माँ-बाप की सेवानिवृत्ति के बाद मकान के ही चक्कर में अपनी पत्नी को मजबूरन सफाई कामगार की नौकरी में जाने दिया। उमरखाड़ी की लाल चॉल में रहने वाली एक लड़की का किस्सा कई लोगों ने इस सिलसिले में हमें सुनाया। इस लड़की की माँ यकायक चल बसी। पिता तो पहले ही जा चुके थे। अब इस लड़की को मकान खाली करना पड़ सकता था। इससे बचने के लिए उसने पढ़ाई अधूरी छोड़ दी और सफाई कामगार की नौकरी स्वीकार की। इस प्रकार मकान के चक्कर में सफाई कामगार परिवार के कम-से-कम एक सदस्य को अपना उज्ज्वल भविष्य कुरबान करना पड़ रहा है। 1932 में अस्पृश्य सेवा समिति की ओर से चलाए जाने वाले स्कूल का मुआइना करने के बाद पालिका अधिकारी ने टिप्पणी लिखी थी कि "ये लड़के यदि पढ़ना-लिखना सीखकर उच्च शिक्षित हो जाएँगे तो भविष्य में नगरपालिका को सफाई कामगार कहाँ से मिलेंगे? मेरे लिए यह चिन्ता का सबसे बड़ा विषय है।"[2] लेकिन उस अधिकारी की चिन्ता को निर्मूल सिद्ध करने तथा नगरपालिकाओं को सफाई कामगारों की निरन्तर आपूर्ति करते रहने का काम ये चालें अत्यंत चुस्ती से करती रही हैं। उच्च शिक्षित युवकों को भी इस पेशे की ओर आकर्षित करने में सिर छुपाने की इन बित्ता-भर जगहों ने महत्त्वपूर्ण भूमिका अदा की है।

इसीलिए नासिक के तिलक रोड पर स्थित मेघवालों की बस्ती के कामगारों ने माँग की थी, "हमें जमीन दीजिए, हम खुद ही मकान बनवाएँगे।" किन्तु दुर्भाग्य से

---

1. खैरालिया, जगदीश। कथा झाडूच्या वंशपरम्परेची। दीपसौजन्य, दीवाली अंक 1985, 26
2. Mehta, B.H. Social and Economic Condition of the Meghwal–Untouchables of Bombay City (Thesis) Vol. II, part I, 306-7

उनकी एकता भंग हुई। नगरपालिका ने उनके पुराने, कच्चे मकान गिराकर नया तीन मंजिला भवन बनाया। जगह मौके की होने के कारण तलमंजिल में दुकानों के लिए स्थान रखा गया। इससे नगरपालिका को आमदनी भी हुई और कमजोर वर्गों को पक्के मकान दिलाकर नगरपालिका लोकप्रियता भी बटोर पाई। ये भवन शानदार दिखते तो हैं; पर उनकी बदौलत 'मकान के लिए नौकरी' जैसे दुश्चक्र को गति मिलने वाली है।

मौके की जगह पर पहले से ही बसे कामगारों को वहाँ से खदेड़कर कहीं दूर बसाने की कार्रवाई कुछेक नगरों में शुरू भी हो चुकी है। मालेगाँव में भी शहर से दो-तीन किलोमीटर दूर, नई बस्ती में सफाई कामगारों को खस्सी कर दिया गया है। वहाँ से मुख्य सड़क पर पैदल चलकर आने में दस मिनट लगते हैं। वहाँ से शहर की ओर जाने वाले मार्ग पर न रोशनी, न कोई खास आवाजाही। बच्चों को स्कूल जाने के लिए भी काफी चलना पड़ता है। इन लोगों की यही धारणा हो गई है कि मानो उन्हें हदबन्दी की सजा दी गई है।

यहाँ मकान के नाम पर उन्हें एक छोटा कमरा और उसके पीछे एक रसोई—इतनी ही जगह दी गई है। सिलम तथा मलकानी समिति की सिफारिशों की तुलना में यह जगह बहुत ही कम है। तथापि, माना कि शहरों में जगह की कमी के कारण छोटा-सा ही मकान उपलब्ध कराया जा सकता है; किन्तु पीढ़ी-दर-पीढ़ी उसी तरह का काम करने के लिए किसी परिवार को मजबूर करना भला कहाँ तक उचित है? इसे खतरे की निशानी माना जाना चाहिए।

मलकानी समिति ने सिफारिश की थी कि कामगार बस्तियों में पानी की आपूर्ति पर्याप्त मात्रा में की जानी चाहिए। कामगार जब काम से घर लौटें तब उन्हें पानी की कमी महसूस नहीं होनी चाहिए।[1] हम तो देख ही चुके हैं कि कामगारों के कच्चे मकानों में अक्सर पानी की व्यवस्था नहीं होती। नासिक में संयोग से यह व्यवस्था है तो सही, किन्तु वहाँ नलों में पानी ठीक उस वक्त आता है, जब वे काम पर जाने के लिए घर से निकलने को होते हैं। केवल आधे घंटे तक ही पानी आता है तथापि बिजली-पानी, शौचालय आदि की दृष्टि से ये चालें बेहतर हैं। अब सवाल यह है कि कामगार अपने मकान बनाने के लिए जब खुद ही तैयार हैं तो उन्हें वैसे अवसर क्यों नहीं उपलब्ध कराए जाते? बर्वे समिति ने तो इसकी सिफारिश भी की थी। इसके बावजूद नगरपालिका ही उन्हें चालें बनवाकर दे रही है। आखिर इसकी वजह क्या है?

1. मलकानी, एन.आर. मलकानी समिति की सिफारिशें। सफाई दर्शन, 22 दिसम्बर, 1963, वर्ष 5, अंक 6, 88

अपना घर : कॉलोनियाँ

नगरपालिका इन चालों के माध्यम से कामगारों का जो शोषण करती है तथा भू-शुल्क जमा करने के बाद जो चालें बनी हैं और वहाँ नगरपालिका ने जो असुविधाएँ उपलब्ध कराई हैं, उन्हें देखते हुए एक ही रास्ता बचा रहता है। कामगारों को चाहिए कि वे सहकारी गृहनिर्माण योजना बनाएँ और इस दुश्चक्र से मुक्ति पाएँ।

इस तरह का एक नमूनेदार उदाहरण संगमनेर में हमारे देखने में आया। वहाँ भी पहले भंगी कामगार झोंपड़ियाँ बनाकर ही रहते थे। शहर के एक बुजुर्ग गांधीवादी कार्यकर्ता श्री मोंटे गुरुजी ने उन्हें संगठित किया; नगरपालिका से जमीन प्राप्त की और वहाँ वाल्मीकियों की सहकारी कॉलोनी वे बना पाए। इस कॉलोनी में 38 मकान बने हैं। बीच में रास्ता और आमने-सामने मकान इस पद्धति से बनी यह कॉलोनी वाकई एक आदर्श नमूना है। ये मकान यानी दो बड़े कमरों वाले, हवादार सेल्फ कंटेंड ब्लॉक्स ही हैं। पिछवाड़े काफी बड़ा आँगन है। गटर भी खुले हुए नहीं हैं। इस कॉलोनी को 'जेधे कॉलोनी' कहा जाता है। क्योंकि वहाँ रहने वाले सभी लोगों के उपनाम जेधे ही हैं : पहले उनका उपनाम जेधिया था, जो अब जेधे हो गया!

लेकिन यह तो अपवाद हुआ। नियम तो है कार्यकर्ताओं की आपाधापी का और उन्हें धता बताकर परेशान करने वाली नौकरशाही का! ठाणे में दादोजी कोंडदेव स्टेडियम के निर्माण के दौरान वहाँ की भंगी-बस्ती उजाड़ दी गई। उन भंगियों ने 'सखी गृहनिर्माण संस्था' बनाकर नगरपालिका से नए भूखंड की माँग की। पिछले पाँच वर्षों से वे इस काम के पीछे पड़े हैं, पर कोई फायदा नहीं हुआ। लालफीताशाही में पेपरवेट रखे बिना कागज एक जगह से दूसरी जगह खिसकते ही नहीं। आवेदन, मिन्नतें, अधिकारियों से मुलाकातें, अभ्यावेदन, प्रदर्शन आदि में ही काफी वक्त निकल जाता है। इतनी जोड़-तोड़ के बाद काम में थोड़ी-सी गति आने की आहट आने लगती है, इसी बीच किसी-न-किसी अधिकारी का तबादला हो जाता है और मामला फिर से वहीं पहुँच जाता है, जहाँ से शुरू हुआ था। नए अधिकारी मामले के गहन अध्ययन के बाद समुचित कार्रवाई करने का आश्वासन देते हैं। गहन अध्ययन में कुछ और वक्त बीत जाता है। इस प्रकार, अधिकारियों की यह अध्ययनशीलता बहुत महँगी पड़ती है! अतएव 20-सूत्री आर्थिक कार्यक्रम की सभी कसौटियों पर खरी उतरने के बावजूद 'सखी गृहनिर्माण संस्था' अभी भी अधर में लटकी हुई है।

कोल्हापुर में राजस्थानी कामगारों ने 'शाहू छत्रपति हाउसिंग सोसाइटी' की स्थापना की है। लालफीताशाही से पूरे छह साल तक टक्कर लेने के बाद हाल ही में उन्हें 3.5 एकड़ जमीन मिली है।

शोलापुर तथा अहमदनगर में सफाई कामगारों ने कुछ अलग तरह से जगह प्राप्त की। इन दोनों शहरों में उन्होंने सहकारी समिति की स्थापना की, और नए भू-खंड की माँग करने की अपेक्षा उन्होंने माँग की कि जिस जगह में वे फिलहाल रह रहे हैं, वही उनके नाम से आवंटित की जाए। शोलापुर के कामगारों की माँग 1985 में ही मंजूर होने की खबर मिली है। अहमदनगर में भी कामगारों की माँग मान लिए जाने की खबर विजय गजलानी से प्राप्त हुई। नासिक के कामगारों की ऐसी ही माँग मंजूर नहीं हो सकी। किन्तु सही देखा जाए तो इतनी बख्शीश प्राप्त करने के वे बराबर अधिकारी हैं। पिछले सौ-डेढ़ सौ वर्षों में महाराष्ट्र की स्वास्थ्य-रक्षा के लिए महत्त्वपूर्ण योगदान देने के उपलक्ष्य में उन्हें वह मकान निःशुल्क आवंटित कर दिए जाने चाहिए, जहाँ वे फिलहाल रह रहे हैं।

हर व्यक्ति चाहता है कि अपना खुद का एक छोटा-सा घरौंदा हो तथापि सिडको, हुडको आदि सरकारी गृहनिर्माण योजनाओं में सफाई कामगारों का सहभाग नहीं के बराबर है।

इस तरह के सामूहिक प्रयासों के अलावा कुछ लोगों ने वैयक्तिक स्तर पर भी अपने-अपने मकान बनाए हैं। पुणे में लालबेगी एवं काठियावाड़ी जाति के लोगों की दो बस्तियाँ हैं। वे लोग बताते हैं कि ज्येष्ठ बाजीराव पेशवा ने भंगियों को रहने के लिए कैक्टस का जंगल दिया था। उसी जंगल को साफ कर उन लोगों ने वहाँ मकान बनाए। कच्चे मकानों की इस कॉलोनी का नाम हरकानगर है। दूसरी कॉलोनी का नाम श्रमिकनगर है। यह कॉलोनी एकदम अलग तरह की है। अब वे सफाई का पुश्तैनी पेशा छोड़कर अन्य व्यवसायों से जुड़े हैं। इसलिए उनके मकान अच्छी तरह से सजे हुए हैं। उनके घरों में टाइल के फर्श हैं। दीवारें भी पुती हुई हैं। वहाँ तो दुमंजिले मकान भी हमारे देखने में आए।

कोल्हापुर में शाहू महाराज ने मलकाना समाज को लक्ष्मीपुरी में बढ़िया जगह दी थी। वहीं उन्होंने दुमंजिले मकान बनवाए हैं। सतारा में भी उनके दुमंजिले मकान हैं।

हमने लगभग सभी से पूछा था कि क्या सवर्णों की कॉलोनी में आप लोगों को भाड़े से जगह मिल सकेगी? इसके जवाब में अधिकांश लोगों ने नकारार्थी गरदन हिलाई थी। केवल शेख, लालबेगी जाति के कामगारों को विश्वास था कि उन्हें

मुस्लिम बस्ती में रहने की जगह अवश्य मिल जाएगी। इस व्यवसाय से मुक्त हुए कुछ लोग संगमनेर में मुस्लिम बस्तियों में रहने भी लगे हैं। लेकिन हिन्दुओं के बारे में ऐसा विश्वास कोई व्यक्त नहीं कर पाया। इस सिलसिले में कोल्हापुर का एक उदाहरण लिया जा सकता है।

कोल्हापुर की एक संस्था में सरकारी नियमानुसार पिछड़े वर्ग के एक सदस्य को लिया जाना था। नगरपालिका में वाल्मीकि समाज के होनहार व्यक्ति श्री पचेरवाल बड़े ओहदे पर थे। उन्हीं को सदस्य के रूप में लिया गया। किन्तु अब वे खुद को अकेले महसूस करते हैं। पुणे के श्रमिकनगर में रहने वाले मेघवाल जाति के सरकारी अधिकारी को यह विश्वास नहीं था कि उन्हें सदाशिव पेठ के ब्राह्मण-बहुल इलाके में रहने की जगह मिल जाएगी। इगतपुरी के मेघवाल जाति का युवक सुनील बोरीचा दर्जी-काम जानता था। उसे दुकान की जगह तो मिल गई किन्तु रहने के लिए मकान नहीं मिल सका। हल्की जाति के कारण वर्ण-व्यवस्था से जबरदस्त प्रभावित समाज में रहने की जगह प्राप्त करने में इन लोगों को अक्सर दिक्कतों का सामना करना पड़ता है। इसलिए किराए के घरों में रहने के झंझट में ये लोग कभी पड़ते ही नहीं। लेकिन अब झोंपड़पट्टी में झोंपड़े भी भाड़े से दिए जाने लगे हैं। इसलिए ये लोग भाड़े के झोंपड़ों में आराम से रह लेते हैं। खोपोली में ऐसे लोग काफी संख्या में हैं। अन्यथा अक्सर नगरपालिका की चालों में ही रहना वे पसन्द करते हैं।

मुसलमानों में जातिभेद का स्तोम उतना अधिक नहीं है। शादी-ब्याह के मामलों तक ही वह सीमित होता है। इसलिए भंगी व्यवसाय के कई लोगों को मुस्लिम बस्तियों में रहने की जगह मिल पाई तथापि ऐसा नहीं है कि ये लोग मुसलमानों में पूरी तरह से घुल-मिल गए हैं। भंगियों को मुसलमानों ने अपनी बस्तियों में रहने की जगह तो दी, किन्तु उन्होंने उनसे एक विशिष्ट दूरी बनाए रखी। मुस्लिम मोहल्ले में नहीं, उसके पास में रहने की छूट उन्हें है तथापि शेख और लालबेगी जाति के लोगों को विश्वास है कि यदि वे अपना पेशा छोड़ दें तो उन्हें मुस्लिम मोहल्ले में भी जगह मिल सकेगी। लेकिन संगमनेर के अलावा अन्य कहीं भी ऐसा दृश्य देखने में नहीं आया। अतएव शेख भंगी भी अन्य भंगियों के ही साथ किन्तु अलग बस्ती बनाकर रहते हैं। वाल्मीकि समाज के कामगार सूअर-पालन के शौकीन होते हैं। इससे शेख भंगियों को तकलीफ तो होती है फिर भी मजबूरी में वे उनके साथ रह लेते हैं। येवला में शेख भंगियों की समन्वित बस्ती नहीं है। वहाँ इन परिवारों की रिहाइश बिखरी-बिखरी-सी है। अतएव हम उन्हीं की टोह लेते फिर रहे थे। इसी

बीच एक कामगार शेख करीम से हमारी मुलाकात हुई। उनका मकान निर्माणाधीन था। उन्होंने कहा, "पहले हम जहाँ रहते थे, उस मकान मालिक ने हमारे खिलाफ झूठा मुकदमा दायर किया; तो हमें वह मकान खाली करना पड़ा। वहाँ माँग-गारुडी लोगों की बस्ती थी। इसलिए मैं भी वहाँ से निकलना ही चाहता था। हमारे जैसे भंगियों को हिन्दू तो जगह देते नहीं। मुसलमानों में भी कमोबेश ऐसी ही स्थिति है। पालिका ने यह जगह हमें किराए पर दी है। इसलिए हम यहाँ मकान बना रहे हैं।" शेख करीम के इस मकान की दीवारें मिट्टी की ही थीं, सीमेंट की नहीं। फिर भी मिट्टी की इन दीवारों के आर-पार मुझे भंगियों की विभिन्न जातियों और धर्मों की पुख्ता दीवारें बराबर दिखाई दे रही थीं।

उपाय

एन.आर. मलकानी ने तो कहा ही है कि भंगियों के जीवन में यदि आमूल परिवर्तन लाना है तो उन्हें अच्छा मकान दिया जाना चाहिए। इसकी यथार्थता की वकालत फिर से करने की आवश्यकता प्रतीत नहीं होती। हरिजन सेवक संघ ने स्वातंत्र्य-पूर्व काल में बम्बई सुधार न्यास (BIT) से कुछ मकान भाड़े से लिये और भंगियों को आवंटित कर दिए। इन मकानों में रहने वाले लोगों की जिन्दगी का नूर ही बदल गया है। इन मकानों में ऑडीटर, शिक्षक, स्क्रैप की चीजों के व्यापारी, अन्य व्यवसायी आदि कई तरह के लोग रहते हैं। इन्हीं में से श्री बारिया भी हैं। वे इंटर तक पढ़े हैं। उन्होंने जातिवार बस्तियाँ न बसाने का जोरदार समर्थन किया। ऐसी बस्तियों में शिक्षा-दीक्षा के लिए अनुकूल वातावरण नहीं रहता। प्रतियोगिता के अनुकूल माहौल नहीं बन पाता—आदि उनकी दलीलें उचित ही थीं। क्योंकि जाति-व्यवस्था की दीवारें कितनी पुख्ता होती हैं यह तो हम देख ही चुके हैं तथापि फिलहाल जो अनारोग्यदायी मकान हैं उन्हें तुड़वाकर अच्छे, हवादार मकान बनवाने का आग्रह तो करना ही चाहिए। यह काम भी इतना आसान नहीं।

इस समस्या की एक ही दवा है—सहकारी गृहनिर्माण योजना। कई लोग इस तरह की कोशिशें कर भी रहे हैं। यह कहने की आवश्यकता नहीं, ऐसी संस्थाओं के सभी सदस्य भंगी ही होंगे तथापि ऐसी संस्थाएँ भी सरकारी लालफीताशाही के चंगुल में फँस गई हैं। सरकारी नियमों की पकड़ ढीली कर दी जाए और आसान शर्तों पर ऋण उपलब्ध कराया जाए तो ये लोग बड़े उत्साह के साथ मकान बनवाएँगे। इसके अलावा पालिकाओं को एक और काम भी करना चाहिए। फिलहाल पालिका

की चालों में जो लोग रह रहे हैं, उन्हीं कामगारों को मालिकाना अधिकार से वे मकान आवंटित कर दिए जाएँ। यदि कच्चे मकान हों तो, वह जमीन उनके नाम से कर दी जाए। किसी भी हालत में मकान को नौकरी के साथ न जोड़ा जाए। इस अनिवार्यता की वजह से उन्हें अपने परिवार के कम-से-कम एक सदस्य को पालिका के इस काम में भेजना ही पड़ता है। यानी कि जाति व्यवस्था को बरकरार रखने का ही यह अप्रत्यक्ष तरीका है।

मकान आवंटित कर देने से बहुत ज्यादा आर्थिक नुकसान नहीं होगा। आज भी लाभ-हानि का गणित किए बिना सरकार स्वतंत्रता सेनानियों को पेंशन तथा अन्य सुविधाएँ देती ही है। देश के सजग प्रहरियों की सेवानिवृत्ति के बाद सरकार कई तरह से उनकी सहायता करती है। इसके पीछे कृतज्ञता की भावना ही तो होती है। पिछले सौ-डेढ़ सौ वर्षों से महाराष्ट्र में स्वास्थ्य-रक्षा के मोर्चे पर डटकर लड़ने वाले सफाई कामगारों और भंगियों के प्रति भी ऐसी ही कृतज्ञता व्यक्त करनी चाहिए। जिस परिवार की दो-तीन पीढ़ियाँ इस काम को समर्पित हुईं उन्हें उनके रिहाइशी मकान के मालिकाना अधिकार देना फिजूलखर्ची नहीं है। इन कामगारों का पूरा इतिहास सरकारी रिकॉर्डों में उपलब्ध है। उसमें खतियाए गए इंदराजों के आधार पर तीन पीढ़ियों से इस काम को कर रहे परिवारों के नाम सहज उपलब्ध हो जाएँगे। मालिकी अधिकारों वाले ये मकान ही उन्हें आजादी और सुधार की प्रेरणा देंगे।

मकान का लालच दिखाकर भंगियों को पीढ़ी-दर-पीढ़ी उसी पेशे को अपनाने के लिए मजबूर करना अमानुषता का प्रतीक है। किसी भी सुसंस्कृत समाज के लिए यह कृत्य अशोभनीय होगा। भंगी-मुक्ति यांत्रिकीकरण के ढकोसले की बदौलत नहीं, आत्मसम्मान की प्रेरणा से होनी चाहिए। यह निवास-व्यंवस्था और स्थिरता के बाद ही सम्भव होगा। इस कार्य में नगरपालिकाओं को पहल करनी चाहिए।

श्री बार्न्स ने अपनी पुस्तक—'Slums : Their Story and Solution' में नगरपालिकाओं की ओर संकेत करते हुए सरकारी या निजी व्यवस्था के बेजान यांत्रिकीकरण के बारे में तमतमाकर लिखा था, "सरकारी या निजी व्यवस्था का न कोई ढाँचा होता है, न आत्मा। अतएव न इस व्यवस्था की भर्त्सना की जा सकती है, न उसे दुत्कारा जा सकता है। साथ ही, यह भी सच है कि इनसान की आवश्यकताओं के अनुरूप, पसीजने वाला दिल भी इस व्यवस्था के पास नहीं होता।"[1]

---

1. Barnes, H. The Slums, Its Story and Solution. Hempstead, The Mill Press, 1934, 14

इस तरह की बेरुखी और बेरहमी छोड़कर पालिका यदि तनिक भी सहृदयता दिखा सके तो बहुत बड़ा परिवर्तन आ सकता है।

बस्तियों पर प्रादेशिक प्रभाव

अब तक तो हमने भंगी-कामगारों की बस्तियों की सामान्य स्थिति का जायजा लिया। किन्तु उसमें भी जातिवार कुछ फर्क अवश्य ही दिखाई देता है। मेघवाल तथा वाल्मीकियों की बस्तियाँ एक-सी कतई नहीं होतीं। उनकी जीवन-शैली, घर की साज-सज्जा, रहन-सहन आदि पर प्रादेशिक संस्कारों का प्रभाव बाकायदा दिखाई पड़ता है।

मेघवाल

मेघवालों की बस्ती साफ-सुथरी और ठीक-ठाक होती है। उनके घरों के पहले कमरे में लकड़ी के तख्ते पर बर्तन करीने से रखे रहते हैं। इसके अलावा पुरानी पद्धति की एक चारपाई अवश्य ही होती है। इस चारपाई (पलंग) के बारे में बी.एच. मेहता ने अपने शोध प्रबन्ध में मजेदार जानकारी दी है। "मेघवालों के घर में चारपाई का बड़ा ही महत्त्व होता है। नई चारपाई बनाने पर बाकायदा उसकी प्रतिष्ठापना की जाती है। उनमें यह धारणा है कि चारपाई पर सोए हुए आदमी से मृत्युदूत आकर मिलता है। अतएव पहले-पहल वे लोग एक कुत्ते को चारपाई पर बिठाकर उसे खिलाते-पिलाते हैं। उसके बाद वह चारपाई उपयोग में लाई जाती है।"[1] इस धारणा के कारण एक खास किस्म की बनावट की मजबूत चारपाई उनके घरों में होती ही है। लड़की की शादी में बर्तन आदि भेंटस्वरूप देने का रिवाज भी है। इन दिनों पीतल के बजाय स्टील के बर्तन ज्यादा चलते हैं। लकड़ी के तख्ते के बजाय यदा-कदा ये बर्तन शोकेस में सजे मिलते हैं। प्रवेश द्वार पर बन्दनवार लगा होता है। इन दिनों दर्शनी कमरे के बजाय भीतर के कमरे में बर्तन सजाए जाते हैं। अपनी-अपनी कूवत के अनुसार घरों की साज-सज्जा भी की होती है। अभिनेताओं, अभिनेत्रियों की तसवीरों वाले कैलेंडर, परिजन एवं देवी-देवताओं की तसवीरें आदि से दीवारें पटी पड़ी होती हैं। एक-एक घर में ऐसी 30-40 तसवीरें हम गिन चुके हैं।

---

1. Mehta, B.H. Social and Economic Condition of the Meghwal–Untouchables of Bombay city (Thesis) Vol. I, Part I, 93

इसके ठीक विपरीत, वाल्मीकियों के मकान खाली-खाली-से लगते हैं। इनके घरों में सामान भी ज्यादा नहीं होता। बाहर के कमरे में एक मैली-सी दरी बिछी होती है। बर्तन गिने-चुने। उनमें से अधिकांश तो एल्यूमीनियम के ही होते हैं। मेघवालों के घरों में लकड़ी के मजबूत पलंग होते हैं तो इनके घरों में निवार की चारपाइयाँ। घर के अहाते में चारपाइयाँ बिछाकर ही अक्सर पुरुष गपशप कर रहे होते हैं। वे तो खाना भी वहीं खाते हैं।

वाल्मीकि सूअर-पालन के शौकीन होते हैं। ये सूअर उनकी बस्ती में बेरोकटोक घूमते रहते हैं। यही वाल्मीकियों की पहचान है। तीज-त्योहार, शादी-ब्याह, मनौती-मय्यत आदि हर मौके पर वे सूअर का मांस ही खाते-परोसते हैं। इसलिए वे सूअरों की परवरिश का पूरा ध्यान रखते हैं। पनवेल में तो वाल्मीकियों की कच्चे घरों की बस्तियों में घर के बाहर ही सूअरों के लिए पक्की ईंटों के कांजी हौद बनाए गए हैं। सूअरों की वजह से इनकी बस्तियों में गन्दगी-ही-गन्दगी पाई जाती है। इसके अलावा बाकी लोग भी उन्हें हिकारत से ही देखते हैं। सूअरों की वजह से पालिका प्रशासन भी उनसे खफा ही रहता है। मनमाड़ नगरपालिका ने एक आदेश जारी कर उन्हें हिदायत दी थी कि सूअरों को शहर से तीन किलोमीटर दूर रखा जाए। इस आदेश के बाद उनकी बस्ती में काफी हंगामा हुआ था। तथापि, अहमदनगर, संगमनेर की बस्तियाँ इसका अपवाद हैं। वहाँ वे सूअर नहीं पालते। उनके मकान भी साफ-सुथरे हैं। वाल्मीकियों की तरह शेख भंगी और लालबेगी लोगों की जीवन शैली पर उत्तर प्रदेश की संस्कृति का प्रभाव स्पष्ट रूप से दिखाई देता है। मुख्य अन्तर यही है कि ये सूअर नहीं पालते। सूअर को मुसलमान अशुभ मानते हैं। अतएव वाल्मीकियों का पड़ोस तकलीफदेह होने के बावजूद अन्य मामलों में उनमें समानता पाई जाती है।

वाल्मीकियों और मेघवालों में इस अन्तर की वजह क्या हो सकती है? सम्भवतया सामाजिक पृष्ठभूमि ही इसकी वजह हो।

उत्तर प्रदेश में जाति-व्यवस्था तथा जमींदारी की सामंती साँठ-गाँठ अभी भी बरकरार है। अतएव बन्धन अधिक कठोर हैं। वहाँ जमींदारों के घरों से लेकर तबेलों तक की सफाई का काम वाल्मीकियों के ही जिम्मे होता है। उनका सामाजिक दर्जा 'उपयुक्त गाँव-कामगार' का कतई नहीं होता। अस्पृश्य जातियों में भी उनका स्थान

निम्न ही है। इसके विपरीत मेधवाल अस्पृश्य तो हैं, पर उन्हें 'उपयुक्त गाँव-कामगार' की श्रेणी मिली हुई है। बुनकर होने के नाते कृषि-कार्यों के अलावा भी आय का जरिया उनके पास था। यह तो हम देख ही चुके हैं कि उन्हें ओछा काम करने के लिए नहीं कहा जाता था। इसीलिए उनकी जीवन-पद्धति वाल्मीकियों से अलग थी। सफाई पेशे में मजबूरन धकेले जाने का मलाल उन्हें बराबर कचोटता रहता है। खनकती आवाज में पारूबाई ने 'हम भंगी नहीं, वणकर हैं' कहा तो उनकी आवाज में यही मलाल था। अपने रहन-सहन, सौन्दर्य-दृष्टि, व्यवसाय बदलने की जी-तोड़ कोशिश आदि से वे यही जतलाने का प्रयास करते हैं कि वे भंगी नहीं हैं, जबकि वाल्मीकियों को सफाई-पेशे से कभी कोई शिकायत नहीं होती। उनकी प्रतिक्रिया 'वहाँ भी झाड़ू लगाते थे, यहाँ भी झाड़ू लगाते हैं' होती है। अतएव राजस्थान, उत्तर प्रदेश में वे जिस तरह से रहते थे, ठीक उसी तरह से यहाँ भी रहते हैं। जगदीश खैरालिया ने अपने आत्मकथ्य 'कथा झाडूच्या वंशपरम्परेची' में इस बात की विस्तार से चर्चा की है। "हमारी जाति की औरतें गाँव में सफाई-काम किया करती थीं तथा मर्द मवेशियों के लिए चारा-घास लाते थे। जमींदार तथा हमसे वरिष्ठ जाति के लोगों के घर हम सफाई के लिए बाँट लेते थे।"[1] फुलाबाई रिढलान (औरंगाबाद) ने भी अपने अनुभव बयान करते हुए कहा, "हम गोबर उठाने का काम करते थे, पैसा नहीं मिलता था, रोटी देते तो थे पर टोकरी में डाल के..." शायद इसी वजह से ठाणे के एक युवक मुरारी ने कहा, "मैं तो यू.पी. जाता ही नहीं।" सभी लोगों ने बताया कि उ.प्र. में अभी भी जाट, ठाकुर, ब्राह्मण आदि लोगों का व्यवहार अत्यंत दकियानूस किस्म का होता है। इस वजह से वाल्मीकि वहाँ सहमे-सहमे-से ही रहते हैं। महाराष्ट्र में वैसी स्थिति न होने से वे सन्तुष्ट हैं। इससे अधिक कुछ प्राप्त करने के झंझट में वे कभी नहीं पड़ते। उनके व्यवहार में भी अत्म-सन्तोष के ये अक्स दिखाई देते हैं।

यह सही है कि व्यवसायान्तर, माली स्थिति आदि अन्यान्य घटकों का प्रभाव उनकी जिन्दगी पर पड़ता रहता है। एक ही आय-वर्ग की दो जातियों के रहन-सहन में अन्तर पाया जाता है। इससे तो यही निष्कर्ष निकलता है कि प्रादेशिक संस्कार और रिहाइशी इलाके के परिवेश की वजह से रहन-सहन में भिन्नता आ जाती है।

प्रादेशिक संस्कार की बातें छोड़ दें तो भी यह शर्तिया कहा जा सकता है कि अपना खुद का घरौंदा होने से रहन-सहन में उल्लेखनीय फर्क पड़ जाता है। पुणे,

1. खैरालिया, जगदीश। कथा झाडूच्या वंशपरम्परेची। दीपसौजन्य, दीवाली 1985, 9

संगमनेर, अहमदनगर की वाल्मीकि, लालबेगी बस्तियाँ इसी तथ्य की पुष्टि करती हैं। अतएव उनसे अच्छे व्यवहार की अपेक्षा करने से पहले उन्हें अच्छा मकान दिया जाना आवश्यक हो जाता है।

परिवर्तन की हवा

इस व्यवसाय से पिंड छुड़ाने के लिए क्या किया जाना चाहिए? इस सवाल के जवाब में सभी से हमें एक-सा जवाब मिला—"सु-शिक्षित होना चाहिए।" शिक्षा की आवश्यकता से वे सभी लोग वाकिफ तो थे, किन्तु प्रत्यक्ष रूप से, शिक्षा के मामले में स्थिति चिन्ताजनक ही थी। हमने 336 व्यक्तियों से मुलाकात की। उनमें से 131 बिलकुल अनपढ़ थे यानी इनमें शिक्षित होने का अनुपात 38.87 प्रतिशत बैठता है।

इस दृष्टि से महिलाओं से हमने अलग तहकीकात नहीं की। हमारे अभियान के दौरान अनायास जिन महिलाओं से मुलाकात हुई, उन्हीं से हमने कुछ सवाल किए और जवाब में प्राप्त जानकारी हमने इस अध्याय में दी तो है, किन्तु हमें विश्वास है कि यदि महिलाओं में शिक्षा की स्थिति का सर्वेक्षण अलग से किया जाए तो अन्य कई पहलुओं पर रोशनी पड़ सकती है।

इस सर्वेक्षण के निष्कर्षों को शिक्षा-सम्बन्धी दृष्टिकोण, शिक्षा के लिए किए गए सामूहिक प्रयास, जाति-व्यवस्था का रोड़ा, दोस्तों का व्यवहार, अध्यापकों की सहायता, शिक्षा का माध्यम, शिक्षा के जरिए हुआ परिवर्तन आदि कसौटियों पर परखने का प्रयास हमने किया। कुल मिलाकर आम राय, उनमें से कुछेक उल्लेखनीय प्रतिक्रियाएँ, असाधारण जीवटता की मिसालें, उनके सामाजिक परिणाम—इस क्रम से विषय प्रतिपादन किया गया है।

पूर्व स्थिति

स्वातंत्र्य-पूर्व काल में भंगियों के लिए अलग स्कूल हुआ करते थे। इन्हें 'भंगी-शाला' कहा जाता था। 1938-39 तक यह स्थिति बाकायदा रही। 1932 की नासिक नगरपालिका

की रिपोर्ट में लिखा गया है कि "स्कूल में सहशिक्षा के फलस्वरूप निम्न जाति के बच्चों पर अच्छे संस्कार होते हैं।"[1] किन्तु उस जमाने में अन्य स्कूलों में सह-शिक्षा का अवसर मिलना मुश्किल था। कोल्हापुर के पूरन घावरी ने बताया, "पहली कक्षा में हम हरिहर विद्यालय में जाते थे। यह ब्राह्मण स्कूल था। लेकिन हमारे जाने से वहाँ ऊँची कक्षा के लड़के नहीं आते थे। इसलिए हमें स्कूल से निकाल दिया गया। बाद में हमें नगरपालिका स्कूल में जाना पड़ा।" सतारा के फकीरा सोगा अष्टेकर ने बताया, "हम जब स्कूल में जाते थे तो हमारे लिए अलग बेंच और हमारी पिटाई के लिए अलग डंडा हुआ करता था।" बम्बई के गोविंद भाई मारू को शुरू-शुरू में कच्छी समझकर सामने की बेंच पर बिठाया गया। किन्तु उसकी असली जाति का पता चलने पर उसे पीछे की बेंच पर भेज दिया गया। धीरे-धीरे स्थिति बदलती गई। ठाणे के 76 वर्षीय आत्माराम परमार ने बताया कि गांधी की बदौलत उन्हें स्कूल जाने का मौका मिला यानी कि स्थिति में सुधार लाने की दृष्टि से गांधी जी का आन्दोलन यकीनन सहायक रहा। इसके अलावा स्कूल में दाखिला न देने या भेदभाव बरतने वाले स्कूलों का अनुदान बन्द किए जाने की सरकारी सख्ती की वजह से भी स्थिति बदल सकी।

स्वातंत्र्योत्तर काल में महाराष्ट्र के स्कूलों में जाति की वजह से किसी को कष्ट उठाने पड़े हों—इस तरह की वारदातें बहुत कम हुईं। सम्भवतया इसकी वजह यह भी रही हो कि गरीबों के बच्चे नगरपालिका के स्कूलों में और उच्चवर्गीय बच्चे प्राइवेट स्कूलों में जाते थे तथापि भंगी होने से सहपाठी छात्रों की उलाहना के कारण मजबूरन स्कूल छोड़ने वाला केवल एक ही व्यक्ति हमें मिला। नासिक के माधव परमार ने बताया कि "स्कूल के मुख्याध्यापक मुझसे मूत्रालय की सफाई करवाते।" किन्तु कुल मिलाकर स्थिति ज्यादा बुरी नहीं थी। महाविद्यालयों में भी आरक्षित स्थानों को लेकर बहस होती रहती है। किन्तु उससे कोई कटुता नहीं पैदा होती। इसी तथ्य को अधिकांश लोगों ने दुहराया। सम्भवतया महाविद्यालयों में भी आय वर्ग के अनुसार ही मित्र-समूह बनते हों।

पुणे के सी.के. चव्हाण ने अस्पृश्यता के डर के मारे मराठा हाई स्कूल में अपनी जाति 'परदेसी' लिखवाई थी। लेकिन अपने बच्चों की जाति उन्होंने 'भंगी' ही दर्ज करवाई है। उनके बच्चों को कोई तकलीफ नहीं हुई। इन दिनों शिक्षा से वंचित रहने की प्रवृत्ति नहीं पाई जाती थी। कम-से-कम महाराष्ट्र में तो जाति की वजह से कहीं कोई व्यवधान नहीं पड़ता। यह बात दीगर है कि अच्छे स्कूलों में

1. नासिक नगरपालिका, नासिक नगरपालिका वार्षिक अहवाल, 1932

प्रवेश पाने के लिए बड़ी प्रतियोगिता होती है। वहाँ शायद जाति बाधक बनती हो। कुछ लोगों ने इसकी पुष्टि की। लेकिन ऐसे उदाहरण इक्का-दुक्का ही मिलते हैं।

शिक्षा के बारे में दृष्टिकोण

उल्हासनगर के रतनलाल फैक्टरी में फर्राश हैं। इस पेशे से अलग होने की तीव्र इच्छा के बावजूद उन्हें वही काम स्वीकार करना पड़ा था। वे बॉयलर अटेंडेंट का काम जानते तो थे किन्तु आवश्यक शैक्षणिक योग्यता न होने से उन्हें वह पद मिल नहीं पाया। इस सम्बन्ध में उन्होंने कहा, "अपनी कमजोरी की वजह से हम शिक्षा नहीं ग्रहण कर पाए। लेकिन बरसों के अनुभवों से हम महसूस करते हैं कि हम ठीक-ठाक पढ़े होते तो उच्चवर्णीय लोग भी हमारे साथ कायदे से पेश आते। इसलिए अब हमने अपने बच्चों को अच्छी शिक्षा देने का निश्चय किया है।" धुले के अब्दुल रहमान ने कहा, "तालीम तो होनी ही चाहिए। हम लोगों को स्कूल भेजा नहीं था। तुम तो सयाने बनो।" ठाणे के देवजी गोहिल ने कहा था, "हम तो कीचड़ में गिर गए। लेकिन हम बच्चों पर इसका साया नहीं पड़ने देंगे। उन्हें खूब पढ़ाएँगे। कोशिश तो पूरी करेंगे। आखिर पढ़ना तो उन्हें ही है।" उल्हासनगर के रामकिसन को लगता था कि "सब वाल्मीकि यदि महसूस करते हैं कि पढ़ाना-लिखना जरूरी है, तो ही उनमें सुधार हो सकता है।"

इन प्रातिनिधिक प्रतिक्रियाओं से तो यही स्पष्ट होता है कि "शिक्षा के महत्त्व के बारे में इन लोगों को अलग से कुछ बताने की आवश्यकता नहीं तथापि यह भी उतना ही सही है कि शिक्षा को जीवन-पद्धति बदलने का प्रमुख हथियार मानने के बावजूद ऐसा नहीं है कि इन लोगों में शिक्षा ग्रहण करने की प्रवृत्ति बलवती हुई है। इस अल्पशिक्षा के कई कारण हैं।"

शिक्षा के पक्ष में तो सभी लोग हैं किन्तु प्रत्यक्ष शिक्षा ग्रहण करने के लिए जो कीमत चुकानी पड़ती है, उसके लिए कोई तैयार नहीं। पनवेल के मेघवाल ने जो जवाब दिया, वह उस समाज की उदासीन मानसिकता को बाकायदा उजागर करता था। उन्होंने कहा, "हमारे पास तो पैसा है नहीं। सस्ताई के जमाने में बाप ने हमें नहीं पढ़ाया, अब हम क्या बच्चों को पढ़ाएँगे!"

परिवार बड़ा हो तो पढ़ने वाले बच्चों की संख्या अधिक होती है। वे खुद ही आसपास के किसी छोटे-बड़े स्कूल में जाने लगें तो बात अलग है। वरना किसी

अच्छे स्कूल में उन्हें दाखिला दिलाने के लिए उनके अभिभावकों के पास न फुरसत है, न पैसा। और फिर माँ-बाप दोनों यदि नौकरी करते हों, तो भोर के पाँच बजे ही उन्हें हाजिरी लगानी पड़ती है। दोपहर को भी काम पर जाना पड़ता है। भोर में ही यदि उन्हें घर से निकलना पड़ता हो तो दिन में बच्चे स्कूल जाते हैं अथवा नहीं—यह भला उन्हें कहाँ से मालूम पड़ेगा! खुद अनपढ़ होने की वजह से घर में बच्चों से पढ़ाई करवाने का तो सवाल ही नहीं उठता। इगतपुरी के बुंदा दगडू जीनवाल ने कहा था, "ये बच्चे ही हमारी खेती हैं, इनकी वजह से मैं बहुत कर्जे में हूँ। लेकिन ये स्कूल छोड़ के भागते हैं। किस्मत उनकी! मैं भला क्या कर सकता हूँ?" गरीबों की खेती उजड़ जाने का मुख्य कारण शैक्षणिक परिवेश का अभाव ही है। माँ-बाप तो दिन निकलने से पहले चले जाते हैं। उनके बाद बच्चों को ही घर की पूरी देखभाल करनी पड़ती है। घर में यदि नन्हा-सा बालक हो (अक्सर वह होता ही है) तो उसकी ओर भी बड़े बच्चों को ध्यान देना पड़ता है।

बर्वे समिति ने भी इस समस्या की ओर सरकार का ध्यान आकृष्ट करने का प्रयास किया। नन्हे बालकों के लिए 'पलना घरों' की व्यवस्था के बिना बड़े बच्चों को शिक्षा के अवसर उपलब्ध नहीं हो पाएँगे। इस मामले में नगरपालिकाओं या निजी संस्थाओं को पहल करनी चाहिए।[1] बर्वे समिति ने विशेष रूप से यह सिफारिश की थी। खास कर इस वजह से लड़कियों को शिक्षा के अवसर गँवाने पड़ते हैं। नन्हा बालक अक्सर शिक्षा के मार्ग का रोड़ा होता है—इस हकीकत से अच्छी तरह वाकिफ होने के बावजूद सरकार ने कोई उपाय योजना नहीं की। पलना घर की सुविधा जब नगरपालिका ही मुहैया नहीं करा सकी तो निजी कम्पनियों में भला वह कहाँ से उपलब्ध होगी? अतएव माँ-बाप रोजी-रोटी के बहाने घर से बाहर गए नहीं कि बच्चे घर में आराम से खेलते रहते हैं। निठल्लेपन की आदत पड़ जाने पर शिक्षा ग्रहण करने के लिए जहमत उठाने को दिल नहीं करता।

शिक्षा-ग्रहण के मार्ग का यह पहला रोड़ा पार कर स्कूल में दाखिल होने के बाद भी अवरोधों की मालिका खत्म नहीं होती। कच्ची उम्र में शादी का दूसरा रोड़ा तैयार ही रहता है। इसके परिणामस्वरूप घर-गृहस्थी की जिम्मेदारी आ पड़ती है। फिर नौकरी की तलाश करनी पड़ती है। नौकरी आसानी से नहीं मिलती। किन्तु भंगी-काम फौरन मिल जाता है। अब तो भंगी की नौकरी भी आसानी से नहीं मिलती।

1. Brave, V.N. (Chairman) Report of the Scavengers Living Conditions Enquiry Committee, State of Bombay. Bombay, Director, Govt. Printing, Publications & Stationery, Bombay State, 1958, 55

इस नौकरी में न्यूनतम शिक्षा की शर्त भी नहीं होती तथा नौकरी का सिलसिला पीढ़ी-दर-पीढ़ी जारी रह सकता है। एक बार नौकरी शुरू हुई तो शैक्षिक योग्यता बढ़ाने का प्रयास पीछे छूट जाता है। बिरला ही कोई आदमी उस रास्ते से आगे बढ़ने के लिए ललकता है। पिंपरी निवासी किसन बहोत ने बताया, "हम लोगों में तीन-चार साल की उम्र में ही शादी तय की जाती है। अपने बारह वर्षीय भाई के तिलक समारोह के निषेध स्वरूप मैं उसमें शामिल नहीं हुआ। इस वक्त वह पाँचवीं कक्षा में है। अब क्या खाक पढ़ेगा वह?" ठाणे के नेत्रपाल उज्जैनवाल ने इस सम्बन्ध में बताया था—"कमाने के चक्कर में पढ़ाई नहीं होती। इस वजह से शिक्षा अधूरी छोड़ने वालों की संख्या इन लोगों में अधिक होती है।" इनमें से शिक्षा के क्षेत्र में मेघवाल अपेक्षया अग्रणी हैं। वाल्मीकियों की स्थिति अत्यंत दयनीय है।

शेख भंगी, लालबेगी और मलकाना ये मुसलमानी भंगी जातियाँ हैं। इनमें से शिक्षा के मामले में मलकाना सबसे आगे हैं। शाहू महाराज के प्रोत्साहन के कारण कोल्हापुरी मलकाना शिक्षा के क्षेत्र में आगे बढ़ सके। मकान की व्यवस्था हो जाने से वे पेशा बदल सके, शिक्षा प्राप्त कर सके। लालबेगी तथा शेख-भंगियों की स्थिति कमोबेश वाल्मीकियों जैसी ही है। अहमदनगर-संगमनेर को छोड़कर अन्यत्र वाल्मीकि शिक्षा के मामले में पिछड़ गए हैं। शेख भंगी और लालबेगी अपवादात्मक रूप से सिन्नर, नांदगाँव, अहमदनगर, पुणे में शिक्षा के मामले में आगे हैं। बाकी जगहों पर तो अल्ला ही उनका मालिक है। ठाणे के एक कामगार का मन्तव्य इस मामले में उनकी उदासीनता को बराबर रेखांकित करता है। उसने कहा था, "हमारे बाप-दादा अनपढ़ थे। हम भी कुछ ऐसे निकले कि पढ़े ही नहीं, अब बच्चों को देखेंगे।"

नारी-शिक्षा

कुल मिलाकर शिक्षा की स्थिति चिन्ताजनक है यह तो हम देख ही चुके हैं। कहने की आवश्यकता नहीं कि नारी-शिक्षा की स्थिति इससे भी गई-बीती है। व्यवसाय बदलने की दृढ़ आकांक्षा के कारण लड़कों को शिक्षित करने के प्रयास किसी हद तक ही सही, किए जाते हैं। किन्तु लड़कियाँ उपेक्षित ही रहती हैं क्योंकि अक्सर दलील यह दी जाती है कि लड़कियों को पढ़ाने-लिखाने से फायदा ही क्या है? यदि लड़की ज्यादा पढ़ी-लिखी हो, तो शादी होने में दिक्कत आती है। पुणे निवासी ईश्वरी परमार ने अपनी स्नातक भतीजी की शादी तय करने में उन्हें जो पापड़ बेलने

पड़े, उसका ब्योरा सुनाया। बम्बई की मंजुला राठौड़ नामक लड़की ने "लड़कियों की समझ-बूझ अधिक होती है इसलिए वे मन लगाकर पढ़ाई करती हैं" कहा था। पढ़ी-लिखी लड़कियों के अनुरूप पढ़ा-लिखा लड़का मिलना वाकई कठिन हो जाता है। मेघवाल समाज में पढ़ी-लिखी लड़कियों की संख्या अधिक है। लड़कियों को अच्छे स्कूलों में भर्ती नहीं करवाया जाता। घर के पास, मातृभाषा में शिक्षा देने वाले स्कूल में ही जाना पड़ता है। अंग्रेजी माध्यम के स्कूल में अपनी लड़की को दाखिल कराकर लड़कों की बराबरी से शिक्षा के अवसर उपलब्ध कराने का माद्दा रखने वाले अभिभावक ढूँढ़े नहीं मिलते। शिक्षा ग्रहण करने के लिए अनुकूल वातावरण न होने के बावजूद उच्च शिक्षा प्राप्त करने की ऊँचाई तक पहुँची हुई महिलाओं से भी हमारी मुलाकात हुई। उनके सम्बन्ध में जानकारी आगे अयन्त्र दी गई है।

पलना-घरों की व्यवस्था के बिना लड़कियों पर आ पड़ने वाली जिम्मेदारी कम नहीं होगी। घरेलू काम-काज और बालकों की देखभाल के चक्कर में लड़कियों की पढ़ाई या तो छूट जाती है या पिछड़ जाती है। लड़कियों के उम्र से थोड़ी-सी बड़ी होते ही माँ के साथ उन्हें काम पर जाना पड़ता है। निजी बँगलों की सफाई के लिए वे जाती हैं। इसके बदले जो थोड़ी-बहुत आमदनी होती है, उस वजह से भी शिक्षा में उनकी रुचि कम होने लगती है। जलगाँव की एक महिला सुगनाबाई जावे ने एक और दृष्टिकोण सामने रखा। उन्होंने कहा, "पढ़ी-लिखी लड़कियाँ झूठ-मूठ की चिट्ठियाँ लिख-लिखकर माँ-बाप का दिल जलाती हैं। इसलिए मुझे स्कूल में भर्ती नहीं किया गया।"

इनके अलावा भी कुछ दिक्कतें महिलाओं के सामने आ सकती हैं। बाल-विवाह, रिहाइशी मकान बरकरार रखने के लिए लड़कों के बजाय लड़कियों को बंधेज की नौकरियों में भेज दिया जाता है। कुल मिलाकर सफाई कामगारों की शैक्षणिक दु:स्थिति का ही यह मनहूस चित्र है।

परिवर्तन कैसे होगा?

इस स्थिति में परिवर्तन लाना हो तो संगठित प्रयास करने होंगे। लेकिन इस वक्त ऐसी एकाध मिसाल ही बमुश्किल देखने को मिलेगी। पुणे में मेघवाल समाज की ओर से 1930 में एक परिषद आयोजित की गई थी। लेकिन उसके परिणामस्वरूप छोटी-मोटी एक भी ऐसी संस्था पुणे में आकार नहीं ग्रहण कर सकी। कोल्हापुर में

'नवल प्रकाश मंडक' नामक संस्था शिक्षा-सहायता का काम करती है। वहाँ एक वाल्मीकि कार्यकर्ता बालवाड़ी चलाते हैं। जलगाँव में कामरेड ढंढोरे की पहल के कारण 'विद्यार्थी समिति' की स्थापना हो सकी। बस्ती के बच्चों के लिए वाचनालय तथा ट्यूशन क्लासेज भी वे चलाते हैं। उल्हासननर में लोगों ने चन्दा जमा कर एक अध्यापक की नियुक्ति की है जो छात्रों की सहायता करते हैं। ये सभी काम हम अपनी आँखों से देख चुके हैं। लेकिन ऐसे अच्छे काम अत्यल्प मात्रा में ही हो रहे हैं। बाकी जगह युवा मंच, जात-पंचायत आदि संगठन हैं तो सही किन्तु वे रामपरि-उत्सव, कृष्ण जन्माष्टमी, वाल्मीकि मन्दिर की स्थापना तक ही सीमित हैं।

पिंपरी नगरपालिका ने वाल्मीकि मन्दिर भी बनवाया और बालवाड़ी की स्थापना भी की तथापि उनका समुचित उपयोग करने की योजना कार्यान्वित करने लायक कोई संगठन स्थानीय वाल्मीकि समाज नहीं खड़ा कर सका। फिलहाल इस बस्ती में गन्दगी का साम्राज्य है। सिलाई-कढ़ाई की कक्षाएँ प्रशिक्षणार्थियों के अभाव में बन्द कर देनी पड़ीं। बालवाड़ी के दरवाजे और खिड़कियाँ भी लोग उखाड़कर ले जाने लगे। अतएव उसमें ताला लगाकर नगरपालिका ने वहाँ चौकीदार बिठा दिया है। बस्ती के मुहाने पर ही 'वाल्मीकि युवा मंच' बोर्ड लगा था। किन्तु यह नहीं मालूम हो सका कि इस मंच की गतिविधियाँ कौन-कौन-सी हैं। इसकी वजह यह है कि वहाँ केवल वाल्मीकि समाज की बस्ती होने के बावजूद यू.पी., हरियाणा, पंजाब आदि राज्यों के वाल्मीकियों के समूह भी उनमें शामिल हैं! और उनमें आपसी अनबन है। इस वजह से कोई भी काम सुचारु रूप से वहाँ हो नहीं सकता। उनकी इस अनबन को सुलझाने के प्रयास कई बार किए गए किन्तु कोई फायदा नहीं हुआ। पिंपरी के डबडा नगर में ही हरियाणवीं वाल्मीकि कामगार से मुलाकात हुई। शाम का समय था और वह पीकर तर था। जब उसे पता चला कि हम यू.पी. वालों से मिलने जा रहे हैं, तो नशे की खुमारी में भी उसके भीतर की चिंगारी फूट पड़ी और उसने यू.पी. वालों को खूब गालियाँ दीं।

वे सभी लोग यह महसूस तो करते थे कि एकता के बिना समाज सुधार सम्भव नहीं; किन्तु उनकी एकता व्यावहारिक स्तर पर कभी टिकती ही नहीं। यही वजह है कि नगरपालिका द्वारा दो बेहतरीन भवन बनवाकर दिए जाने के बावजूद शैक्षणिक, सामाजिक कार्य में उन भवनों का कोई उपयोग नहीं किया जा सका।

उनकी जात-पंचायतें शादी-ब्याह, तलाक आदि पारिवारिक मामलों के दायरे से बाहर आकर व्यापक सामाजिक हित के बारे में सोचने के लिए ही तैयार नहीं हैं।

एकाध कोई व्यक्ति पहल करता भी है तो उसे बाकी लोगों का समर्थन नहीं मिलता। इसलिए वह हतोत्साहित हो जाता है। चन्दा इकट्ठा कर लाइटिंग करना, फिल्म प्रदर्शन, सत्यनारायण की महापूजा आदि में खर्च करना—बस, यही काम होता है युवा मंच का। इन दिनों मुख्यतया मन्दिर बनवाने में ही चन्दे का पैसा लगाया जाता है। बम्बई में मेघवाल समाज के लोग एक लाख रुपयों की लागत से एक मन्दिर बनवाने की फिराक में हैं। वाल्मीकि समाज के कुछेक साधुओं से मुलाकात हुई थी। वे मथुरा में मन्दिर बनाने के लिए चन्दा जुटाने के अभियान पर वहाँ आए थे। उनके थुलथुलेपन की ओर देखते हुए तो लगता था जैसे रामदेव बाबा की विशेष कृपादृष्टि उन पर है।

शेख-भंगी, लालबेगी, मलकाना ये अल्पसंख्यक जातियाँ हैं। उनकी स्थिति भी कमोबेश वाल्मीकियों जैसी ही है। उनका कोई संगठन नहीं है। अपनी जाति के लड़कों को प्रोत्साहित करने की योजना भी उनके पास नहीं है। इन जातियों पर इस्लाम का प्रभाव होने से मन्दिर बनाने जैसी अनावश्यक मदों पर उनका पैसा, समय बरबाद नहीं होता। इनमें और वाल्मीकियों में यही प्रमुख अन्तर है।

आन्ध्र प्रदेश से कुछ चर्मकार सफाई कामगार के रूप में शोलापुर जिले में आए थे। वे केवल अपनी नौकरी बचाए रहे, बस। अपनी बिरादरी की प्रगति के लिए उनके पास भी कोई संगठन नहीं है। पढ़ाई-लिखाई में भी उनके बच्चे पिछड़ गए हैं। सबकी समस्याएँ लगभग एक-सी हैं, किन्तु उनके निराकरण के लिए सामूहिक प्रयास वे नहीं करते।

सामाजिक और सरकारी उपाय

बर्वे समिति और मलकानी समिति ने शिक्षा पर ध्यान केन्द्रित करने की सिफारिशें की थीं। वे सिफारिशें ये हैं :

"211. प्रत्येक कामगार बस्ती में पलना घर शुरू किए जाएँ और वहाँ प्रशिक्षित महिला कार्यकर्ताओं की नियुक्ति की जाए।"[1]

"212. बस्ती में सामुदायिक केन्द्र होना चाहिए, जहाँ बच्चों की देखभाल के साथ-साथ महिलाओं को कुछेक कुटीर उद्योगों का प्रशिक्षण भी दिया जाएगा। वहीं पर प्रौढ़ शिक्षा की व्यवस्था भी होनी चाहिए।"[2]

1. सफाई दर्शन, 22 दिसम्बर, 1963, वर्ष 5, अंक 6
2. वही

कहने की आवश्यकता नहीं कि सिफारिशों और उनके कार्यान्वयन में कहीं कोई तालमेल हमें दिखाई नहीं दिया। दरअसल सरकारी स्तर पर इस सम्बन्ध में काफी कुछ करने की गुंजाइश है। हरिजन कल्याण की कई योजनाएँ फाइलों में तैयार हैं और निधियों की भी कोई कमी नहीं है।

योजना कार्यान्वित करवाने के लिए संगठित ताकत की आवश्यकता होती है, जो इस समाज में नहीं है। कामगार संघटनाएँ जब भंगी कष्ट-मुक्ति के साधन मुहैया कराने का ही आग्रह नहीं करतीं, तो भंगियों के जीवनमान में सुधार लाने की दृष्टि से की गई सिफारिशों को लागू कराने का आग्रह वे क्या खाक करेंगी?

अब रही बात जातीय संगठन की, तो हकीकत यह है कि अपने देश में लोग मूलतया जातीय परिधि में ही संगठित रहते हैं। जातियों के समाजार्थिक उन्नयन के लिए जोरदार प्रयास करने की सुप्त शक्ति जात-पंचायत में हो सकती है, लेकिन हकीकत में सामाजिक कुप्रथाओं का इलाज करने में इन पंचायतों की ताकत खर्च नहीं होती। यदि जात-पंचायत ठान ले तो बाल विवाहों पर प्रतिबन्ध लगाना, अनावश्यक सामाजिक खर्चों पर अंकुश लगाना, आपसी चर्चा के जरिए मतभेद दूर करना आदि काम वह बखूबी कर सकती है। कुछेक पंचायतों में ऐसे प्रयास किए भी जा रहे हैं। पुणे में लालबेगी समाज में इस मामले में पहल की गई है। लेकिन अन्यत्र इसके ठीक विपरीत कार्रवाई शुरू हो चुकी है यह तो हम देख ही चुके हैं।

इस दिशा में महाराष्ट्र के दलित समाज द्वारा की गई उल्लेखनीय प्रगति की मिसाल उनके सामने है। स्वयं उन्होंने शिक्षा-संस्थाओं की स्थापना की, छात्रावास चलाए तथा लोगों में चेतना जगाई। कठोर परिश्रम और कड़ी तपश्चर्या के बाद आज वे प्रगति के मार्ग पर अग्रसर दिखाई देते हैं। उनसे मेघवाल, वाल्मीकि, लालबेगी, शेख भंगी आदि समाज सबक ले सकते हैं। फिलवक्त न उनमें शैक्षणिक प्रेरणा है, न सामाजिक चेतना। आपसी मनमुटाव तथा द्वेष-ईर्ष्या की गिरफ्त में वे हैं।

सच देखा जाए तो प्राथमिक शिक्षा, बालवाड़ी, ट्यूशन क्लासेज, वाचनालय इत्यादि काम तो उस बिरादरी के युवक सरकारी सहायता के बिना बखूबी कर सकेंगे। लेकिन आज इन गतिविधियों के बिना भी समाज स्वस्थ है। जाहिर है कि इसके कुछ अपवाद भी अवश्य ही होंगे। ऐसा ही एक अपवादात्मक किस्सा यहाँ हम दे रहे हैं। ठाणे में आदर्श नवयुवक संगठन की ओर से स्कूल शुरू करने का प्रयास किया गया था। श्री जगदीश खैरालिया ने उसका ब्योरा हमें सुनाया :

"शुरू-शुरू में हम ढूँढ़-ढाँढ़ कर 70-80 छात्रों को लिवा लाए। उनसे किसी भी तरह की फीस आदि नहीं ली जाती थी। उनमें से कुछेक लड़के 10-12 साल की उम्र के थे। उन्हें कुछ दिन पहली कक्षा में रखकर बाद में सीधे तीसरी कक्षा में दाखिल करवाया। स्कूल का उद्घाटन 15 अगस्त को शिक्षण मंडल के कार्यकारी अध्यक्ष के हाथों सम्पन्न हुआ। एक साल तक स्कूल सुचारु रूप से चला। पर उसे सरकारी मान्यता न मिल पाने के कारण अन्ततः बन्द कर देना पड़ा।"[1]

इस असफल प्रयास का महत्त्व भी कम नहीं है। बस्ती में शैक्षणिक शिथिलता को रोकने का एक अच्छा प्रयास सरकारी सहायता के अभाव में ठप हो गया। उद्योजक दृष्टि से अभावग्रस्त समाज में एक कारगर प्रयास को समुचित समर्थन प्राप्त न होने से न केवल उपक्रमशीलता को ठेस पहुँचती है, बल्कि इस तरह के उपक्रमों के जरिए उन्नति की कामना करने की प्रवृत्ति पर भी आघात हो जाता है। सरकारी तंत्र और नियमों ने इस तरह के सत्प्रयासों को खस्सी करने का मानो विधिवत् कार्यक्रम शुरू किया है। अतएव इन आघातों से हतोत्साहित न होकर निरन्तर प्रयासशील रहना ही इसका उपाय हो सकता है।

स्वातंत्र्य-पूर्व काल में सफाई कामगारों के उन्नयन के लिए काम करने वाले हरिजन सेवक संघ जैसे संगठन थे। 1930 में बम्बई में यूसुफ मेहरअली के यूथ लीग ने मेघवाल समाज की शैक्षणिक प्रगति के लिए जो काम किया था उसका गौरवपूर्ण शब्दों में उल्लेख बी.एच. मेहता ने किया है।[2] आज इस तरह के काम की अत्यंत आवश्यकता है। किन्तु खेद है कि आज जो संगठन ऐसे काम कर रहे हैं या अपने नाम की तख्ती प्रदर्शित किए हुए हैं वे राजनीतिक रंग में रँगे होते हैं। उनका लक्ष्य राजनीतिक सौदेबाजी होता है, लोगों की समाजार्थिक उन्नति नहीं। इन लोगों में चेतना जगाने के लिए सार्थक-सोद्देश्य प्रयास किए बिना उनमें क्रियाशीलता की उम्मीद नहीं की जा सकती। बम्बई-पुणे जैसे शहरों में शिक्षा की स्थिति कुछ बेहतर है। किन्तु गाँवों में सफाई की स्थिति भी पुराणकालीन है और सफाई कामगारों की शिक्षा की भी।

परिवर्तन की ललक : कुछ नमूने

सफाई कामगारों के जो बच्चे आज उच्च विद्या विभूषित हैं वे अपने बूते पर वहाँ पहुँच सके हैं, या अपने साहसी माँ-बाप की सक्रियता के कारण। इंद्रसेन जाधव के मार्ग

1. खैरालिया, जगदीश, कथा झाडूच्या वंशपरम्परेची। दीपसौजन्य, दीवाली अंक, 1985, 48
2. Mehta, B.H. Social and Economic Condition of the Meghwal—Untouchables of Bombay city (Thesis) Vol. II, part I, 537

में कितनी ही बाधाएँ आईं, कितने ही व्यवधान आते रहे, किन्तु उन सब पर जीत पाकर वह तूफान की तरह आगे बढ़ता रहा। उसके अपने अनुभव उसी के शब्दों में :

"बचपन से ही सफ़ाई काम की अनिवार्यता मुझ पर थोपी गई। मेरे बहनोई दमे के मरीज थे। वे अपने साथ मुझे काम पर ले जाते। बँगलों में शौचालयों की सफाई का काम मुझे करना पड़ता था। क्योंकि बार-बार उनकी साँस फूलती थी। शुरू-शुरू में यह काम करते वक्त मैं मायूस हो जाता था। पर बाद में उसकी आदत-सी पड़ गई। मुझे पढ़ने-लिखने की तीव्र इच्छा थी, सो मैं रात्रि-स्कूल में जाने लगा। उस वक्त मैं न्यू शील थियेटर आदि जगह पर काम भी करता था। वहाँ मेरे प्रति हिन्दुओं का व्यवहार अशिष्टतापूर्ण होता था, किन्तु मुसलमान संजीदगी से पेश आते थे। बाद में पालिका के 25 स्कूलों के मूत्रालयों की सफाई का काम मेरे जिम्मे आ गया। उनमें से पाँच नंबर स्कूल में विमल नवले अध्यापिका थीं। वे राष्ट्र सेवादल से सम्बद्ध थीं और मेरे प्रति बड़ी ही आत्मीय थीं। उन्होंने ही सरदार किराड से मेरा परिचय करवाया। श्री किराड ने मुझे सफाई कामगारों का मुकादम बना दिया। इस अवधि में मेरी पढ़ाई तो जारी रही किन्तु एस.एस-सी. में चौदह बार मैं अनुत्तीर्ण हुआ। पन्द्रहवीं बार मुझे सफलता मिली। एस.एस-सी. पास होने पर कनिष्ठ लिपिक के पद पर मुझे पदोन्नत किया गया। इस कदर जीवटता, ललक और जोश बहुत कम युवकों में पाया जाता है।" बाकी अधिकांश लोग नौकरी के चक्कर में फँसने की फिराक में होते हैं। वैसे भी आजकल युवकों में महत्त्वाकांक्षा का अभाव होता है और फिर वातावरण अनुकूल न हो तो पूछना ही क्या! अहमदनगर के ईश्वर चह्वाण भी दिन में सफाई काम करते थे और रात को स्कूल जाते थे। वे भी आखिरकार एस.एस-सी. पास हुए।

जलगाँव के कामरेड ढंढोरे साम्यवादी दल के कार्यकर्ता थे। उन्होंने अपने परिवार के बच्चों को पढ़ाया-लिखाया। उनकी देखा-देखी, उनके पड़ोसी बच्चे भी स्कूल जाने लगे। छन्नू ढंढोरे भी उसी बस्ती के कामगार हैं। कामरेड ढंढोरे परिवार सुशिक्षित है यह देखकर छन्नू ने भी अपने बच्चों को स्कूल में दाखिल कराने की ठान ली—यह बात उन्होंने स्वीकार की। ठाणे के जगदीश खैरालिया भी सफाई काम के साथ-साथ पढ़ाई करते थे। उन्होंने बड़ी शिद्दत के साथ बारहवीं कक्षा तक पढ़ाई की। औरंगाबाद निवासी वाल्मीकि जाति के रामकुमार सौदे ने भी अच्छे स्कूल में अपने बच्चों को पढ़ाया। उनकी दुर्दम्य इच्छा की वजह से ही उनके परिवार का चित्र बदल सका।

सिन्नर एवं नांदगाँव निवासी शेख भंगी समाज शिक्षा की दृष्टि से काफी उन्नत है। उनका यह प्रयास अनुकरणीय है। सिन्नर के कासम शेख ने अपने बच्चों को सफाई काम से मुक्ति दिलाने का दृढ़ निश्चय किया। मुसलमान होने के कारण उन्हें किसी भी तरह की अतिरिक्त सहूलियतें उपलब्ध नहीं होतीं। इसलिए बच्चों को पढ़ाना उनके लिए ऐयाशी से कम खर्चीला नहीं था, तथापि कासम भाई ने हथियार नहीं डाले। आज उनके दो बेटे स्नातकोत्तर उपाधि-प्राप्त हैं और अच्छे पद पर कार्यरत हैं। नांदगाँव निवासी महम्मद अयूब भी बी.कॉम. तक की पढ़ाई कर पाए। उनके दादाजी ने उन्हें इसकी प्रेरणा दी थी। महम्मद अयूब ने बताया, "लोगों में शिक्षा ग्रहण करने की ललक होनी चाहिए। किन्तु उनका परिवेश ठीक, इसके विपरीत होने से उनके मन में कभी ऐसे भाव आते ही नहीं। मन में भाव उत्पन्न होने का दूसरा नाम ही जीवटता है। एक आदमी, एक परिवार यदि ऐसी जीवटता से अभिभूत हो जाए तो समूचा माहौल बदल जाता है। और ज्योति-से-ज्योति जगाने में देर नहीं लगती।" महम्मद अयूब से प्रेरित होकर आसिफ बेग नामक युवक ने सफाई विभाग की नौकरी को ठुकराकर शिक्षा प्राप्त करते रहना ही उचित समझा। माँ-बाप तो अक्सर यही चाहते हैं कि बच्चे यदि जल्दी कमाने लग जाएँ तो घर-गृहस्थी का बोझ उठाने में उनसे कुछ सहायता मिलेगी। उनकी यह प्रवृत्ति भी बाज वक्त बच्चों के शिक्षा के मार्ग में बाधक बनती है। नौकरी-कमाई के मोह को टालकर शिक्षा का रूखा-रूखा, कष्टसाध्य किन्तु प्रतिष्ठित मार्ग स्वीकार करना आसान काम नहीं।

इस जद्दोजहद में लड़कियाँ भी पीछे नहीं हैं। संगमनेर की सरस्वती जेधे को उनके ससुर जी ने प्रोत्साहित किया। अब वे अध्यापिका हैं। अहमदनगर की वैशाली हंस एम.ए., बी.एड. तक की शिक्षा प्राप्त कर सकीं। वे वाल्मीकि हैं। अन्यत्र इस जाति में स्त्री शिक्षा लगभग 'नहीं' के बराबर है। इसलिए वैशाली हंस का उच्च शिक्षित होना अधिक अर्थपूर्ण है। उनकी इस सफलता के मूल्य में उनकी माँ की जीवटता और जिजीविषा है। उनकी माँ मायमा से हमने लम्बी बातचीत की। उन्होंने बताया, "उसके पिता अपनी बेटी को खूब पढ़ाना चाहते थे, पर वे गुजर गए। उनकी अधूरी इच्छा पूरी करने के लिए मैंने कमर कस ली और बात यहाँ आ पहुँची।"

चालीसगाँव में नजमा से मुलाकात हुई। अपने शराबी, कबाबी, जुआरी शौहर के अशिष्ट व्यवहार का बुरा असर बच्चों पर पड़ते देखकर उन्होंने ससुराल को अलविदा कहा। स्वयं उर्दू सातवीं तक पढ़ी नजमा ने अपने मायके में बच्चों की पढ़ाई जारी रखी। हम जब उनसे मिले थे उस वक्त उनका बेटा मराठी माध्यम से

दसवीं कक्षा में पढ़ रहा था। अपने इसी बेटे पर उनका सब कुछ निर्भर था। किसी भी स्थिति में बेटे को सफाई कामगार न बनने देने के लिए वे दृढ़-प्रतिज्ञ हैं। अकोला (संगमनेर) की शेख भंगी ताहिरा स्कूली शिक्षा के बारे में आत्मीयता से बोल रही थीं। वे खुद मैट्रिक तक पढ़ी थीं। उनके घर में हम उनके शौहर से बातचीत कर रहे थे, तब वे अपने बच्चे की पढ़ाई करवा रही थीं। बच्चे को मराठी माध्यम से पढ़ाने की वजह पूछने पर उन्होंने बताया, "मैंने अपने बच्चों से कहा है—तुम मराठी स्कूल में जाओ, मैं तुम्हें अरबी घर में पढ़ाऊँगी। और मैं उन्हें बराबर पढ़ाती हूँ।"

मालेगाँव के रशीद भाई ने अपने बेटे को धमकाया—"यदि तू पढ़ेगा नहीं तो भंगी बनना पड़ेगा।" तब कहीं वह रास्ते पर आ गया। उनका यही बेटा शब्बीर बी.ए. होकर आज लिपिकीय सेवा में है।

जिन सुशिक्षित युवकों से हमारी मुलाकात हुई उनमें डॉ. अविनाश सर्वाधिक उच्च शिक्षित और संजीदा इनसान थे। मलकाना समाज के श्री दत्तू सुभाष आष्टेकर सिविल अस्पताल में शल्यक्रिया सहायक हैं। वहाँ रोजाना डॉक्टरों के सम्पर्क में आने से उन्हें लगता था कि अपना बेटा भी डॉक्टर बनेगा तो कितना अच्छा होगा! शुरू-शुरू में वे उसे बी.ए.एम.एस. बनाने की फिराक में थे। किन्तु सिविल अस्पताल के डॉक्टर आगाशे ने उसे एम.बी.बी.एस. कराने का आग्रह किया। इस प्रकार मिरज के मेडिकल कॉलेज में उसने दाखिला लिया। आरक्षित स्थान की वजह से ही यह सम्भव हो सका। अनारक्षित छात्रों में न्यूनतम 74 प्रतिशत अंक प्राप्त करने वाले को प्रवेश मिला, तो डॉ. अविनाश आष्टेकर के 69 प्रतिशत अंक थे। माना कि आरक्षण का फायदा उन्हें मिला, लेकिन उल्लेखनीय है कि उनकी गुणवत्ता में कोई कमी नहीं है। मलकाना नामक 'देशी भंगी' जाति में डॉ. अविनाश आष्टेकर पहले डॉक्टर हैं। वे पूरे आत्मविश्वास के साथ बातें करते हैं। उन्होंने बड़े ही गर्व के साथ कहा, "मौका मिलते ही हम अपनी श्रेष्ठता सिद्ध कर सकते हैं।" उनकी इस अद्‌भुत सफलता को देखकर मलकाना समाज के युवाओं में शिक्षा की ज्योति अवश्य ही जगी है। उनका भाई भी इंजीनियर बनने की कोशिश में है। डॉ. आष्टेकर ने निजी क्लिनिक भी शुरू किया है।

अंग्रेजी माध्यम का आकर्षण

माँ-बाप अधिकांशतया अपने बच्चों को मराठी स्कूलों में ही भेजने के इच्छुक होते हैं। शेख भंगी, वाल्मीकि, मेघवाल आदि हिन्दी, गुजराती भाषी कामगारों के बच्चे

भी मराठी स्कूलों में ही पढ़ रहे हैं। मुसलमान बच्चे अक्सर उर्दू स्कूलों में जाते हैं। किन्तु हमारी मुलाकात जिन मुसलमान बच्चों से हुई, वे सभी मराठी स्कूलों के ही छात्र थे। मालेगाँव के शब्बीर को तो उर्दू स्कूल में मराठी क्लर्क की नौकरी मिल गई थी। शब्बीर के विशुद्ध मराठी उच्चारणों की वजह से एक बार उसे मसजिद में टोका भी गया था! कोल्हापुरी मलकाना तथा लालबेगी बच्चों की पढ़ाई भी मराठी स्कूलों में ही हुई थी। इसी वजह से वे अपनी जाति से बाहर की दुनिया भी देख सके। और वे यकीनन फायदे में रहे हैं।

लेकिन इन दिनों बच्चों के माँ-बाप अंग्रेजी के जादू से प्रभावित हैं। बच्चों को बेहतर रोजगार के अवसर उपलब्ध कराने की फिराक में उनकी यह दिली ख्वाहिश होती है कि अपना कम-से-कम एकाध बच्चा तो अंग्रेजी स्कूल में पढ़े। खास कर बम्बई-पुणे में इस लहर का प्रभाव अत्यधिक पाया जाता है। पुणे के श्रमिक नगर में हमने पाया कि वहाँ के हर परिवार का कम-से-कम एक बच्चा अंग्रेजी स्कूल में भर्ती है। बम्बई के जुहू इलाके में भी ऐसी ही स्थिति है। वहाँ का एक युवक तो हमारे साथ अंग्रेजी में ही बातचीत कर रहा था। उसने बताया कि अंग्रेजी में बात करने की वजह से लोग अपने-आप दबे-दबे-से रहते हैं, किसी से उलाहना नहीं सुननी पड़ती। जुहू धनवानों का इलाका है। और धनवानों की अंग्रेजी से साँठ-गाँठ होना सनातन बात है। लेकिन अब इलाका कोई भी हो और माली हालत कैसी भी हो, अंग्रेजी लोगों के सिर चढ़कर बोलने लगी है। बम्बई में मेघवाल जाति के कई बच्चे अंग्रेजी स्कूलों में पढ़ रहे हैं। औरंगाबाद में रामभाऊ सोदे ने अपने बच्चों को 'होली क्रॉस' में ही भर्ती करवाया था।

अंग्रेजी स्कूलों में पढ़ाई करने का अवसर लड़कों को ही प्राप्त होता है, लड़कियों को नहीं। इसके पीछे धारणा कि उच्चवर्णीय लोगों से हम भी पीछे नहीं हैं इस बात का एहसास उन्हें दिखाना है। उनकी यह धारणा कहाँ तक यथार्थ हो सकती है, कहा नहीं जा सकता, तथापि उच्चवर्णियों से होड़ लेने की उनकी जीवटता अधिक महत्त्वपूर्ण है। ऐसे छात्रों की संख्या तुलनात्मक दृष्टि से इनी-गिनी भले ही हो, यह जागृति का लक्षण अवश्य है। उच्चवर्णियों के अन्धानुकरण की कीमत पर भी उनकी यह प्रवृत्ति अधिक महत्त्वपूर्ण है।

परिवर्तन की हवा अब धीरे-धीरे इन बस्तियों में भी बहने लगी है। इन लोगों की मौजूदा स्थिति को देखते हुए शिक्षा को केवल पहली से दसवीं कक्षा के दायरे में समेटकर रखना समीचीन नहीं होगा। व्यवसाय परिवर्तन के लिए उपयुक्त शिक्षा

उन्हें दी जानी चाहिए। सफाई व्यवसाय से जुड़े प्रत्येक परिवार को फिलहाल अपने कम-से-कम एक सदस्य की बलि चढ़ानी पड़ रही है। पढ़ने-लिखने के बाद भी इसी अप्रिय पेशे से जुड़े रहने की अनिवार्यता से उनके भीतर की ऊर्जा ही खत्म हो जाएगी। इसलिए सबसे पहले उन्हें सिर छुपाने की जगह की गारंटी दी जानी चाहिए। क्योंकि यह उनकी मूलभूत आवश्यकता है, जो उनके जीवन के सभी पहलुओं से जुड़ी है। मुस्लिम भंगियों को भी ये सुविधाएँ मिलनी चाहिए।

ये मूलभूत बातें भी अभी तक नहीं हो पाई हैं। आम भंगी आज भी अँधेरे में टटोल रहे हैं। न उनका कोई संगठन है, न कोई नेतृत्व। इस दृष्टि से उल्हासनगर के साठ वर्षीय सोहनलाल बंसी की प्रतिक्रिया को समूचे भंगी समाज की मनोव्यथा कहा जा सकता है। उन्होंने कहा, "बाबा साहब अम्बेडकर जैसा कोई इनसान पैदा हुआ तो हुआ। मर्द-से-मर्द पैदा हो भी सकता है। अन्यथा कोई उम्मीद नहीं।"

मौत-मिट्टी हुई तो जा सकते हैं, शादी नहीं कर सकते...

भारत में मुस्लिम धर्मान्तर्गत जाति-व्यवस्था ने जड़ें पकड़ी हैं या नहीं यह मुद्दा सदा ही विवादास्पद रहा है। मुसलमान मुल्ला-मौलवी तो डंके की चोट कहते हैं कि "इस्लाम में किसी भी तरह का भेदभाव नहीं है।"

भारतेतर इस्लामी परम्परा के बारे में शायद यह उचित भी होगा, किन्तु भारत में स्थिति अलग है। यह सही है कि इस्लाम के तात्त्विक ढाँचे में जातिभेद या उच्चता-नीचता को कोई स्थान नहीं। तथापि भारतीय मुसलमानों के व्यवहार में उच्चता-नीचता बराबर व्यक्त होती है।

श्री गौस अंसारी, श्री हसन अली, श्री इम्तियाज अहमद, श्री रघुराज गुप्ता आदि विद्वानों ने बड़ी मेहनत से सर्वे कर इसके बारे में हकीकत जानने का प्रयास किया है। इस विषय पर इम्तियाज अहमद द्वारा सम्पादित पुस्तक में हसन अली ने वास्तविक स्थिति पर प्रकाश डालने का पूरा प्रयास किया है।

स्थानीय मुसलमान खोजी दस्ते से सम्बद्ध मुसलमानों के सामने भी यह कुबूल नहीं फरमाते कि उनमें जातिभेद मौजूद है। वे बार-बार जोर देकर कहते हैं कि 'बिरादरी' यानी 'जात' नहीं है। अपनी बातचीत में वे यही कहते हैं कि 'बिरादरी' के मुसलमान नमाज अदा करने के लिए इकट्ठा होते हैं। उनमें किसी तरह का भेदभाव नहीं है।

बिरादरी में ही विवाह करने के रिवाज को ताक पर रखने का प्रयास लोग किया करते थे। जहाँ-जहाँ इस रिवाज का उल्लेख होता, वहाँ लोग जोर देकर कहा करते थे कि इस्लाम में शादी-ब्याह के मामले में ऐसा कोई बन्धन नहीं है। बल्कि भिन्न

वंशीय विवाहों को इस्लाम ने उत्तेजना ही दिया है आदि। किन्तु सामाजिक जीवन में उनका यह दावा यथार्थ प्रतीत नहीं होता।

'जात' या 'जाति' का प्रयोग स्थानीय मुसलमान या हिन्दू 'अन्तस्सम्बन्धित समूह' के रूप में करते हैं। 'बिरादरी' हू-ब-हू 'जाति' का वैकल्पिक शब्द भले ही न हो, उसकी आन्तरिक रचना से तो यही प्रतीत होता है कि वह जातिगत विशिष्टता को ध्वनित करता है।

1. बिरादरी की सदस्यता जन्मना प्राप्त होती है।
2. बिरादरी की सीमा-रेखा अन्तस्सम्बन्धीय विवाह (endogamy) के जरिए बरकरार रखी जाती है।
3. जात-पंचायतों तथा वंश-परम्परानुगत जारी रहने वाले व्यवसायों की मौजूदगी।

हाँ, भंगियों से मुसलमान कोई ताल्लुक नहीं रखते। इसकी वजह वे उनका गन्दा पेशा बताते हैं। इसके अलावा ये कारण भी बताए जाते हैं कि भंगी शराब पीते हैं, जुआ खेलते हैं, परदा पद्धति का पालन किए बिना उनकी औरतें हिन्दुओं के घरेलू समारोहों में शामिल होती हैं, आदि। लेकिन धार्मिक मामलों में भंगियों से कोई भेदभाव नहीं बरता जाता।

किन्तु वर्णव्यवस्था पर टिके हिन्दू जातिवाद से तुलना करने पर पता चलता है कि "मुसलमानों में इस व्यवस्था की सैद्धान्तिक बुनियाद न होने से, सख्ती से उस पर अमल करने की ओर वे उतना ध्यान नहीं देते।"[1]

रघुराज गुप्ता ने अपनी पुस्तक में हिन्दू-मुसलमानों में प्रचलित जाति-व्यवस्था की तुलना कर उनके साम्य-भेदों का विस्तृत विश्लेषण किया है।

हिन्दू व्यवस्था से असमानता

1. किसी के भी हाथ से अन्न-जल ग्रहण करने में मुसलमानों को कोई परहेज नहीं होता सिर्फ डोम इसका अपवाद होते हैं; यदा-कदा तो यह अपवाद भी नहीं होता।
2. शाकाहार या मांसाहर को लेकर मुसलमानों में कोई पाबन्दी नहीं होती। उनमें जातिवार आहार निर्धारण नहीं होता।

---

1. Ahmed, Imtias. Caste and Social Stratification Among Muslims in India. New Delhi, Manohar Book Services, 1973, 23

3. जातियों में पाए जाने वाले तुलनात्मक अन्तर या कुछेक जातियों को प्राप्त वरीयता के लिए मुसलमान धर्म या सामाजिक व्यवहार के नियमों में कोई आधार नहीं है।

हिन्दू व्यवस्था से समानता

1. समाज में कुछेक व्यवसायों तथा नौकरियों को श्रेष्ठ और पाक तथा कुछ को नीच एवं नापाक समझा जाता है।
2. सम्पन्नता और फटेहाली जैसी सामाजिक विषमता की वजह से भी जातियों का दर्जा प्रभावित होता है।

मुसलमानों में छुआछूत नहीं मानी जाती। नाम, पोशाक आदि के मामले में कोई अन्तर नहीं होता। रोटी-बन्दी नहीं होती पर बेटी-बन्दी अवश्य होती है।[1]

इससे तो यही प्रतीत होता है कि कम-से-कम भारत में मुसलमानों में उच्चता-नीचता पर आधारित व्यवस्था कायम हो चुकी है। धर्मान्तर के बाद मुसलमान बनने वालों की जाति में परिवर्तन नहीं हुआ। उनकी जाति के मामले में जो पूर्वग्रह लोगों के दिलों में था, वह बरकरार रहा। अन्य जातियों के सन्दर्भ में यह बात उभरकर सामने नहीं आती। लेकिन 'भंगियों के मामले में यह विशेष रूप से महसूस किया जाता है। उनके मामले में बाकी बन्धन भले ही शिथिल किए जाते हों, पर वे भंगी हैं इस तथ्य को कदापि नजरअन्दाज नहीं किया जाता।

बॉम्बे गजेटियर में शोलापुरी हलालखोरों के मामले में निम्नलिखित जानकारी उपलब्ध है :

"हिन्दू हलालखोर धर्मान्तर की वजह से मुसलमान बने। वे भंगी-काम करते हैं, इस हकीकत के अलावा पहनावा, रीति-रिवाज आदि की दृष्टि से वे हू-ब-हू मुसलमान ही प्रतीत होते हैं। उनकी औरतें भी मर्दों की बराबरी से काम करती हैं। यह वर्ग गलीज और व्यसनाधीन अवश्य है, किन्तु मेहनती भी है। वे सुन्नी (हनीफी) हैं। वे शादी-ब्याह के लिए काजी को आमंत्रित करते हैं। केवल रमजान तथा बकरीद के मौके पर ही मसजिद में जाते हैं। अन्य मुसलमान उन्हें अपने से कनिष्ठ मानते हैं। इसलिए वे उनसे एक विशिष्ट दूरी पर ही रहते हैं।

---

1. Gupta, Raghuraj. Ranking and Intercaste relation among the Muslims of North Western U.P. Eastern Antropologist Vol. X No. I. 1956, 38

उन्हें नापाक समझा जाता है। कुरान शरीफ को पढ़ना तो दूर, उसे छूने की अनुमति भी उन्हें नहीं होती। वे हिन्दू देवी-देवताओं की उपासना करते हैं। हिन्दुओं के लंघण-उपवास भी करते हैं।[1]

अकोला निवासी 80 वर्षीय वृद्ध बंडूभाई कंकरभाई मुस्लिम समाज की जाति-व्यवस्था का कड़वा घूँट पी चुके हैं। उन्होंने जो आपबीती सुनाई वह उक्त निष्कर्षों की ही पुष्टि करती है।

"चालीस साल पहले बाल कटवाने के लिए नाई भी हमें नहीं मिलता था। दुनिया की आँखों से बचते-बचाते जैसे-तैसे एकाध नाई हमारे सिर के बाल काटता था। हमारे घरों में किसी की मौत हो जाए तो उसे चारपाई पर लादकर कब्रिस्तान ले जाया जाता। मैयत को रातों-रात ले जाना पड़ता था।

"नमाज़ अदा करने के लिए मसजिदों में हमें प्रवेश वर्जित था। मसजिद की सीढ़ी के पास खड़े होकर ही हमें इबादत करनी पड़ती थी। गाँव में नए-नए आए एक अध्यापक ने मुझे एक बार मसजिद की सीढ़ी के पास खड़े देखकर इसकी वजह पूछी। मैंने उन्हें असलियत बता दी। उन्होंने इस बात को लेकर मुसलमानों को फटकारा। उन्होंने लोगों को आगाह किया—जहाँ सब लोग इकट्ठा होते हैं, वहीं इबादत हो सकती है। वरना न वो मसजिद है, न वह इबादत! उनकी नसीहत असरकर सिद्ध हुई और मुझे मसजिद के भीतर जाने की इजाजत मिल गई। उसके बाद आज तक मुझे कोई परेशानी नहीं हुई।"

हमें इस सर्वेक्षण के दौरान इस तरह का अनुभव कथन करने वाले बंडूभाई अकेले इनसान थे। अन्य किसी को भी ऐसे प्रतिबन्ध का मुकाबला नहीं करना पड़ा, और बंडूभाई को बाद में इजाजत मिल ही तो गई। अब तो वे पेश इमाम की अनुपस्थिति में उनका काम भी देखते हैं।

हिन्दुओं में सामूहिक उपासना की मनाही थी। आज भी इने-गिने स्थानों पर ऐसा चित्र बराबर देखने को मिलता है। उपासना-स्वातंत्र्य पर पाबन्दी लगाए गए लोगों में इस बात को लेकर दो प्रतिक्रियाएँ देखने में आती हैं—मन्दिर प्रवेश पर पाबन्दी होने से सगुण उपासना पद्धति पर विपरीत असर पड़ता था। इस वजह से 1783 के आसपास सन्त नवल प्रकाश ने निर्गुणोपासना पद्धति पर अधिक जोर दिया। उन्होंने मूर्तिपूजा का निषेध किया। "शराब-मांस का सेवन मत कीजिए। दहेज प्रथा बन्द कीजिए। मृत्यु-भोज की मद में खर्च मत कीजिए," आदि उपदेश वे दिया करते

1. Govt. of India. Gazeteer of Bombay Presidency Vol. XX, 1984, 207

थे। जोधपुर नरेश ने जोधपुर में भंगी-बस्ती में कचरा डिपो के पास ही नवल प्रकाश महाराज का मन्दिर बनवाया है। जोधपुर नरेश इस मन्दिर के मुख्य न्यासी हैं तथा वे भारत-पाक भंगियों के गुरु कहलाए जाते हैं। महाराष्ट्र में भी नवल महाराज के दो मन्दिर हैं।[1]

इसके अलावा जिस धर्म ने उनकी न्यूनाधिक सहायता की, उसको उन्होंने यदा-कदा प्रत्यक्ष स्वीकार किया तो कभी-कभार वे उस धर्म का अनुकरण भी करते थे। बॉम्बे गजेटियर के कोल्हापुर, पुणे और सतारा विभागों में इस तरह की जानकारी प्राप्त होती है—"धार्मिक दृष्टि से ये लोग आधे हिन्दू और आधे मुसलमान हैं। वे कुरान की आयतें पढ़ते हैं और मन्दिरों में जाकर प्रार्थना भी करते हैं। उनके धर्मगुरु भी दोनों धर्मों को मानते हैं। वे हुसेन्नी ब्राह्मण कहलाए जाते हैं।" इस प्रकार मूल धर्म एवं अनुकरणजनित धर्म के मिले-जुले रूप को स्वीकार करने वाले लोगों का उदय हुआ। सम्मिश्र संस्कृति की ये जातियाँ मुख्यतया उत्तर से दक्षिण में आईं। उत्तर में पहले-पहल तुर्कों की सत्ता आई और लम्बे समय तक उनका शासन चलता रहा। इसलिए उन पर तुर्की प्रभाव सबसे अधिक पाया जाता है। कुछेक मामलों में सिखों का प्रभाव भी दिखाई पड़ता है...इस तरह का वर्णन श्यामलाल ने अपने शोध-प्रबन्ध में किया है।

दक्षिण में इस तरह का सम्मिश्र संस्कार अल्प मात्रा में पाया जाता है। गुजरात के मेघवालों पर तो ऐसा कोई प्रभाव है ही नहीं। उनका एक उपास्य देवता रामवीर तो है किन्तु मुसलमानों का अधिकृत उपास्य देवता 'पीर' नहीं है। वे मुसलमान पद्धति से उपासना भी नहीं करते।

समाज में अत्यंत घृणास्पद समझे जाने वाले व्यवसाय से सम्बद्ध होने के कारण वे अस्पृश्यों में भी अस्पृश्य समझे जाते हैं—यह तो हम पूर्व विवरणों में देख ही चुके हैं। इस पृष्ठभूमि पर देखने से मालूम होता है कि किसी-न-किसी व्यवस्था में शामिल होकर कोई-न-कोई स्थान प्राप्त करने के प्रयासों के ही परिणामस्वरूप शायद सम्मिश्र संस्कृति का उदय हुआ हो। महाराष्ट्र में इस्लाम का जामा पहनने वाली या उसके अनुरूप व्यवहार करने वाली तीन जातियाँ हैं—मलकाना, लालबेगी और शेख भंगी। इनमें से मलकाना और लालबेगी लोगों पर हिन्दू-मुसलमान दोनों का प्रभाव देखा जा सकता है।

---

1. Shyamlal. The Bhangis in Transition. New Delhi, Inter India Pub., 1984, 28

मलकाना

कोल्हापुर, सतारा इलाकों में मलकाना समाज के लोग भंगी व्यवसाय में हैं। उन्हें स्थायी मेहतर कहा जाता है। उन्होंने कब और क्यों धर्मान्तर किया होगा, इस सम्बन्ध में अत्यंत दिलचस्प जानकारी हमारे सामने आई। कोल्हापुर के इस्माइल धारवाड़कर ने बताया—"हम लोग मूलतया राजपूत हैं। किन्तु हमारे ओछे व्यवसाय के कारण हमें न कोई अपनाता था, न हमें रहने की जगह मिलती थी, न ही पानी मिलता था। ऐसी स्थिति में मुसलमानों ने हमें पनाह दी। उन्होंने हमें धर्मान्तर करने के लिए नहीं कहा; हमने भी बाकायदा धर्मान्तर नहीं किया। किन्तु उनकी देखा-देखी उन्हीं के तीज-त्योहार हम करने लगे, अपने बच्चों के नाम भी वैसे ही रखने लगे, बस।"

कोल्हापुर के युवक गफूर नबी लाड ने भी ऐसी ही जानकारी दी—"हम हिन्दू मूल के ही हैं। आज भी हम हिन्दू भंगी ही हैं। लेकिन हिन्दुओं की कट्टर जातिवादी प्रवृत्ति के कारण हमें बड़ी तकलीफ उठानी पड़ती थी। ऐसी स्थिति में मुसलमानों ने हमारी काफी सहायता की। उनके साथ हमारा सम्पर्क बढ़ गया। इस वजह से उनका रहन-सहन अपनाने का प्रयास हमने किया, तथापि हम दोनों धर्मों के त्योहार मनाते हैं।"

सम्मिश्र धार्मिक संस्कारों की तरह उनके नाम भी मिले-जुले ही रहते हैं। जैसे इस्माइल धारवाड़कर, सत्तार आष्टेकर आदि। कोल्हापुर के शाहू महाराज ने इन लोगों की ओर विशेष ध्यान दिया। रहने के लिए उन्हें जगह दी। उनकी तालीम की विशेष व्यवस्था की। इस वजह से उनकी आर्थिक, शैक्षणिक और सामाजिक उन्नति हो सकी। भंगी-काम छोड़कर अन्यान्य व्यवसाय उन्होंने अपनाए। मकान उनके अपने होने से किसी की कोई सख्ती उन पर नहीं है। अतएव अब उनमें हिन्दूकरण की प्रक्रिया शुरू हो चुकी है। अब वे नमाज़ अदा करने मसजिद में नहीं जाते। हिन्दू पद्धति के नाम-परिवर्तन के लिए वे प्रयत्नशील दिखाई पड़ते हैं। इस्माइल सत्तार धारवाड़कर ने हमें बताया कि अब वे अपना नाम ईश्वर साईंनाथ धारवाड़कर रखवाना चाहते हैं। 1945 के आसपास राष्ट्रीय स्वयंसेवक संघ ने नाम के लिए उन्हें हिन्दू बनाने के काम में पहल की थी, तथापि वे अभी भी दोनों धर्मों के त्योहार मनाते हैं। इस सम्बन्ध में इस्माइल धारवाड़कर ने बड़ी ही मार्मिक दलील दी थी। "त्योहार तो मुख्यतया खाने-पीने के लिए ही होते हैं, तो फिर ऐसे मौके क्यों छोड़ दिए जाएँ?" उन्होंने कहा था।

कोल्हापुर के आसपास शाहू महाराज से काफी सहायता मलकाना समाज को प्राप्त होने से जाति-व्यवस्था की बदौलत उन्हें जो मुसीबतें उठानी पड़ती थीं, उनमें कमी आई। कोल्हापुर से कर्नाटक की सीमा नजदीक पड़ती है। इसलिए मलकाना लोगों के कई रिश्तेदार कर्नाटक में भी हैं। कर्नाटक में रूढ़िवादी लिंगायतों की बदौलत होने वाली तरह-तरह की तकलीफों से मुक्ति पाने के लिए इस समाज के कई लोग धर्मान्तर कर मुसलमान होने लगे हैं। कोल्हापुर के उनके रिश्तेदारों ने ही हमें यह जानकारी दी। वे महाराष्ट्र के अपने रिश्तेदारों को मन्दिर प्रवेश के मामले में छेड़ते हैं, धर्मान्तर करने का आग्रह करते हैं। राजन पंडत ने हमें बताया, "हमारे कुछ रिश्तेदार मुसलमान हैं। वे यहाँ हिन्दू पद्धति से शादी करते हैं और कर्नाटक में जाकर मुसलमान बन जाते हैं तथापि उनकी जाति दोनों स्थितियों में भंगी ही रहती है। बेटी-व्यवहार हमारी जाति में ही होता है, उनका धर्म कोई भी हो।"

इस समाज पर मुसलमानों की पकड़ अब ढीली पड़ती जा रही है। पहले भी केवल अनुकरण की सीमा तक ही इस्लाम से उनका ताल्लुक था। अतएव उर्दू या अरबी से उन्हें कोई लगाव नहीं था। उनके बच्चे मराठी स्कूलों में ही पढ़ते हैं, और खास कोल्हापुरी अन्दाज में मराठी बोलते हैं।

कोल्हापुर स्थायी मेहतर समाज संस्था की ओर से 1986 में प्रकाशित स्मारिका में श्री सुरेश भद्रे (सतारा) ने इस समाज का संक्षिप्त इतिहास दिया है। उसमें उन्होंने लिखा है, "महाराष्ट्र और कर्नाटक मूल के स्थायी मेहतर समाज के अधिकांश लोग हिन्दू संस्कृति का ही पालन करते हैं। वे शहरों में बस गए हैं। महाराष्ट्र की स्थायी मेहतर जाति (भंगी) की उपजाति 'मलकानी भंगी' है। कुछेक शहरों में मलकानी भंगी मुसलमान बनकर गुजर-बसर कर रहे हैं तथापि कुल मिलाकर इनमें धर्मान्तर की मात्रा अत्यल्प है। महाराष्ट्र-कर्नाटक में जो मलकानी भंगी स्थायी जमात के लोग हैं, उनकी भाषा हिन्दी है। लेकिन उनके बच्चे मराठी स्कूलों में ही पढ़ते हैं।"[1]

जो लोग बहुत पहले उर्दू स्कूलों में पढ़े थे, वे भी अब उर्दू भूल चुके हैं। सतारा के युवक बाबू मोहिउद्दीन ने बताया, "बाकी मुसलमानों से हमारा कोई वास्ता नहीं पड़ता। क्योंकि वे उर्दू बोलते हैं, जो हमारी समझ में नहीं आती। मराठी या हिन्दी में वे बात करें तो सम्पर्क बढ़ सकता है!"

1. लाड, बाळासाहेब न.। (सम्पा.) कोल्हापुर स्थायिक मेहतर समाज। कोल्हापुर स्थायिक मेहतर समाज संस्था अधिवेशन स्मरणिका, 1986, 4

स्थानीय भाषा में शिक्षा, शाहू महाराज की प्रेरणा आदि की वजह से यह समाज अन्य मुस्लिम भंगी जातियों के मुकाबले प्रगत हैं। रिहाइशी मकान को बचाए रखने के लिए नौकरी की अनिवार्यता के दुश्चक्र से पार पाने में वे सफल हो गए हैं। सतारा में उनके दुमंजिले मकान हैं। इस प्रकार उनका जीवनमान धीरे-धीरे बदल रहा है। अभी भी उनकी जाति 'भंगी' दर्ज किए जाने से उन्हें सभी सरकारी सहूलियतें बाकायदा प्राप्त हो रही हैं।

परिवर्तन के इस दौर में अन्य जातीय उनके हितैषियों का सहयोग भी उल्लेखनीय है। कोल्हापुर में समाजवादी दल ने 'कोल्हापुर म्यूनिसिपल कामगार संघ' की स्थापना कर इस अभियान को गति दी। इसके अलावा दलित मित्र श्री बापूसाहब पाटिल, शंकरराव सावंत, रामभाऊ घोरपड़े, बा.न. राजहंस आदि ने सक्रिय सहयोग प्रदान किया। शाहू महाराज ने इस दिशा में जो महत्त्वपूर्ण योगदान दिया, उसका उल्लेख 'मेहतर समाज स्मारिका' में यूँ है, "इस समाज की ओर लोगों का ध्यान ही नहीं था। अतएव बापू (स्व. धोंडीराम शरमत लाड) ने इस सम्बन्ध में प्रधान जी से शिकायत की। तिस पर महाराज ने बापू को मैला-सफाई के काम से अलग कर सोनतकी में घ्रोड़ों के तबेलों की सफाई का काम सौंपा। बापू को 'भंगी' कहने के बजाय 'पंडत' कहने के बारे में उन्होंने एक आदेश जारी किया। वहीं से इस समाज के लोगों को पंडत कहा जाने लगा।"[1] इसी के फलस्वरूप इस समाज में पंडत, लाड जैसे उपनाम प्रचलित हुए।

मलकाना समाज के दो प्रमुख नेता थे—स्व. धोंडीराम शरमत लाड तथा मौलाबख्श हुसैन लाड। इनमें से धोंडीराम जी इस समाज को रूढ़ियों तथा परम्पराओं के प्रभाव से मुक्त कराने के लिए जूझते रहे। "लोगों को व्यसन-मुक्त होना चाहिए। शादी-ब्याह हो या क्रिया-करम, अनाप-शनाप खर्च कराने वाली रूढ़ियाँ समाज की आर्थिक स्थिति को विकलांग बनाती हैं। यह समाज मूलतया साधनहीन है। घर का कमाऊ मुखिया ढह जाए तो रोटी के लाले पड़ जाते हैं। इसके बावजूद इन जानलेवा रूढ़ियों का पालन करना हो, तो दो-तीन बार लोगों को भोजन कराना पड़ता है और इस चक्कर में हुए कर्ज के बोझ को जिन्दगी-भर ढोना अनिवार्य हो जाता है। इस तरह उधार का पुण्य कमाने की प्रवृत्ति से उन्हें सख्त नफरत थी।"[2] वे गांधीवादी थे। वे खुद का विवाह केवल 100 रुपये में, दुल्हन को माला पहनाकर

---

1. लाड, बाळासाहेब न.। (सम्पा.) कोल्हापुर स्थायिक मेहतर समाज। कोल्हापुर स्थायिक मेहतर समाज संस्था अधिवेशन स्मरणिका, 1986, 28
2. वही, 22

करना चाहते थे। अपनी जिद्द पर अड़े रहने से अन्ततः उनका विवाह हो ही नहीं पाया। मलकाना समाज में 'देशी-परदेसी' जैसे कृत्रिम भेदभाव थे, उन्हें मिटाने के लिए उन्होंने जी-तोड़ कोशिश की। कोल्हापुर के अलावा अन्य किसी भी जगह से आए कामगारों को 'परदेसी' कहा जाता है। बापू के प्रयासों के बावजूद यह अन्तर खत्म नहीं हो पाया। अभी भी वे लोग आपसी बातचीत में 'देशी-परदेसी' सम्बोधनों का ही प्रयोग करते हैं। मालेगाँव के रशीद बेग जालना से मालेगाँव आए थे। उन्होंने बातों-बातों में यूँ ही कहा, "हम तो यहाँ परदेसी हैं। लेकिन, परदेसी भी कैसे कह सकते हैं? मालेगाँव भी आखिर है तो भारत में ही! हमारे समाज में ऐसे सूक्ष्म भेदों को ही अहमियत दी जाती है। अतएव रशीद बेग भले ही खुद को परदेसी न मानते हों, समाज तो उन्हें परदेसी ही कहेगा! मलकानियों ने भी इस अन्तर को बरकरार रखा है। उनकी संस्था के नाम 'कोल्हापुर स्थायी मेहतर संस्था' से भी यही ध्वनित होता है।"

साने गुरुजी के साथ काम किए हुए धोंडीराम बापू की वाकई बेहतरीन सामाजिक दृष्टि थी। उन्होंने मेहतरों की 'छत्रपति राजर्षि लाड को-ऑपरेटिव हाउसिंग सोसायटी' की स्थापना की। अब इस सोसाइटी को मकान बनवाने के लिए जगह भी मिल गई है।

इस समाज के जो लोग म्यूनिसिपल कामगार संघ में हैं, वे भी पूरी क्षमता से काम करते हैं। कोल्हापुर में मौलाबख्श हुसैन लाड का नाम भी अक्सर लिया जाता है। उन्होंने फर्राश के रूप में नगरपालिका में नौकरी शुरू की। बाद में वे मुकादम बने। नगरपालिका-सेवकों की सहकारी क्रेडिट सोसाइटी की स्थापना उन्होंने की। महाजनों के चंगुल से सेवकों को छुड़ाने की दृष्टि से इस संस्था ने महत्त्वपूर्ण कार्य किया।

स्व. बाबालाल न. लाड ने भी सामाजिक सुधार की दृष्टि से काफी प्रयास किए। ऐसे प्रयास वैयक्तिक स्तर पर करने के बजाय उन्होंने इन प्रयासों को सामूहिक जामा पहनाने की कोशिश की। 4.11.1934 को मलकाना हलालखोरों की एक बैठक उन्होंने आयोजित की थी। उल्लेखनीय है कि यह बैठक मिरज में 'हजरत ख्वाजा शुमाना मिरा साहब' के उर्स के दूसरे दिन होना मुकर्रर था। इसी सिलसिले में जारी किए गए एक परिपत्र में स्व. बाबालाल ने लिखा था :

1. "हम लोग अपने किसी भी विधि-समारोहों में मान-मरातब का हौवा बेकार में खड़ा करते हैं। इससे हमारे समाज की हानि हो रही है। हमें यह हौवा खत्म कर देना चाहिए।

2. जहाँ-जहाँ अपनी जाति के लोग हैं, उन्हें चाहिए कि वे अपनी मर्जी से धार्मिक एवं सामाजिक व्यवहार करने के बजाय उसका सर्वसम्मत ढाँचा बनाएँ।
3. अपनी जाति में पाट-पुनर्विवाह नहीं होते, यह हमारे लिए हानिकारक बात है। इस सम्बन्ध में वस्तुनिष्ठ दृष्टिकोण अपनाते हुए पाट-पुनर्विवाह की हमें अनुमति प्रदान करनी चाहिए।
4. अपने ही कुछेक साथियों ने समान सुधार कार्यक्रम को प्रचारित किया है, किन्तु उसकी एक भी मद पर अमल शुरू नहीं किया है। इस बारे में समुचित विचार किया जाए।
5. अपने समाज में मनमुटाव एवं फूट डालने के प्रयास किए जा रहे हैं। किन्तु हमें एकजुट होकर रहना है।

हमारे बाप-दादों ने तत्कालीन स्थिति के अनुरूप कुछेक सामाजिक नियम बनाए थे। लेकिन मौजूदा परिस्थिति में ये नियम बाधक बन रहे हैं। इस सम्बन्ध में हम सबको मिलकर सोच-विचार करना चाहिए।"[1] स्व. लाड को 1934 में इस तरह के सुधार कार्य में कितनी मुसीबतें उठानी पड़ी होंगी, इसका अनुमान हम लगा सकते हैं। उनकी इस निष्ठा और साहस का कोई सानी नहीं। गांधी जी के आन्दोलन से वे अत्यधिक प्रभावित थे। वही तो उनकी प्रेरणा का स्रोत थे।

इस प्रकार; परिवर्तन की प्रेरणा प्राप्त करने के बाद अपने जीवन को नए साँचे में ढालने वाले महानुभाव भी आगे आए। इनमें से एक उदाहरण स्मारिका में दिया गया है। वे महानुभाव हैं गैबी म्हमू पंडत। गैबी साहब ने सफाई काम के साथ-साथ मोटर रिपेयरिंग का ज्ञान भी प्राप्त किया और वे गैबी मिस्तरी के नाम से पहचाने जाने लगे। फिर तो स्वयं उन्होंने दो-चार अन्य लोगों को भी इस काम का प्रशिक्षण दिया। अब उन्होंने कोल्हापुर में लेथ मशीन-कारखाना शुरू किया है।[2] सफाई व्यवसाय से अपना पिंड छुड़ाए बिना अपनी तरक्की होना असम्भव है, यह जानकर खुद के बूते पर अपना रास्ता बनाने वाले गैबी साहब वाकई दीप-स्तम्भ की तरह, आगामी पीढ़ियों के पथ-प्रदर्शक बने रहेंगे, इसमें कोई शक नहीं।

ठीक उन्हीं की तरह, लीक से हटकर अपनी अलग पहचान बनाने वाले अशोक मुधोककर, छोटू महम्मद लाड, नबी महम्मद लाड, गुलाब शुमाना पंडत,

---

1. लाड, बाळासाहेब न.। (सम्पा.) कोल्हापुर स्थायिक मेहतर समाज। कोल्हापुर स्थायिक मेहतर समाज संस्था अधिवेशन स्मरणिका, 1986, 39
2. वही, 23

श्रीमती कल्पना पंडत आदि लोगों का उल्लेख कोल्हापुर के मेहतर समाज-1986 की स्मारिका में किया गया है। इन सभी उत्साही युवक-युवतियों ने अपनी नौकरी तथा जाति के नियमों-उलाहनों को जज्ब करते हुए संगीत, नाटक, फिल्म आदि अन्यान्य क्षेत्रों में अपनी प्रतिभा से आविष्कार कराए। उनकी यह जीवटता वाकई सराहनीय है। हैरत तो तब और अधिक होती है, जब यह पढ़ने में आया कि छोटू महम्मद लाड हिन्दू महासभा के सक्रिय कार्यकर्ता हैं।[1] स्मारिका में उनका परिचय देते हुए लिखा गया है कि "छोटू को संगीत में गहरी रुचि थी। किन्तु चूँकि वे अछूत थे, उनकी संगीत-शिक्षा के मार्ग में कई तरह की बाधाएँ आती रहीं, देवल क्लब में एक कोने में उन्हें बैठना पड़ता था। वयोवृद्ध फिल्मकर्मी भालजी पेंढारकर ने भी उनकी प्रतिभा को सराहा था। फिर भी किसी भी संगीत मंडली में उन्हें शामिल नहीं किया गया। बल्कि उनकी नीच जाति का उल्लेख करते हुए लोग उन पर बार-बार फिकरे कसते थे। इससे तंग आकर उन्होंने वह क्षेत्र ही छोड़ दिया।"

इस सामाजिक पृष्ठभूमि को मद्देनजर रखते हुए हमें उनके कला-गुणों का जायजा लेना होगा। जाति व्यवस्था निम्न जाति के व्यक्तियों को पनपने के समान अवसर नहीं देती और विपरीत स्थितियों से वे अपना रास्ता खुद बनाते हैं तो उन्हें वह मान्यता भी प्रदान नहीं करती। यह सिलसिला कोई नया नहीं है, एकलव्य को इसी वजह से तो अपना अँगूठा गँवाना पड़ा था, तथापि थोड़ा-सा मौका मिलते ही कर्तृत्व किस तरह से उभरकर सामने आता है, इस बात का प्रत्यय स्मारिका पढ़ते समय बार-बार आता है। कला-क्रीड़ा के क्षेत्र में भी बाबाराव सावनूर, सुधाकर पंडत, अनिल मेहतर इत्यादि लोगों ने अच्छी शोहरत पाई। खास कर संगीत के क्षेत्र में ये लोग अधिक हुनरमन्द सिद्ध हुए हैं।

स्मारिका के सम्पादक बालासाहब लाड ने सामाजिक अन्धश्रद्धा, अविद्या पर कड़ी टीका की है। मेहतर समाज में व्यापक एकता, जात-पंचायतों पर पाबन्दी लगाए जाने की आवश्यकता, सुशिक्षितों का अलग वर्ग न बनने देकर उन्हें सामाजिक कार्य के लिए प्रेरित करना इत्यादि बातों पर उन्होंने विशेष जोर दिया है। अल्पसंख्यक दलित समूह की यह आपाधापी बेशक सराहनीय है।

ऐसे कई कार्यकर्ताओं की सहायता से मलकाना समाज में अब सुधार की हवा बहने लगी है। इस वजह से यह समूह अन्य हमपेशा समूहों से दो कदम आगे

1. लाड, बाळासाहेब न.। (सम्पा.) कोल्हापुर स्थायिक मेहतर समाज। कोल्हापुर स्थायिक मेहतर समाज संस्था अधिवेशन स्मरणिका, 1986, 53

है। क्लर्क से लेकर डॉक्टर तक विभिन्न पदों पर ये लोग बड़े ही आत्मविश्वास के साथ काम कर रहे हैं, तथापि शिक्षा का यह औसत काफी नहीं है। उनमें व्यवसाय परिवर्तन की प्रक्रिया भी धीमी गति से चल रही है। कोल्हापुर की स्मारिका में बाबूराव परेतीकर ने 'मेहतर : कल, आज और कल' शीर्षक से एक लेख लिखा है। उसमें आत्मतुष्टि नहीं है। उन्होंने लिखा है : "संक्षेप में मेहतरों को हिन्दुओं में कोई स्थान नहीं है, और मुसलमान भी हमें अपना नहीं मानते। हमारी स्थिति धोबी के कुत्ते-सी है। अपने इर्द-गिर्द जो बहुसंख्यक हैं उन्हीं का अनुसरण हम करते चले आ रहे हैं।"[1] इस लेख में व्यक्त असन्तोष सामाजिक जागृति का ही लक्षण है।

लालबेगी

सम्मिश्र धार्मिक संस्कारों में पगी एक और जाति है लालबेगी। मलकानियों के विपरीत यह जाति समूचे भारत में फैली हुई है। मुख्यतया ये लोग उत्तर प्रदेश से शुरू होकर देश के अन्यान्य भागों में चले गए। श्री गौस अंसारी ने लालबेगी जाति में प्रचलित आठ लोक कथाएँ अपनी पुस्तक 'उत्तर प्रदेशी मुस्लिम जातियाँ' में संकलित की हैं। इनमें से पाँच कहानियों पर इस्लाम का प्रभाव स्पष्ट रूप से दिखाई देता है। लेकिन उनमें भी हिन्दू-मुसलमान देवताओं का सम्मिश्रण है। बानगी के तौर पर एक कथा को लिया जा सकता है।

"पहले-पहल धरती पर अराजकता की स्थिति थी। अल्लाह ने जन्नत की ओर ले जाने वाली सीढ़ियाँ साफ करने के लिए वाल्मीकियों को नियुक्त किया। वाल्मीकियों ने बड़ी निष्ठा से ताजिन्दगी यह काम किया। एक दिन अल्लाह ने उनमें से एक को कहा, 'तुम अब बूढ़े होने लगे हो। तुमने जो सेवा की है, उसकी बख्शीश के रूप में मैं तुम्हें कुछ उपहार दूँगा।' दूसरे दिन वाल्मीकि को जीने की सीढ़ी पर एक कंचुकी पड़ी मिली। वे उसे घर ले आए और हिफाजत से रख दिया। अल्लाह की मेहरबानी से उस कंचुकी ने एक बच्चे को जन्म दिया। वाल्मीकि को पता चला तो वे जन्नत की सीढ़ियों पर गए और उन्होंने हकीकत अल्लाह के सामने बयान की। अल्लाह ने उन्हें जवाब दिया, 'यह बालक तुम्हारा गुरु है। इसकी परवरिश

---

1. लाड, बाळासाहेब न.। (सम्पा.) कोल्हापुर स्थायिक मेहतर समाज। कोल्हापुर स्थायिक मेहतर समाज संस्था अधिवेशन स्मरणिका, 1986, 43

करो। सड़क पर सबसे पहले जो प्राणी तुम्हें दिखाई पड़े, वह इस बालक के दूध का इंतजाम करेगा।' लालबेग 'ला इलाही इल्लिल्लाह' मंत्र से बना है। उसका नाम 'नूरी शहबाला' रखने की हिदायत भी अल्लाह ने उन्हें दी। वहाँ से लौटते समय वाल्मीकि को खरगोश की मादा दिखाई दी। उसे लेकर वे घर आए। उसी के दूध से लालबेग का पोषण होता रहा। अल्लाह ने उसके गुरु होने की घोषणा की, और फतवा दिया कि हर व्यक्ति को अपने घरों में ढाई ईंटों की लालबेगी इबादतगाह बनानी चाहिए।"[1]

वाल्मीकि उत्तर प्रदेश की प्रमुख अस्पृश्य जाति है। वाल्मीकियों की जीवन शैली पर हिन्दू जीवन पद्धति का प्रभाव स्पष्टतया परिलक्षित होता है यह तो हम देख ही चुके हैं, किन्तु इस कथा में वाल्मीकि को अल्लाह का सेवक बताया गया है। अन्य कथाओं में भी कहीं की ईंट, कहीं का रोड़ा है। लालबेग के अलावा गुरु के इलियस, मेहतर, बड़े पीरसाहब आदि नाम भी पाए जाते हैं।

लालबेगी समाज वाकई सम्मिश्र संस्कारों से युक्त है। पहली बार हमने अहमदनगर में यह महसूस किया। लालबेगी सफाई कामगार इस्माइल चव्हाण के घर जब हम गए तो वे मुहर्रम की तैयारी में व्यस्त थे। उनके घर की दीवार पर राम-कृष्ण इत्यादि देवताओं के चित्र थे। इनके अलावा महात्मा गांधी, इन्दिरा गांधी, सरस्वती आदि की तसवीरें भी थीं। इस सम्बन्ध में अधिक जानकारी देते हुए इस्माइल चव्हाण ने बताया, "हम दोनों मजहबों के त्योहार मनाते हैं!" केवल त्योहार ही क्यों, उनके रीति-रिवाजों पर भी दोनों धर्मों का प्रभाव परिलक्षित होता है। पहले वे शादी-ब्याह के लिए काजी को बुलाते थे, पर अब हिन्दू पद्धति से विवाह करते हैं। किन्तु पुरोहित उनके घर भोजन नहीं करते। केवल आटा-दाल आदि ले लेते हैं। किसी की मैयत हो जाने पर पूर्व में गवारा लाते थे और भजन भी गाते थे। किन्तु इस पद्धति की खिल्ली उड़ाए जाने पर अब अर्थी बनाकर ही शवों को ले जाते हैं। किन्तु उन्हें जलाते नहीं, दफन करते हैं। मेहतरों का मरघट अलग है।

अन्य मुसलमानों से उनके सम्बन्ध ठीक-ठाक हैं किन्तु एक विशिष्ट दूरी बराबर बनी हुई है।

नांदगाँव के एक बुजुर्ग ने बताया कि 1940 तक बेग हिन्दू ही थे। धर्मान्तर करने पर भी उनसे रिश्तेदारी कोई नहीं करता था। अतएव उनमें आपस में ही

---

1. Ansari, Ghaus. Muslim Caste in Uttar Pradesh. A Study of Cultural Contact. An Ethnographic & Folk Culture Pub., 1960, Appendix C

शादी-ब्याह होते रहे। औरंगाबाद के गुलाम महम्मद ने बताया कि "हमपेशा होने की वजह से हिन्दू रिश्तेदारों से अच्छे ताल्लुकात हैं।" इस प्रकार सम्मिश्र संस्कृति ने शायद आकार ग्रहण किया।

लालबेगी अपना उपनाम 'बेग' ही लगाते हैं, पर उनके नाम अशोक, प्रकाश, मोहन, सुरेखा, अनिता आदि होते हैं। बहुत कम लोग मुसलमानी नाम रखना पसन्द करते हैं। इस प्रकार के सम्मिश्र नामों के कारण यदा-कदा मजेदार वाकये हो जाते हैं। अहमदनगर के प्रकाश इस्माइल चव्हाण को 'नगरश्री' सम्मान के लिए चुना गया तो अखबारों में उसका पूरा नाम छपा। इस सम्मिश्र नाम से हिन्दू-मुसलमान दोनों पसोपेश में पड़ गए। मुसलमानों ने उसे हिन्दू मानकर उसका सत्कार नहीं किया और हिन्दुओं ने मुसलमान समझकर!

मलकाना समाज की तुलना में लालबेगियों में शिक्षा का प्रचार-प्रसार कम ही है। अक्सर मराठी माध्यम के स्कूलों में ही उनके बच्चे पढ़ते हैं। शिक्षा का भी माध्यम मराठी होने से रोजगार प्राप्त करने में उन्हें सुभीता होता है। मालेगाँव में शब्बीर बेग नामक युवक को मुस्लिम शिक्षा में मराठी क्लर्क की नौकरी मिल सकी थी।

"क्या अन्य मुसलमानों से आप लोगों का रोटी-बेटी व्यवहार होता है?" इस सवाल के जवाब में अधिकांश लोगों ने हमें यही बताया कि "रोटी-व्यवहार तो होते हैं, बेटी-व्यवहार नहीं।" "कोई मुसलमान अपनी लड़की का विवाह, आप लोगों की बिरादरी में करेगा?" इसके जवाब में सभी ने 'नहीं' कहा। एक व्यक्ति ने तो झुँझलाकर कहा, "सड़ियल माल को अड़ियल ग्राहक ही तो मिलेगा!" औरंगाबाद के एक बुजुर्ग ने बताया, "वरिष्ठ जाति के मुसलमानों से तो दूर, शेख भंगियों से भी हमारा बेटी-व्यवहार नहीं हो सकता। शेख खुद को तीसमार खाँ समझते हैं। माथे पर ऐसा कुछ लिखा तो नहीं होता।"

औरंगाबाद जैसे मुस्लिम संस्कार-बहुल शहर में लड़कियाँ उर्दू स्कूल में तालीम प्राप्त करती हैं। लालबेगी मुख्यतया ईद और मुहर्रम मनाते हैं, तथा औरंगाबाद के अलावा अन्यत्र वे दीवाली, दशहरा, मकर संक्रान्ति आदि पर्व भी मनाते हैं।

लालबेगी और मलकाना—दोनों जातियों पर हिन्दू संस्कार अधिक मात्रा में पाए जाते हैं। अकोला निवासी अस्सी वर्षीय बंडूभाई शेख के अनुसार "शेख भंगी 1400 पालकी के साथ थे। उस वक्त सभी व्यवहार अन्दरूनी ही किए जाते थे। वहीं से हमने काम करना शुरू किया। भंगी तो हम बाद में बने। असली मुसलमान तो हम हैं।" सम्भवतया 1400 पालकी से ताल्लुक हिजरत से सम्बन्धित होगा।

खुद को ही असली मुसलमान बताने वाले बंडूभाई को वर्णभेद के खिलाफ डटकर खड़ा होना पड़ा था। शुरू-शुरू में तो उन्हें मसजिद में प्रवेश वर्जित था। इसके लिए भी उन्हें काफी संघर्ष करना पड़ा। बंडूभाई गजब के जीवट वाले व्यक्ति हैं। वे बड़ी शिद्दत के साथ अरबी सीखते रहे, पाँच वक्तिया नमाजी बन गए। इसे वे अल्लाह की मेहरबानी ही मानते हैं तथापि उन्हें इस बात का मलाल है कि मेहतर होने की वजह से लोग उन्हें हिकारत से देखते हैं। उनकी दलील है कि "लोग शराब पीते हैं, चोरी करते हैं। फिर भी मुसलमान कहलाते हैं। आखिर हम तो काम ही करते हैं न? डॉक्टर भी तो टट्टी-पिशाब की जाँच करते हैं, तो उन्हें भंगी क्यों नहीं माना जाता?"

कर महम्मद तो खा महम्मद—हमारा तो यही दर्शन है। हम मेहनत करके भी दुत्कारे जाते हैं। इतने कडुवे घूँट निगलने के बावजूद जनाब गाँठ के पक्के थे। उनकी बोलचाल में ऐसी खुद्दारी थी मानो वे कह रहे हों, 'तू कर मेरा जिक्र, मैं करूँ तेरी फिक्र।' हद दर्जे की आपबीती ने उन्हें जाँबाज बना दिया था। उनकी आँखों में अभी भी चमक थी और वाणी में ओज। उनके चेहरे के भाव भी अनकहे ही बहुत कुछ कह जाते थे। जाति-व्यवस्था से जूझकर भी बरकरार रही उनकी जीवटता और प्रखर आत्मविश्वास से हम अभिभूत हो उठे।

अपने इस पेशे की बदमजगी के भुक्तभोगी होने से इन्होंने अपने बच्चों को अच्छी तालीम दी और बेहतर पेशे में उन्हें डाल दिया। अपनी पुत्री को भी उन्होंने पढ़ाया। बूढ़े बाबा की इस लम्बी तपश्चर्या के बाद उन्हें मसजिद में पेश इमाम के तौर पर काम करने की अनुमति मिल गई थी। कुरान के सातवें आयत में लिखा है, "अल्लाह की मर्जी होगी तो हमें इज्जत मिलेगी...और हमें वह मिली, कहने वाले बूढ़े बाबा को पेश इमाम होने तक ही यह इज्जत मिली। उसके बाद ढाक के वही तीन पात। उनकी एक पोती तालीमयाफ्ता है, स्कूल में अध्यापिका है। उसकी शादी उच्चवर्णीय मुसलमान युवक से तय हुई थी। लेकिन जब उन्हें पता चला कि लड़की शेख भंगी है तो सगाई तोड़ दी गई। इस प्रकार सामाजिक अन्तर बरकरार है।

उनकी रिश्तेदारी अपनी जाति के भीतर ही होने के कारण अन्य मुसलमानों से उनका कोई विशेष सम्बन्ध नहीं होता। शादी-ब्याह जैसे मौकों पर भी यदा-कदा ही उनका जाना होता है तथापि खाना खाने की नौबत आए तो शेख भंगियों के साथ सौतेला व्यवहार किया जाता है। पूर्व में रोटी-बन्दी का फरमान जारी किया जाता था, पर अब ऐसा नहीं होता तथापि उनका अधिकतर सम्पर्क नालबन्द, पनवाड़ी,

मदारी आदि निम्नवर्गीय मुसलमानों से ही होता है। ये आपस में एक-दूसरे के समारोहों में आते-जाते हैं।

रोटी-बन्दी पर सख्ती से अमल न किए जाने के बावजूद बेटी-बन्दी के मामले में पूरी सख्ती बरती जाती है। श्री हसन अली ने बाकायदा यह तथ्य उजागर किया है कि 'बिरादरी' की कल्पना किस तरह जाति सदृश नियमों के ही अनुरूप है। यह पेशा छोड़ देने पर भी लोग शायद ही उनसे बेटी-व्यवहार करेंगे। सिन्नर के गुलाब कासम शेख ने इसी तथ्य की पुष्टि की।" लेकिन उनके पुत्र अनवर शेख ने बेटी-बन्दी का अप्रत्यक्ष रूप से समर्थन करते कहा, "अन्तर्जातीय शादी के लिए समाज तो तैयार है, लेकिन हम खानदान देखकर ही शादी करते हैं।" सम्भवतया उम्र के कारण उन दोनों के विचारों में यह अन्तर पाया गया! येवला के शेख हमीद ने अपना मत व्यक्त करते हुए कहा, "हमारा जन्म इसी जाति में हुआ है। अतएव पेशा बदलने से क्या होगा? ठप्पा तो लग ही चुका है। इसलिए बेटी-व्यवहार तो सम्भव नहीं।" येवला के ही निवासी शेख सफदर ने कहा था, "मौत-मिट्टी हुई तो जा सकते हैं, शादी नहीं कर सकते।" सत्तर वर्षीय बुजुर्ग शेख गनी ने दृढ़तापूर्वक कहा, "बेटी-व्यवहार तो रिश्तेदारी में ही होता है।"

उपजाति की तरह इस जाति में भी शायद कुछ सूक्ष्म भेदभाव हैं। "बंडूभाई तो दीन-दयार हैं। उनसे हमारी रिश्तेदारी नहीं हो सकती। हम उनसे भी उच्च जागीरदार मुसलमान हैं..." अकोला की एक युवती ने कहा तो सही, पर वह खुद को उच्च वर्णीय मानती थी और उसने स्पष्ट रूप से कहा था कि उच्चवर्णीय मुसलमान हमारी लड़कियों से शादी नहीं करते!

जाति-व्यवस्था का प्रमुख लक्षण 'बेटी-बन्दी' ही है। इससे तो यही जाहिर होता है कि धर्म भले ही मुसलमान हो, पर शेख भंगियों का दर्जा कदापि नहीं बदलता।

संगमनेर में एक जातीय दंगे में एक शेख-भंगी युवक को हिन्दुओं ने पकड़ तो लिया, किन्तु जब उन्हें पता चला कि वह शेख भंगी है, तो मारपीट किए बिना ही उन्होंने उसे फौरन रिहा भी कर दिया। हिन्दू-मुसलमानों की यह समान धारणा है कि भंगियों का कोई मजहब नहीं है, तथापि सरकारी दफ्तरों में इन तीनों जातियों के साथ समान व्यवहार नहीं किया जाता। संगमनेर में ही एक शेख भंगी युवक को कुछ उच्चवर्णीय मुसलमानों ने 'भंगी, भंगी' कहकर उलाहना दिया। इस फिकरेबाजी को नियंत्रित करने की दृष्टि से उस युवक ने 'नागरिक अधिकार सुरक्षा कानून' के तहत अदालत के दरवाजे खटखटाए। तिस पर अदालत ने अपना फैसला सुनाते

हुए कहा, "युवक का धर्म मुसलमान होने से इस कानून के तहत अदालत कोई कार्रवाई नहीं कर सकती।"

शेख भंगियों को पिछड़ी जाति नहीं माना जाता। उन्हें जाति-प्रमाणपत्र नहीं मिल सकता। यही स्थिति लालबेगियों की है। इस सिलसिले में नांदगाँव के महम्मद अयूब बेग ने आगे बताया, "इस वजह से हमें शैक्षणिक सुविधाओं या आरक्षित स्थानों का कोई फायदा नहीं हो सकता।" ये जातियाँ शिक्षा के मामले में वैसे भी पिछड़ी हुई हैं, तिस पर 'पिछड़ी जाति' का प्रमाणपत्र सरकार की ओर से न मिल पाने के कारण वे जैसे शापग्रस्त हैं। समाज तो उन्हें भंगी मानता और कहता ही है और उसी तरह से बरताव भी करता है, जबकि सरकार उन्हें उच्चवर्णीय मानती है। दो पाटन के बीच में पिस जाने की यह स्थिति उनके लिए 'इधर खाई, उधर कुआँ' से कम नहीं है।

शेख भंगियों का व्यवसाय अन्य जातियों के सफाई कामगारों की तरह ही होता है। वे एक ही इलाके में रहते हैं। रहन-सहन, जीवनमान, शिक्षा-दीक्षा आदि सभी मामलों में वे अन्य पिछड़ी जातियों के समान ही हैं। पर केवल उनके नाम मुसलमान होने से उन्हें सुविधाओं से वंचित रखना न्यायोचित कतई नहीं है।

श्री इम्तियाज अहमद, श्री गौस अन्सारी जैसे समाजशास्त्री वैज्ञानिक आधार पर मुसलमानों की जाति-व्यवस्था का वस्तुनिष्ठ विश्लेषण कर रहे हैं; जबकि सरकार उस ओर से आँखें मूँदकर नकारात्मक रुख अपना रही है, यह उद्वेगजनक है।

कुल मिलाकर कहा जा सकता है कि इन तीनों जातियों में शिक्षा की स्थिति करुणाजनक ही है; पर नारी-शिक्षा की स्थिति तो और अधिक करुणाजनक है। लालबेगी और मलकाना जातियाँ मराठी माध्यम से शिक्षा ग्रहण कर प्रगति की ओर आगे बढ़ रही हैं; जबकि शेख भंगी मुसलमानों से अपनी पटरी बिठाने के चक्कर में उर्दू माध्यम का आग्रह करते हैं। खास कर उनकी लड़कियाँ तो उर्दू माध्यम के स्कूलों में ही पढ़ती हैं। उनकी इस प्रवृत्ति को खब्तीपन ही कहा जा सकता है, जिसने उन्हें शैक्षणिक पिछड़ापन बख्शा है।

इस विसंगति को दूर करने के लिए सरकार को फौरी कार्रवाई करनी चाहिए। पिछड़ेपन को सामाजिक पैमाने से आँका जाना चाहिए, धार्मिक पैमाने से नहीं। लगता है कि मुसलमान धर्म में जातिवाद न होने का दावा करने वाले अतिवादी मजहबी लोगों से सरकार ने भी साँठ-गाँठ की है।

मुसलमानों की तीन भंगी जातियों का यह चित्र है। इससे यह तो स्पष्ट ही है कि मेघवाल और वाल्मीकियों से वह उम्दा कतई नहीं हैं, तथापि उनमें व्यवसाय-

परिवर्तन की चेतना अधिक है। उनमें से कुछ लोगों की यह धारणा है कि यदि वे पेशा बदल दें तो मुसलमानों की मुख्यधारा से वे बराबर जुड़ सकेंगे। उनकी इस धारणा का फिलहाल तो कोई आधार नहीं देता, पर उनका यह आत्मविश्वास वायवी और खोखला नहीं है। येवला निवासी शेख सफदर के शब्दों में "आगे की बात खुदा के हाथ!"

भूखों मरेंगे किन्तु यह काम नहीं करेंगे

यह पेशा पिछले जन्म के पापों का फल है या परिस्थिति की उपज है? हमारे इस सवाल के जवाब में सभी ने इसे परिस्थितिजनित ही बताया। यह सवाल पूछने के बहाने हम उनके मन की टोह लेना चाहते थे। परिवर्तन के लिए उनकी मानसिक तैयारी का जायजा लेना भी इसका एक उद्‌देश्य था। उनके दिल में यह धारणा गहरे पैठ गई है कि उनकी इस अवनति के लिए परिस्थिति ही जिम्मेदार है। कम-से-कम अपने बच्चों को इस पेशे से दूर रखने की प्रबल इच्छा उनके दिल में है। ठाणे निवासी मनतुरी भगवाने ने इस पेशे के प्रति तीव्र झुँझलाहट व्यक्त करते हुए कहा था, "इस काम से पिंड छूट जाना चाहिए। भूखों मरें तो भी कोई बात नहीं, पर दुश्मन को भी यह काम नसीब न हो। माना कि काम तो काम है; उससे कोई एतराज नहीं। पर मामूली-सा कुली भी जब बोलता है कि 'झाड़ू वाला आ गया' तब अवश्य दुःख होता है।"

"शुरू-शुरू में इस पेशे में रोजगार के काफी अवसर उपलब्ध थे। हमारे घर आ-आकर हमें अपने साथ लिवा ले जाते थे," बुजुर्ग कामगार बताते हैं। किन्तु आधुनिक पद्धति के शौचालय बने, सीवर लाइनें बिछाई जाने लगीं और सफाई कामगारों की माँग घटती गई, रोजगार के अवसर क्षीण होते रहे। अतएव रोजगार प्राप्त करने के लिए रिश्वत दी जाने लगी। नौकरी छोड़ते समय अपनी नौकरी दूसरे गर्जमन्द आदमी को बेचने का खेल शुरू हुआ। ठाणे निवासी सत्तर वर्षीय आत्माराम परमार ने बताया, "नौकरी छोड़कर गाँव जा रहे कामगार को मार्गव्यय के पैसे देकर उसकी नौकरी मैंने खरीद ली थी।" इससे तो निष्कर्ष यही निकलता है कि अब उन्हें नौकरी प्राप्त करने के लिए जूझना पड़ रहा था।

ऐसी स्थिति में निम्नतम जाति के ये लोग किस तरह जी रहे हैं, कौन-से मार्ग पर चल रहे हैं, कौन-से व्यवसायों पर उन्होंने ध्यान केन्द्रित किया, कौन-कौन-सी

मुसीबतें उन्हें उठानी पड़ीं, निजी व्यवसाय शुरू करने की दृष्टि से उन्होंने पहल की अथवा नहीं, इसके लिए कौन-कौन-सी वित्तीय संस्थाओं से उन्होंने सहायता प्राप्त की, इन प्रश्नों के उत्तर खोजते हुए समस्या की जड़ में पहुँचने का प्रयास हमने किया। व्यवसाय बदलने के लिए दो विकल्प सामने हैं : (1) नौकरी—सरकारी या प्राइवेट, (2) निजी व्यवसाय। प्रत्यक्ष रूप से हम जिन लोगों से मुलाकात कर पाए उनमें से लगभग 35 प्रतिशत लोग नगरपालिका की सेवा में थे। पर जिन लोगों ने इस घिसे-पिटे मार्ग पर चलना अस्वीकार कर नया रास्ता चुन लिया उन्हें बाधाओं के जिस दौर से गुजरना पड़ा उसकी सभी बारीकियों से वाकिफ होने का प्रयास हमने किया।

नौकरी

यह तो हम देख ही चुके हैं कि भंगियों की सभी जातियों में शिक्षा का प्रसार अत्यल्प है। इसलिए उन्हें अकुशल कामगार की ही नौकरी मिलती है। ऐसी विपरीत स्थितियों में भी जो लोग उच्च शिक्षित हुए और ऊँचे पदों पर कार्यरत हैं, उनसे भी हमने मुलाकात की। शिक्षित लोगों का प्रमुख आकर्षण नौकरी होता है। इसलिए नौकरियों में आरक्षण का सभी ने समर्थन किया। उन दिनों गुजरात में आरक्षण-विरोधी आन्दोलन अभी-अभी ठंडा पड़ा था। उसी की पृष्ठभूमि पर हम आरक्षण-सम्बन्धी सवाल उनसे पूछा करते थे। जलगाँव के राजेश ढंढोरे ने कहा, "जब तक जाति-भेद है, तब तक आरक्षण सुविधा अनिवार्य है। यदि नौकरी की गारंटी न हो, तो लोग पढ़ेंगे ही नहीं।" अधिकांश लोग उनकी इस दलील के पक्ष में ही थे। सिर्फ दो लोगों ने इससे विपरीत प्रतिक्रियाएँ व्यक्त कीं। पर उसके कारण भी भिन्न थे। ठाणे के जयपालसिंह को लगता था, "आरक्षण-सुविधा होनी ही नहीं चाहिए। उसकी वजह से लगता है, जैसे हम पतित हैं, गिरे हुए हैं। हम लायक बनकर काबिलियत के आधार पर स्थान प्राप्त करें तो बेहतर होगा।" नासिक के रामजी भाई ने दोनों स्थितियों का समर्थन करते हुए कहा, "आरक्षण रद्द तो नहीं करना चाहिए, तथापि यह भी सही है कि इस नीति से उच्चवर्णियों को तकलीफ होती है!" आरक्षण-समर्थक एक और प्रतिक्रिया उद्वेग का परिणाम थी। 34 प्रतिशत की सीमा तक ही आरक्षण होता है। अब तक तो हालत यह थी कि इतने उम्मीदवार ही नहीं मिलते थे, पद रिक्त ही रह जाते थे। लेकिन पिछड़े वर्ग के सुशिक्षितों की संख्या अब बढ़ने लगी है। पहले मराठी भाषी दलित ही इन पदों के दावेदार हुआ करते थे। लेकिन अब भंगी जातियों

के उम्मीदवारों में भी चेतना जाग गई है और इस होड़ में वे भी शामिल हो गए हैं। रोजगार के अवसर तो वैसे भी कम होने से बेरोजगारी मुँहबाए खड़ी है। ऐसे में नई-नई जातियाँ परम्परागत रूप से थोपे गए काम को अस्वीकार कर अपने अधिकारों की माँग करने लगी हैं। यह एक नई गुत्थी पैदा हो रही है। इस वजह से आरक्षित स्थानों के दावेदार पिछड़ी जातियों में तनाव बढ़ता ही जा रहा है। "यदि आरक्षित स्थानों से हमें कोई फायदा ही नहीं होता, तो आरक्षण जारी रखने की लड़ाई में हम क्यों शामिल हों?" इस आम प्रतिक्रिया के मूल में लोगों की उक्त झुँझलाहट थी। येवला निवासी एक कामगार की प्रतिक्रिया भी लगभग इसी से मिलती-जुलती थी, "महाराष्ट्र का दलित वर्ग ही आरक्षण की पूरी मलाई खा जाता है, हम लोगों तक वह पहुँचती ही नहीं।" मेघवाल, वाल्मीकि, मलकाना आदि अल्पसंख्यक समूह अपनी माँग के पक्ष में संख्यात्मक ताकत नहीं जुटा सकते। इसी वजह से शायद वे उपेक्षा का शिकार हो रहे हैं। इसके परिणामस्वरूप आज सुशिक्षितों को भी नौकरियाँ मिलना दुश्वार हो गया है।

"फकीरा सोमा अष्टेकर, सतारा के बी.ए. (ऑनर्स) पास लड़के को भी नगरपालिका में नौकरी नहीं मिल सकी। अहमदनगर के स्वतंत्रता सेनानी पापो खेनू सालुंके की बी.ए. पास लड़की को भी सफाई कामगार के तौर पर ही सेवा में लेने की पेशकश की थी। हमने लड़-झगड़कर उसे अन्य किसी विभाग में नौकरी दिला दी।" विजय छजलानी कह रहे थे। यह तो दुनिया का दस्तूर ही है कि संघर्ष के बिना कोई भी चीज हासिल नहीं होती। यदि जागरूकता न बरतें तो कामगारों को घुमा-फिराकर फिर से सफाई विभाग में ही बिलबिलाने के लिए छोड़ दिया जाएगा।

नासिक में बेरोजगारी की भँवर में फँसे युवक को मजबूर होकर भंगी ही बनना पड़ता है। उसके बाद काफी मिन्नतें करने पर उसे लिपिक बना दिया जाता है, मानो उस पर बड़ी मेहरबानी की गई हो। इस प्रकार बरसों बाबूगीरी करने के बावजूद कागजों में वह भंगी ही रह जाता है। नगरपालिका में बाबुओं के पद खाली हों, तो भी पहले से कार्यरत सफाई कामगारों को पदोन्नति के अवसर प्रदान नहीं किए जाते। अतएव अग्रता देकर न प्रबन्ध-तंत्र उनके कल्याण के बारे में सोचता है, न ही यूनियनें उन्हें न्याय दिलाती हैं। इस वजह से युवा सफाई कामगारों में तीव्र नाराजगी पाई गई। अपनी लड़ाई खुद ही लड़ने के लिए जब ये युवक अपनी माँगें प्रबन्धकों के पास ले जाने का प्रयास करते हैं, तो तरह-तरह के बहाने बनाकर प्रबन्धक उन्हें पास फटकने नहीं देते और यूनियनें टाल-मटोल करती हैं। यदि फिर

भी कुछ जोड़-तोड़ करने की कोशिश करो तो बाबू से उन्हें पदावनत कर फिर से भंगी बनाने की धौंस दी जाती है। ठीक इसके विपरीत, अन्य लोगों को बाकायदा पदोन्नतियाँ दी जाती हैं। इगतपुरी के सुनील बोरीचा ने एक लम्बे अरसे तक सफाई का काम किया, फिर भी उसकी पदोन्नति नहीं हुई तो पालिका के इस रवैये के निषेधार्थ उसने अनशन भी किया था। पर कोई फायदा नहीं हुआ। हाल में नासिक में दो मेघवाल स्नातक लड़कियों को सफाई कामगार के रूप में भर्ती कर लिया गया है। एस.एस-सी. पास पाँच युवक तो पहले से ही इस सेवा में हैं।

अतएव आरक्षण-नीति का तनिक भी लाभ इन लोगों को नहीं मिल रहा है, और उनके मन में असन्तोष दिनों-दिन बढ़ता ही जा रहा है। हाल ही में नासिक में अ.भा. वाल्मीकि समाज का सम्मेलन हुआ था। उसमें उन्होंने माँग की कि "हमारे लिए अलग आरक्षण नीति होनी चाहिए।" पुणे के मनोहर लालबेगी ने बताया, "महाराष्ट्र की राजनीतिक पैंतरेबाजी कुछ ऐसी है कि बहुसंख्यक लोग ही सारी सहूलियतें हड़प ले जाते हैं। हम भी महाराष्ट्रीय ही हैं, पर लोग नहीं मानते। वे हमें परदेसी समझते हैं। सहूलियतें आखिरी आदमी तक कभी पहुँचतीं ही नहीं। आप लोगों के हाथ लम्बे होने से कोई चीज आपके हाथों से बचकर निकल ही नहीं सकती।" उनकी इस असहायता को भुनाते हुए बॉम्बे पोर्ट ट्रस्ट के कर्मचारी मोहन बोरीचा से बाकायदा लिखवा लिया गया कि "सफाई के अलावा अन्य किसी भी काम में मेरी दिलचस्पी नहीं।" यदि यह सच है तो इस घटना को गम्भीरता से लिया जाना चाहिए।

हाँ, कोल्हापुर के पूरन भिका घावरी ने बताया कि "कपूर साहब ने हमें चपरासी, बाबू इत्यादि पदों पर लिया।" ऐसे सुखद अपवादों को छोड़ दें तो चारों ओर स्याही है।

पिंपरी निवासी किसन बहोत ने कहा कि "रोजगार कार्यालय में हमारी जाति यदि 'भंगी' लिखी गई हो तो हमारी नौकरियों पर उसी तरह के बन्धन आ जाते हैं।" जलगाँव के दीपक सोदे की शिकायत भी यही थी कि "हमारे भंगी लोगों को तो मैला उठाने का ही काम देते हैं।"

1963 में नियुक्त मलकानी समिति ने सिफारिश की थी कि "जो भंगी-कामगार सफाई के अलावा कोई अन्य काम करना चाहे, उसे चौकीदार, लम्बरदार आदि बनाया जाए।"[1] किन्तु समिति की अन्य सिफारिशों के साथ-साथ यह सिफारिश भी

1. मलकानी, एन.आर. मलकानी समिति की सिफारिशी, सफाई दर्शन, 22 सितम्बर, 1963, वर्ष 5, अंक 6, 88

गूँगे-बहरे के सामने बीन बजाने जैसी ही साबित हुई। प्रशासन इस ओर दिनों-दिन अधिकाधिक अनदेखी करता जा रहा है। हमारे देश में जाति-व्यवस्था का परकोटा इस कदर पुख्ता है कि भीतर का स्यापा और आक्रोश बाहर किसी को सुनाई ही नहीं पड़ सकता।

तथापि ऐसी विपरीत परिस्थिति को वश में कर अपने बूते पर आगे आए कुछ लोगों की हिम्मत की तो दाद देनी ही पड़ेगी। खुद्दारी और जीवटता की मिसाल कायम करने वाले कुछ जाँबाज लोग भी यदा-कदा हमसे मिलते रहे।

पुणे में काशीनाथ बारिया (अब बारिया से बर्वे हो गए हैं) से मुलाकात हुई। राज्य परिवहन निगम में नौ वर्षों तक वे फर्राश थे। इसी दौरान ड्राइविंग सीखकर वे ड्राइवर बन गए। नासिक तथा धुले में बैंक की सेवा में भी ऐसे तीन लोग हैं। बम्बई में मेघवाल समाज के कई लोग वकील, अध्यापक आदि हैं। वाल्मीकि युवक सरकारी नौकरी में पाए जाते हैं। अहमदनगर में वैशाली हंस तथा संगमनेर में सरस्वती जेधे अध्यापिका हैं। मालेगाँव तथा सिन्नर में शेख-भंगी युवक अच्छे पदों पर कार्यरत हैं। नांदगाँव में लालबेगी समाज के महम्मद अयूब रेलवे में बाबू हैं। किन्तु आरक्षण का फायदा शेख भंगियों को न मिल पाने की वजह से वे असन्तुष्ट हैं। सरकारी नौकरी प्राप्त करना दिन-दिन मुश्किल होता जा रहा है। अतएव औद्योगिक क्षेत्र में छोटा-मोटा रोजगार प्राप्त करने का ही एकमात्र विकल्प सामने रह जाता है।

औद्योगिक क्षेत्र में नौकरी

जिन इकतीस स्थानों का हमने दौरा किया उनमें से बम्बई, नासिक, ठाणे, पुणे, औरंगाबाद—ये शहर औद्योगिक दृष्टि से विकसित हैं। किन्तु यहाँ के औद्योगिक रोजगारों में भी जाति-व्यवस्था के प्रभाव को हमने महसूस किया। पनवेल की रसायनी तथा ठाणे की नेशनल रेयन, पुणे की वकाउल्फ, सैंडविक आदि कम्पनियों में भंगी युवक अधिकांशतया सफाई कामगार के तौर पर ही काम कर रहे हैं।

पिंपरी के किसन बहोत ने बताया, "यहाँ रहने वाले 300 परिवारों में से केवल 15 लोग सफाई के बजाय अन्य कार्यों से जुड़े हुए हैं। अन्यथा बेरोजगारी की वजह से पढ़े-लिखे युवकों को भी फर्राश का काम ही मजबूरन करना पड़ता है। ठाणे निवासी जगदीश खैरालिया ने बीसियों जगह आवेदन किया लेकिन कोई फायदा

नहीं हुआ। आखिरकार उन्हें मर्फी कम्पनी में फर्राश की नौकरी ही स्वीकार करनी पड़ी। और सफाई-काम करना एक बार स्वीकार कर लिया तो दूसरे किसी काम का मौका कदापि नहीं मिलता। धुले के श्री दयाराम जावे को आई.टी.आई. में फर्राश की नौकरी मिली थी। कुछ दिनों बाद वहाँ चपरासी का पद रिक्त हुआ तो दयाराम ने अर्जी दी, पर उन्हें मौका नहीं दिया गया। अहमदनगर के वसन्तराव हंस ने भी यही कहा कि वाल्मीकि युवकों को चीनी मिलों में सफाई का काम ही मिल पाता है। ठाणे के धर्मवीर मेहरोल को पहले तो 'हेल्पर-कम-क्लीनर' के रूप में नियुक्ति दी गई, किन्तु सेवा में स्थायी बनाते समय उनका पदनाम केवल 'क्लीनर' ही रहा। जुहू के होटल 'सन-एन-सैंड' में मंजीभाई बाघेला ने सफाई कामगार की नौकरी स्वीकार की और उन्हें वहाँ हमाल बनने के लिए बरसों इंतजार करना पड़ा। अकुशल कामगार के रूप में भी बड़ी मुश्किल से मौका मिल पाता है।

औद्योगिक क्षेत्र में आवश्यक तकनीकी योग्यता इन युवकों के पास नहीं होती। सम्भवतया वहाँ रोजगार न मिल पाने की यह भी एक वजह हो सकती है। ऐसी कोई योग्यता हासिल करने का प्रयास शायद ही कोई युवक करता है।" ठाणे निवासी साठ वर्षीय रामू छुट्टन ने कहा था, "यहाँ हाथ से झाड़ू तभी छूट सकती है, जब मैकेनिकल या तकनीकी ज्ञान हो।" पिंपरी के श्री बेनामी हंडाले ने सफाई-काम कभी नहीं किया। उन्हें इस बात पर बड़ा नाज है। वे बकाऊल्फ में हेल्पर हैं। उन्होंने अपने बेटे को भी आई.टी.आई. में भर्ती करवाया और अब वह वेल्डर है। इस तरह की दूर दृष्टि तथा पक्का इरादा अब धीरे-धीरे पनपने लगा है।

निजी व्यवसाय

सरकारी एवं निजी—दोनों क्षेत्रों में यदि केवल सफाई काम करने के लिए ही मजबूर किया जाता हो, तो निजी व्यवसाय शुरू करना ही इस मजबूरी से पिंड छुड़ाने का एकमात्र उपाय हो सकता है। पेशा बदलने की होड़ में भंगी युवक अब ड्राइविंग में विशेष रुचि लेने लगे हैं। एक ड्राइवर बड़ी आसानी से दूसरे को ड्राइविंग सिखा सकता है। बम्बई-पुणे में ऑटो रिक्शा ड्राइवर काफी संख्या में हैं। इनमें से अधिकांश युवक भाड़े के रिक्शे ही चलाते हैं। अहमदनगर के मुंशी बिछवावाले, औरंगाबाद के अब्दुल शेख, जलगाँव के ढंढोरे आदि ने फुले आर्थिक विकास निगम तथा बैंकों से वित्तीय सहायता प्राप्त कर अपना रिक्शा खरीद लिया है।

इनमें दुकानदारी करने वाले लोग बहुत ही कम हैं। पुणे में मनोहर लालबेगी साइकिल-मरम्मत की दुकान चलाते हैं। भंगी न बनने की उन्होंने कसम खाई थी। इसलिए कई अन्य तरह के काम वे करते रहे। किन्तु अन्ततः साइकिल-मरम्मत के व्यवसाय में टिक गए। पुणे जैसे मराठी के गढ़ में सम्भवतया 'दुचाकी दुरूस्तीचे दुकान' इस विशुद्ध मराठी नाम पट्ट की यह एकमात्र दुकान होगी। मनोहर लालबेगी जैसे जीवट वाले व्यक्ति ही इतनी हिम्मत कर सकते हैं। क्योंकि अर्ध-मुस्लिम हिन्दी भाषी भंगी युवक के इस साहस को दुस्साहस कहना ही ज्यादा समीचीन होगा। सुनील बोरीचा ने इगतपुरी नगरपालिका में नौकरी प्राप्त करने की पुरजोर कोशिश की। उनसे झगड़ा भी मोल लिया। पर अन्ततः खुद की दर्जी-काम की दुकान खोलकर ही उन्होंने दम लिया। इस समाज के कई लोग बम्बई में कबाड़ी का पेशा भी करते हैं। पुणे में मैला उठाने का ठेका लेने वाले लालबेगी ठेकेदार भी हैं। उन्हें 'बड़े लोग' कहा जाता है। मेघवाल समाज के कई युवक वकालत भी करते हैं।

शेख भंगी युवकों को मोटर मैकेनिक बनने के पर्याप्त अवसर मिलते हैं। क्योंकि आम तौर पर इस व्यवसाय में हर जगह मुसलमान कारीगर ही पाए जाते हैं। ऐसी किसी वर्कशॉप में छोटे-मोटे काम से शुरू कर धीरे-धीरे सम्पूर्ण जानकारी प्राप्त करने का मौका उन्हें मिल जाता है। संगमनेर में ऐसे कई लोगों से हम मिले जिन्होंने पेट्रोमैक्स की मरम्मत से अपना कैरियर शुरू किया और अन्ततः मोटर मैकेनिक बन गए। अब वे इस पेशे में जम गए हैं।

जाति-व्यवस्था के कड़े बन्धनों के कारण इस देश में कुछेक खास जातियों में ही व्यावसायिक प्रवृत्ति विकसित हो सकी। वे लोग ही बड़े आत्मविश्वास के साथ निजी व्यवसायों में मजबूती से जड़ें जमा सकते हैं। इस दायरे से बाहर का कोई व्यक्ति समस्त बाधाओं से पार पाकर उसमें प्रवेश करना चाहे तो आर्थिक विपन्नता टाँग अड़ाती है। बैंकों या वित्तीय संस्थानों से ऋण प्राप्त कर अपना व्यवसाय शुरू करने की शक्यता को हमने आजमाना चाहा। किन्तु अधिकांश लोगों से हमें यही सुनने को मिला कि वहाँ से ऋण प्राप्त करना टेढ़ी खीर है। इसमें दुनिया-भर की जोड़-तोड़ और उठा-पटक करनी पड़ती है इसलिए कई लोग तो ऋण के लिए आवेदन ही नहीं करते। फुले विकास निगम के बारे में तो ज्यादातर लोगों ने यही कहा कि यह संस्था केवल दलितों के लिए ही है।

सरकार ने आरक्षण की जो सुविधा प्रदान की है, उससे लाभ उठाने के दौरान भी दलितों से भंगियों का संघर्ष होता ही है। औरंगाबाद में रामेश्वर चावरिया ने

राशन की दुकान चलाना चाहा और अर्जी भी दी, किन्तु ऐसी सभी आरक्षित दुकानें दलितों को ही आवंटित की गईं। अब तक वाल्मीकियों को एक भी दुकान आवंटित न किए जाने की हकीकत से जिलाधीश को अवगत कराए जाने पर उन्हें भी एक दुकान आवंटित की गई।

निरन्तर बढ़ती हुई बेरोजगारी और अवसर प्राप्त करने में छीना-झपटी के कारण तनाव बढ़ते जा रहे हैं। ऐसी स्थिति में हर प्रत्याशी मौके को झपटने की कोशिश करे यह स्वाभाविक ही है; किन्तु इस छीना-झपटी में वे लोग और भी पीछे की ओर फिंक रहे हैं, जो पहले ही पिछड़े हुए थे। इसलिए परम्परागत रूप से यह नौकरी प्राप्त करने की बात का पुरजोर समर्थन किया जा रहा है। संगमनेर के एक शेख भंगी युवक ने इस सम्बन्ध में बड़ी अच्छी प्रतिक्रिया व्यक्त की। उन्होंने कहा, "एक तो यह आसानी से मिल जाती है, और हमारी वृत्ति भी ऐसी है कि घड़ी-भर की बेशरमी, दिन-भर की आरामी!" इस पेशे से वितृष्णा होने के बावजूद आखिरकार 'रोटी मुहैया करने वाली नौकरी अच्छी' यही धारणा आम तौर पर प्रचलित होने से परिवर्तन की प्रक्रिया धीमी पड़ गई है।

कृष्णवल्लभ मेहता ने 'सफाई दर्शन' नामक मासिक पत्रिका में इस बारे में लिखा था, "भंगियों को इतना तो यकीन होता है कि अन्य किसी भी जाति के लोग इस पेशे में नहीं आ सकते। इसलिए उनमें एकाधिकार प्रवृत्ति बलवती हो जाती है। इसमें मेहनत कम और कमाई ठीक-ठीक होती है। नगरपालिका की सेवा में उनके लिए दरवाजे खुले रहते हैं।"[1]

लेकिन अब स्थितियाँ बदल रही हैं। आधुनिकता और यांत्रिकीकरण की वजह से देर-सवेर भंगी-पेशे की तनिक भी आवश्यकता नहीं रहेगी। अतएव अतिरिक्त योग्यता प्राप्त करना अब भंगियों के लिए आवश्यक हो गया है। 1949 में बर्वे समिति ने सिफारिश की थी, "उन्हें अन्य व्यवसायों की ओर मुड़ने के लिए प्रेरित किया जाए। लेकिन प्रशिक्षण अवधि कम होनी चाहिए। मसलन मोटर ड्राइविंग, दर्जी-काम, कारपेंटरी, साइकिल-मरम्मत, मोटर मैकेनिक जैसे व्यावसायिक प्रशिक्षण के लिए उन्हें प्रेरित किया जाना चाहिए।"[2]

---

1. मेहता, कृष्णवल्लभ। भंगी-मुक्ति क्यों और कैसे? सफाई दर्शन। 22 सितम्बर, 1963, वर्ष 5, अंक 3, 43
2. Barve, V.N. (Chairman) Report of the Scavengers Living Conditions Enquiry Committee. State of Bombay, Bombay. Director, Govt. Printing, Publications & Stationery Bombay State, 1958, 87

1963 में नियुक्त मलकानी समिति ने भी सिफारिश की थी कि "जो कामगार स्वेच्छा से किसी अन्य व्यवसाय में प्रशिक्षण प्राप्त करना चाहे, उसे वह दिलाया जाए। उसके बाद उसे अपना व्यवसाय शुरू करने के लिए ऋण भी दिलवाया जाए।"

किन्तु उनकी सिफारिशों पर अमल नहीं किया गया। महात्मा गांधी के आन्दोलन के बाद किसी भी स्वयंसेवी संगठन ने इस मसले की ओर ध्यान नहीं दिया। कामगार संगठनों के लिए समय नहीं है।

ऐसी स्थिति में, बेरोजगारी के निरन्तर बढ़ते हुए तनावों से मुक्ति पाने के लिए युवा शक्ति अपराध-कर्मों का सहारा ले सकती है। फिल्म की टिकटें ब्लैक में बेचने के काम अब ये युवक करते नजर आने लगे हैं। जाहिर है कि बेरोजगारी की यह समस्या केवल इनके लिए ही नहीं बल्कि सर्वव्यापी है। लेकिन भंगियों पर तो बेरोजगारी और जाति-व्यवस्था की दोहरी मार पड़ी है। अतएव उनके उन्नयन के लिए विशेष प्रयास करने में कुछ भी तो गैर वाजिब नहीं है।

जिन्दगी का आदि, मध्य और अन्त भी कर्जे में ही...

भंगी कामगारों के परिवार में दो-तीन लोग नौकरीपेशा होते हैं—उच्चवर्णियों की यह धारणा गलत तो नहीं है। किन्तु उसी के साथ यह भी सच है कि तीन-तीन लोग कमाऊ होने के बावजूद उनकी घरेलू स्थिति ठीक-ठाक नहीं लगती। इसलिए हमने समस्या की जड़ में जाने का प्रयास किया। इस क्रम में हमें उनके खर्चे का ब्योरा तो नहीं मिला पर कुछ लोगों ने मुँहजबानी जो जानकारी हमें दी, उसी के आधार पर हमने निष्कर्ष निकाले।

उनकी कुल कमाई में से आधी तो राशन-पानी में ही खर्च हो जाती है। ये लोग अधिकांशतया मांसाहारी तो होते हैं, किन्तु हर रोज नहीं। नियमित रूप से तो निरामिष भोजन ही वे लेते हैं। और भोजन में दालों का सेवन अधिक मात्रा में करते हैं।

हमें सर्वेक्षण के दौरान दूध के बारे में हैरतअंगेज जानकारी मिली। अधिकांश घरों में दूध नियमित रूप से नहीं लिया जाता था। घर में छोटे बच्चे हों तो भी चाय के लिए पाव-आध पाव दूध में काम चलाया जाता था। दोपहर को या शाम के वक्त मेहमानों के लिए चाय होटल से ही मँगवाई जाती है। लगभग सभी जगह हमारा यही अनुभव रहा। छोटे बच्चों को घर में छोड़कर काम पर जाने वाली महिलाओं से हमने पूछा तो जवाब मिला कि भूख के कारण बच्चा रोने लगे तो पड़ोस की औरतें उसे पानी पिलाकर शान्त करती हैं।

साइकिल, ट्रांजिस्टर लगभग हर घर में पाए गए। पर इसके अलावा अन्य सुविधाएँ व्यवसायान्तर किए हुए लोगों के घरों में ही पाई गईं। अक्सर त्योहारों के समय नए वस्त्र वे पहनते हैं। मेघवाल अपने कपड़ों पर बहुत अधिक खर्च करते हैं। उनकी तुलना में वाल्मीकि उन्नीस ही हैं, बीस नहीं।

लोगों ने हमें बताया कि बच्चों को स्कूल भेजने लायक आर्थिक स्थिति भी उनकी नहीं होती। यानी कि एकाधिक सदस्यों के नौकरीपेशा होने के बावजूद उच्चवर्णियों की यह धारणा गलत है कि वे बड़े पैसे वाले हैं, रईसजादे हैं। तो फिर सवाल यह पैदा हो जाता है कि इतना पैसा कहाँ जाता है?

भंगियों की कमाई अक्सर दो वजहों से रिसती रहती है : (1) कर्ज और (2) बुरी लत।

कर्ज

हमें यह ब्योरा तो नहीं मिल पाया कि कौन कर्ज में कितना डूबा हुआ है। क्योंकि अपने मुँह से कोई सही जानकारी देता ही नहीं। दो-चार घंटे की बातचीत में इसी मुद्दे पर बार-बार जोर देकर उन्हें कुरेदना अच्छा नहीं लगता, तथापि वे इतना तो स्वीकार करते हैं कि वे कर्ज में डूबे हुए हैं।

बी.एच. मेहता ने ऋण लेने की उनकी आदत के बारे में लिखा है, "कर्ज के बोझ में डूब जाना उनकी जिन्दगी का अनिवार्य हिस्सा बन गया है। इसलिए वे उसके दुष्परिणामों की ओर ध्यान नहीं देते।"[1]

सामान्यतया पाँच कारणों से वे कर्ज लेते हैं—(1) शादी-ब्याह, (2) क्रिया-कर्म, (3) नौकरी, (4) गाँव जाना, (5) मन्नत-मनौतियाँ।

शादी-ब्याह

मेघवाल समाज में पहले वधू-मूल्य देने का रिवाज था। अब यह रिवाज मन्दा पड़ता जा रहा है। इन दिनों, शादी-ब्याह में लजीज भोजन, दुल्हन को बर्तन-भाँड़े, कीमती वस्त्र आदि पर ही अधिक जोर दिया जाता है। सामान्यतया एक शादी में पाँच हजार तक खर्च हो जाते हैं। किन्तु प्रतियोगिता बढ़ जाने के कारण अब खर्चा भी बढ़ गया है। ठाणे निवासी श्री बोरीचा ने बताया कि चालीस हजार रुपये लग जाते हैं। दुल्हन को कम-से-कम पाँच बरतन तो देने ही पड़ते हैं। इनके अलावा चाँदी के गहने, बल्कि अब तो सोने के गहने भी देने होते हैं। वाल्मीकियों में दस हजार से अधिक खर्चा हो जाता है। औरंगाबाद के रामेश्वर चावरिया ने तो यह

1. Mehta, B.H. Social & Economic Condition of the Meghwal—Untouchables of Bombay city. (Thesis) Vol. II, Part I, 344

खर्च चौबीस हजार बताया। शेख भंगी भी कम-से-कम पाँच हजार तो खर्चा कर ही देते हैं। चालीसगाँव की सुगनबाई जावे ने कहा, "लगन में भोत खर्चा होता है। वे तो क्या, हिम्मत की किम्मत है।" किन्तु यह हिम्मत दिखाने की कीमत उन्हें जिन्दगी-भर चुकानी पड़ती है।

पुणे के लालबेगी समाज के लोगों ने खर्च का यह आँकड़ा पन्द्रह हजार बताया। उनमें दहेज का लेन-देन चलता है।

जाहिर है कि सभी जातियों की शादियों में भोजन पर सबसे अधिक खर्च हो जाता है। भोजन कराने का रिवाज तो सभी में है। मेघवालों की दावत में खिचड़ी, पुलाव, पूरी-सब्जी आदि पदार्थ परोसे जाते हैं। वाल्मीकियों में इस मौके पर सूअर का गोश्त परोसा जाता है। उस मद में बढ़ते जा रहे खर्चे को कम करने के प्रयास अब किए जाने लगे हैं। कुछ नगरों की मेघवाल जात-पंचायतों ने खर्च की सीमा निर्धारित की है। पुणे के मनोहर लालबेगी ने अपने बेटे की शादी की निमंत्रण-पत्रिका में ही इससे सम्बन्धित नारे छपवाए थे। किन्तु खेद के साथ कहना पड़ रहा है कि संगठित प्रयासों का समुचित प्रचार-प्रसार नहीं किया जाता। इस वजह से अनावश्यक खर्चे और दहेज जैसी कुप्रथाओं का ही बोलबाला चारों ओर है।

क्रिया-कर्म (अंत्येष्टि)

शादी जैसे हर्षोल्लास भरे समारोह में जितना खर्च होता है, उतना न सही, उससे कुछ कम खर्च क्रिया-कर्म के अवसर पर हो जाता है। जिस दिन हम बार्शी पहुँचे, उसी दिन भोर में एक आदमी मर गया था। दोपहर में हम बस्ती में गए, तो शव वहीं पड़ा था। क्योंकि अन्तिम क्रिया के लिए चन्दा इकट्ठा किया जा रहा था। उसके बाद तेरहवीं के लिए भी तो रुपयों की आवश्यकता थी। यह वाल्मीकि बस्ती थी। निम्न श्रेणी के हिन्दुओं के पास शवों को जलाने के लिए भला पैसा कहाँ से आता! इसलिए वे लोग शवों को दफन ही करते हैं।

निपाणी में एक विचित्र रिवाज है। वहाँ मृतक का पुत्र मृतक की बेटी की उम्र की सभी औरतों को साड़ियाँ देता है। जिस घर में हम बैठे थे, वहाँ यही दौर चल रहा था और कुटुम्ब-प्रमुख इस अप्रत्याशित खर्चे से लगभग आतंकित था। वहाँ का माहौल प्रेमचन्द की कहानी जैसा ही था।

ठाणे निवासी जगदीश खैरालिया ने अपने आत्मकथन में जो कहा, वह इस स्थिति पर और अधिक प्रकाश डालता है :

"हमारी भैंस ने एक दिन यकायक दूध देना बन्द कर दिया। कोई उसके नजदीक गया नहीं क्योंकि वह लात मारने लगी थी। हमने कई तरह से उसके ठीक होने के उपाय किए, मन्नतें माँगीं, प्रार्थनाएँ कीं; किन्तु कोई फायदा नहीं हुआ। मेरी ताई भी बीमार हो गईं। घर में पूँजी नहीं थी। फिर भी ताऊ जी जैसे-तैसे खर्चा चला रहे थे। एक दिन हमारे सामने वाले मकान में एक सज्जन गुजर गए। उस दिन ताऊ जी ने खूब भाग-दौड़ की। उस सज्जन की अंत्येष्टि में ताऊ जी ने ही प्रमुख भूमिका निभाई।"[1] अपने घर की वित्तीय स्थिति डाँवाडोल होने के बावजूद मुहल्ले वालों की अंत्येष्टि में अहम भूमिका निभाने वाले, खैरालिया के ताऊ जी जैसे लोग यदा-कदा ही देखने में आते हैं।

मन्नत

ये सभी जातियाँ बहुत बुरी तरह से अन्धश्रद्धाओं की गिरफ्त में हैं। बीमारी से लेकर बच्चा न होने तक हर परेशानी में वे मांत्रिक या भगत की ही शरण में जाते हैं। जगदीश खैरालिया ने अपना एक अनुभव इन शब्दों में बयान किया :

"एक बार मैं बीमार हो गया। दादी ने डॉक्टर को बुलवाया। डॉक्टर ने मुझे सुई लगाई, दवाइयाँ दीं। मुझे राहत मिली और झपकी लगी। शाम को मुहल्ले के कुछ लोगों को दादी ने इकट्ठा किया और कहने लगीं—'मेरे बेटे को तकलीफ है, उसका इलाज करना है' उनके आह्वान के कारण एक भगत जी के भीतर देवता का संचार हुआ और वे कहने लगे—'यह भूतिया गया है। खेड़ी से आते समय इसने रास्ते में पीर का अभिवादन नहीं किया था। इसीलिए भूत ने इसे धर दबोचा है।' बाकी लोगों ने कहा—'महाराज, बालक ही तो है। गलती हो गई उसके हाथ से।'—'कोई बात नहीं। बलि का प्रकोप है। फिर ही, वह इसे माफ करेगा। यह ठीक हो जाएगा। लेकिन साहब को एक मुर्गा चढ़ाना पड़ेगा...' देवता ने सलाह दी।"

"तिस पर दादी ने कहा, 'पर इसे थुथकार दो। तुम भी ख्याल करो बालक का।' और जाते समय देवता मुझ पर थूक गए और उन्होंने कहा—'इसके भूत-पिशाच को हम देख लेंगे, पर अंग-रोग के लिए डॉक्टर को भी दिखा दो।"[2]

---

1. खैरालिया, जगदीश। कथा झाडूच्या वंशपरम्परेची, दीपसौजन्य, दीवाली अंक 1985, 11
2. वही, 12

इस विशिष्ट मामले से भगत जी ने डॉक्टर को भी, न जाने कैसे, अपनी चौकड़ी में शामिल कर लिया था! मन्नत-मनौती, रस्म-अदायगी, तीज-त्योहार इत्यादि धार्मिक समारोह, गुरु-साधू-भगत आदि मदों में ये लोग काफी खर्च करते हैं।

जन्माष्टमी, वाल्मीकि जयंती, रामपीर महोत्सव आदि पर किए जाने वाले खर्च के मामले में 'हरिजन समाचार' नामक तत्कालीन समाचार-पत्र ने 1938 में टिप्पणी की थी :

"भगवान के नाम पर इस वक्त जो अनाप-शनाप खर्च किया जा रहा है उसे देखते हुए बड़े खेद के साथ कहना होगा कि भगवान का अस्तित्व इनसान के लिए बहुत ही महँगा सिद्ध हो रहा है।" भगवान इनसान को विपन्नावस्था से उबारने के लिए नहीं, उसके सिर पर कर्ज का बोझ धर देने के लिए होता है। मन्नत की पूर्ति के लिए रामपीर के दर्शन करना, लोगों को भोजन कराना, बलि चढ़ाना, टोने-टोटके चलाना आदि प्रकार दिनों-दिन बढ़ते ही जा रहे हैं। समाज प्रबोधन के कार्य में शिथिलता आ गई है। इसलिए ऐसी बातों को बढ़ावा मिल रहा है। और निम्न जातियाँ इसकी अत्यधिक चपेट में आ जाती हैं।

स्थलांतरित समाज को अपने मूल निवास स्थान के प्रति बहुत लगाव होता है। उनके रिश्तेदार वहीं रह रहे होते हैं। खास कर बुजुर्गों को वहाँ जाने की तीव्र इच्छा होती है। इसमें भी काफी खर्च आ जाता है।

व्यसनाधीनता

ऊपर गिनाए गए खर्चे की सभी मदें आकस्मिक हैं, किन्तु व्यसनों की मद में उनका स्थायी खर्चा बहुत ज्यादा हो जाता है। भंगी व्यवसाय में शराब का व्यसन व्यापक तौर पर पाया जाता है।

बातचीत में शराब का जिक्र करते ही अगला 'मैं तो शराब नहीं पीता' कहकर अपनी विरक्ति जतलाने का पूरा प्रयास करता है। लेकिन जब उसे पता चलता है कि हम तो उस समाज में व्याप्त शराबखोरी का जायजा लेना चाहते हैं, तब वे ऐसे लती लोगों का औसत प्रतिशत 40 से 80 बताते हैं। जाहिर है कि जवाब देने वाला कोई भी व्यक्ति इस औसत में शामिल नहीं होता! तथापि जलगाँव के कॉमरेड ढंढोरे से लेकर पिंपरी के किसन बहोत तक अधिकांश लोगों ने ऐसे लती लोगों का प्रतिशत पचास बताया।

अपनी इस लत का समर्थन करते हुए इसका सबसे बड़ा कारण वे गन्दगी में काम करने की अनिवार्यता बताते हैं। लेकिन यह काम औरतें भी तो करती हैं। फिर औरतें शराबखोर क्यों नहीं हैं? इस सवाल का कोई जवाब उनके पास नहीं था। जलगाँव के फकीरा हंसकर ने तो इसे एक 'झूठा बहाना' कहा।

संगमनेर के जवाहर जेधे ने कुल-रीति के तौर पर 'पीने' का समर्थन किया। जगदीश खैरालिया ने अपने लेख में शैतान को खुश करने के लिए कड़ाही-बोतल विधि बतलाई है। कड़ाही यानी हलवा और बोतल यानी शराब। प्रसाद के तौर पर ये दोनों चीजें बाँटने का वर्णन उन्होंने किया है। पिंपरी में शाम के वक्त उस बस्ती में काफी लोग नशे में झूम रहे थे। हम किसन बहोत से बातचीत कर रहे थे तो ये नशेड़ी एक-दूसरे की ओर देखते हुए कह रहे थे, "हमारे लोग भगवान शंकर के नाम से दारू पीते हैं। हमारे गन्दे काम की नहीं, पर गन्दी आदतों की वजह से शायद पूर्वजन्म का पाप है।"

वजह कोई भी हो, इतना तो सच है कि उनकी आय का बहुत बड़ा हिस्सा इस मद में खर्च होता है। पहले तो लगता था कि अशिक्षा की वजह से यह स्थिति होगी। आज भी उन लोगों में शिक्षा का प्रचार-प्रसार ज्यादा नहीं है, तथापि ऐसा लगता है कि केवल अशिक्षा ही इस दु:स्थिति की वजह नहीं हो सकती।

कुछ वर्षों पहले इस समाज की औरतों में शराब का प्रचलन व्यापक पैमाने पर था। पर अब लती औरतों की संख्या बहुत कम हो गई है। औरतें तो अब बीड़ी भी नहीं पीतीं। इससे यह अनुमान न निकाला जाए कि औरतों में शिक्षा का प्रचार-प्रसार हुआ है। शायद उस समाज ने महसूस किया होगा कि सार्वजनिक स्थानों पर औरतों के बीड़ी पीने से अपनी प्रतिष्ठा पर आँच आती है। लेकिन मजे की बात है कि प्रतिष्ठा का यह बन्धन मर्दों पर लागू नहीं होता!

कर्ज

व्यसनाधीनता के कारण सभी तरह के भंगियों की आर्थिक स्थिति कमजोर हो जाती है। अतएव शादी, मैयत, मनौती आदि आकस्मिक खर्चों के मौकों पर उन्हें बड़ी तकलीफ होती है। जमा पूँजी कुछ नहीं होने से कर्ज लेने के अलावा उनके सामने और कोई भी चारा नहीं रह जाता। आम तौर पर तीन जगहों से उन्हें ऐसे कर्जे प्राप्त होते हैं—(1) सहकारी समितियाँ, (2) भविष्य निधि, (3) महाजन।

पुराने जमाने में सहकारी समितियाँ नहीं थीं, लेकिन आज हैं, तथापि ऐसी समितियों अथवा अपनी भविष्य निधि में से एक सीमा तक ही ऋण मिल सकता है। और इन स्रोतों से ये लोग अक्सर छोटे-बड़े ऋण लेते ही रहते हैं। इसलिए वहाँ से और अधिक रकम मिलने की कोई गुंजाइश नहीं रहती। ऐसी स्थिति में महाजनों की शरण में जाना या आपस में कहीं से जुगाड़ करना—बस, यही एक मार्ग बचा रहता है।

ब्याज

इस तरह के ऋणों पर ब्याज उसी अनुपात में लगाया जाता है, जिस अनुपात में देनदार को रुपयों की आवश्यकता हो; तथापि अक्सर यह दर पाँच प्रतिशत से कम नहीं होती। अधिकतम दर तो कुछ भी हो सकती है। यदा-कदा 25 प्रतिशत की दर भी लगाई जाती है। यदि 100 रुपये का कर्ज लो तो सेठ उस महीने के ब्याज की रकम उसमें घटाकर बाकी रकम ही उसके हाथ में थमाता है। कहने की आवश्यकता नहीं कि ऐसे मामलों में चक्रवृद्धि ब्याज ही चलता है। और एक बार ब्याज का चक्कर शुरू हुआ तो कामगारों को वह पूरी तरह से निचोड़ डालता है। उनकी आमदनी का काफी हिस्सा तो ब्याज की अदायगी में ही चला जाता है और मूल ऋण-राशि ज्यों-की-त्यों बरकरार! अनाप-शनाप ब्याज वसूल करने के लिए तगड़ा दल-बल साहूकारों के पास रहता है।

महाजनी बर्बरता और शोषण की एक अनोखी मिसाल हमें पंढरपुर में देखने को मिली। वहाँ संगतराश, मछुआरे आदि जाति के लोग साहूकारी करते हैं और उनकी ब्याज दर मासिक 25 प्रतिशत होती है। वहाँ भंगी-व्यवसाय के काफी लोग साहूकारों के इस चंगुल में फँस गए थे। इससे मुक्त होने का कोई रास्ता उन्हें नजर नहीं आता था। कामगार यूनियनों के कानों पर तो जूँ तक नहीं रेंगती थी। पंढरपुर के वयोवृद्ध समाजवादी नेता ॲड. पटवर्धन ने तो बताया कि यूनियन के नेता कामगारों की नियुक्ति के लिए बाकायदा रिश्वत लेते हैं। उस बेचारे के पास तो रुपये नहीं होते। इसलिए उसे साहूकार के पास जाना पड़ता है और यहाँ से जो दमन-चक्र शुरू होता है, वह आखिर तक उसका पीछा नहीं छोड़ता। जो यूनियनें कामगार हितों की रक्षा करने के लिए होती हैं, वही उन्हें निचोड़ने में पहल करती हैं! जब चोर-चोर मौसेरे भाई हों तो ऐसी भ्रष्ट यूनियनें साहूकारों के खिलाफ भला क्यों

आवाज उठाने लगीं? महाजनों की मनमानी, जबरदस्त ब्याज दरें और व्यवस्थागत भ्रष्टाचारी वृत्ति के जंजाल में वहाँ के भंगी बिलबिला रहे थे। मरता क्या न करता! आखिर इस स्थिति से कोई-न-कोई रास्ता निकालने का निर्णय कामगारों ने ही लिया। उनके इस साहसिक संघर्ष का ब्योरा वहीं के एक कामगार भगवान रामा सोलंकी के शब्दों में कुछ इस प्रकार का है :

"मैंने 100 रुपयों का ऋण लिया था। हर महीने ब्याज के 25 रुपये मैं देता था। लेकिन बीच में साल-भर मैं ब्याज नहीं दे सका। साहूकार की मनमानी के कारण 100 रुपये के बदले 3 साल में ब्याज-ही-ब्याज के 750 रुपये मैं दे चुका था फिर भी खाता बेबाक नहीं हुआ। इधर हमारी जान निकली जा रही थी और यूनियन से किसी तरह की सहायता की उम्मीद करना बेकार था। 'पगार' के दिन महाजन अपने आदमी को रकम वसूल करने बराबर नगरपालिका कार्यालय भेज देता था। पालिका-अधिकारी वेतन संवितरण के दौरान उसे अपने पास बिठा लेते थे और ब्याज की रकम घटाकर ही वेतन की बाकी रकम हमें देते थे। यह तो सरासर ज्यादती थी। पर चुप रहने से भी तो काम चलने वाला नहीं था। इसलिए हम 40 लोग इकट्ठा हुए और मुख्यमंत्री से लेकर प्रधानमंत्री तक सभी सम्बद्ध व्यक्तियों को हमने पत्र लिखे। वहाँ से पुलिस वालों को हिदायतें मिलीं कि वे हमें सुरक्षा प्रदान करें। इसके बाद हमने साहूकार को रुपये देना ही बन्द कर दिया। अब दस महीने हो चुके हैं। किन्तु हमें कोई तकलीफ नहीं हुई।"

एकजुट होकर मुकाबला करने की वजह से ही पंढरपुर के कामगार यंत्रणा के इस दौर से मुक्त हो सके। अन्यथा लोग तो उसी दोजख में बिलबिलाते रहते हैं।

नौकरी प्राप्त करने के लिए रिश्वत देने का रिवाज केवल पंढरपुर में ही नहीं, समूचे भारतवर्ष में है। श्री मेहता ने अपने शोध-प्रबन्ध में बाकायदा लिखा है, "1932 में बम्बई में हलालखोरों को नौकरी प्राप्त करने के लिए 60 से 120 रुपये देने पड़ते थे। इस वक्त बम्बई में एवजी कामगार के तौर पर नौकरी पाने के लिए तीन से पाँच हजार गिनने पड़ते हैं। शिवशंकर पिल्लै की पुस्तक 'भंगी पुत्र' में विस्तार से इसका वर्णन किया गया है।

"शोलापुर के बाबू मसैया मडपल्ली ने अपनी पत्नी की बीमारी के इलाज के लिए कर्ज लिया था। दस प्रतिशत की दर से उसका ब्याज भरने में उनके छक्के छूट रहे थे। बार्शी के शिवा नानू कबीर ने भी पूर्व में एक बार कर्ज लिया और 25 प्रतिशत के हिसाब से वे उसका ब्याज चुका रहे थे। उन्होंने बताया, पूरी कमाई

साहूकार की ही जेब में चली जाती है। इसलिए घर का खर्चा चलाने के लिए उन्हें फिर उसी के पास से नया कर्ज लेना पड़ता है। उन्हें कर्ज और ब्याज की आदत-सी हो गई है। धुले निवासी शेखर आनन्दा घारू का कर्जा तो पीढ़ी-दर-पीढ़ी चला आ रहा है। ये लोग कर्ज का बोझ सिर पर लेकर ही इस दुनिया में कदम रखते हैं, जिन्दगी-भर उसे ढोते रहते हैं और मरते समय यह विरासत अपने वारिसों को दे जाते हैं। फिलहाल तो उनकी स्थिति कुछ ऐसी ही है।"

श्री के.वी. व्यास ने काठियावाड़ी अस्पृश्य जातियों के बारे में लिखी अपनी पुस्तक में इन लोगों के लुट जाने की ब्योरेवार जानकारी दी है : "जातिभेद की वजह से उन दिनों अस्पृश्यों को दिए जाने वाले ऋणों पर अधिक ब्याज लगाया जाता था और उच्चवर्णियों के लिए यह दर कम रहती थी तथापि कुशल कारीगर होने के नाते वे कर्ज चुकाने की स्थिति में होते थे। किन्तु यह हकीकत है कि वक्त-बे-वक्त उन्हें सजातीय अथवा हिन्दूतर साहूकारों को 25-150 प्रतिशत की दर से ब्याज देना पड़ता था।"

लेकिन अब साहूकार भी जाति-धर्म निरपेक्ष हो गए हैं। ऊँची ब्याज दर से अब वे किसी भी व्यक्ति को उदारतापूर्वक कर्ज देने के लिए तैयार रहते हैं! कुछ तथाकथित साधन-सम्पन्न भंगी भी अब साहूकारी करने लगे हैं। शौचालयों एवं प्रसाधन गृहों की सफाई करने वालों को आजकल अच्छी-खासी बख्शीश भी मिल जाती है। इसी कमाई से अच्छी-खासी पूँजी जमा होने पर वे साहूकारी शुरू कर देते हैं। यह सब जानकारी देते हुए बी.एच. मेहता ने लिखा है, "साहूकारी करने वाले भंगी सधन कहलाए जाते हैं और सर्वाधिक खुशहाल होते हैं।"[1] अच्छी-खासी बख्शीश मिलने वाले केन्द्रों पर नियुक्ति प्राप्त करने के लिए मुकादम को रिश्वत देनी पड़ती है। यह सिलसिला अभी भी बदस्तूर जारी है। इसका अर्थ यह हुआ कि बख्शीश की आमदनी बढ़ती जा रही है। साहूकारी की कमाई का जरिया बनाने की कला का बड़ा अच्छा चित्रण शिवशंकर पिल्ले ने अपने उपन्यास में किया है। यह सजातीय साहूकारी भी अन्य साहूकारों की तरह भरपूर शोषण करती है। येवला में एक वाल्मीकि भंगी ही साहूकारी करता है। उनकी यूनियन का मुखिया भी वही और संघर्षवादी दलित संगठन का मुखिया भी वही। मुक्ति के सभी मार्गों का सजग प्रहरी!...

---

1. Mehta. B.H. Social & Economic condition of the Meghwal—Untouchables of Bombay city. (Thesis) Vol. II, Part I, 303

उपाय

1932 में किए गए सर्वेक्षण की कारुणिक परिस्थिति का जिक्र करते हुए बी.एच. मेहता ने लिखा था, "कुछेक पारम्परिक रस्म अदायगी की मद में जो भारी-भरकम खर्च अनावश्यक रूप से होती है उसके मूल में अज्ञान ही होता है। शादी-ब्याह में होने वाले खर्च को कम किया जा सकता है। शिक्षा तथा थोड़े में सन्तोष कर लेने की प्रवृत्ति के विकास से ही फिजूलखर्ची को नियंत्रित किया जा सकेगा। इस दृष्टि से नगरपालिका को कोशिश करनी चाहिए।"

लेकिन लगभग साठ वर्षों बाद भी श्री मेहता का यह सपना साकार नहीं हो सका, बल्कि खर्चे तो बढ़ते ही जा रहे हैं; ठीक व्यसनाधीनता की तरह। व्यसन-मुक्ति की समस्या तो इन दिनों मुँह बाए खड़ी है। नशाबन्दी का सरकारी प्रचार सरकारी शराब से ही जैसे धुल गया है। ऐसे खर्चों पर अंकुश लगाए बिना उन लोगों में बचत की आदत नहीं डाली जा सकती।

कुछेक शहरों में लोग समझदारी से काम लेने लगे हैं। अपनी त्रुटियों को दूर कर, रूढ़ियों के बन्धनों से समाज को मुक्त कराने के प्रयास वे करने लगे हैं। पुणे के लालबेगी समाज ने 14 सूत्री आचार संहिता बनाई है। इसके परिणामस्वरूप हफ्ते-भर तक चलने वाली शादी की रस्में अब एक दिन में अदा की जाती हैं।

इस समाज के सजग लोगों को ही इस काम में पहल करनी चाहिए। संगठित प्रयासों का परिणाम यकीनन लाभदायी होगा। स्वयंसेवी संगठन, जात-पंचायत आदि उपयुक्त माध्यमों के जरिए जन-प्रबोधन जारी रखना चाहिए। साहूकारी पाश से मुक्ति पाने के लिए पंढरपुर के शोषितों ने जो साहसिक कदम उठाया था, उसका अनुकरण करते हुए अपनी संगठित शक्ति का एहसास कराना चाहिए। फिलहाल तो इस दिशा में कोई हलचल दिखाई नहीं देती। अनावश्यक खर्च, व्यसनाधीनता, दहेज, वधू-मूल्य आदि की बदौलत समाज साहूकारी चक्की में पिस रहा है। ब्याज की ऊँची दरें गर्जमन्द लोगों को अपने बौनेपन का प्रखर एहसास कराने लगी हैं।

धर्म, धर्मान्तर और धार्मिक रस्मो-रिवाज

वाल्मीकि तथा मेघवाल समाज में हिन्दू त्योहार बड़ी ही धूमधाम से मनाए जाते हैं। उनके खास आराध्य-देवता भी हैं। यह गुत्थी तो अभी तक सुलझ नहीं पाई है कि वाल्मीकि जाति का रामायण के रचयिता महर्षि वाल्मीकि से क्या ताल्लुक है? इस सम्बन्ध में पिंपरी के युवक ने जो प्रतिक्रिया व्यक्त की थी, वह विचारणीय है। उसने कहा था, "हिन्दू तो रामायण को सिर से लगा लेते हैं और वाल्मीकि समाज को छूने से भी कतराते हैं। ये वाल्मीकि कहाँ से हमारे पीछे पड़ा, पता नहीं!"

तथापि इन दिनों वाल्मीकि समाज को महर्षि वाल्मीकि से जोड़कर उनमें नई चेतना भरने तथा अस्मिता जगाने का काम उनके कुछ नेतागण बाकायदा करने लगे हैं।

कुछ वर्ष पहले नासिक में हुए 'अखिल भारतीय वाल्मीकि हरिजन संघ' के अधिवेशन में दिल्ली के एक नेता वाल्मीकि पंथ की शेखी बघारते नहीं अघाते थे। किसी भी समस्या को घुमा-फिराकर आखिरकार वे यहीं ले आते थे। इस सम्मेलन में कई तरह की माँगों के समर्थन में प्रस्ताव पारित किए गए। उनमें से दो प्रस्ताव विशेष उल्लेखनीय हैं :

1. दिल्ली में महर्षि वाल्मीकि के नाम से एक विश्वविद्यालय की स्थापना की जाए।
2. नासिक के मुक्तिधाम में महर्षि वाल्मीकि के अलावा सभी देवताओं की तस्वीरें हैं। इसलिए वहाँ यह तस्वीर भी फौरन लगाई जाए।

इन प्रस्तावों को भी भारी समर्थन प्राप्त हुआ। "किन्तु असली सवाल तो यह है कि जब वाल्मीकियों में शिक्षा प्रसार ही अत्यल्प है, तो इस नए विश्वविद्यालय की क्या आवश्यकता है? वहाँ उच्चवर्णीय लड़के ही पढ़ने जाएँगे और सफाई का काम हमारे जिम्मे आएगा..." कहकर जगदीश खैरालिया ने उक्त प्रस्ताव का

विरोध करना चाहा। पर उन्होंने "लूटमार और राहजनी के दुराचारी मार्ग से परावृत्त होकर वाल्या डाकू महर्षि वाल्मीकि बन सका। हमें भी ऐसा कुछ कर दिखाना चाहिए..." कहा। अभी उनका वाक्य पूरा भी नहीं हुआ था कि निष्ठावान वाल्मीकि नेता उखड़ गए। उन्होंने तमतमाकर कहा, "वाल्मीकि डाकू तो कदापि नहीं थे। वे तो उच्च कुलोत्पन्न, विद्या-विभूषित थे।" इस मसले पर बहस की चुनौती उन्होंने दी। बात को आगे बढ़ाने से कोई फायदा नहीं था। अतएव उनके आक्रामक रवैये को देखकर लोगों ने प्रस्ताव मंजूर कर दिया। लेकिन यह सवाल किसी ने भी नहीं पूछा कि "उस उच्च कुलोत्पन्न वाल्मीकि से हमारा क्या रिश्ता है? यदि वे उच्च कुलोत्पन्न थे तो हम 'अस्पृश्य' भंगी क्यों हैं?"

अधिवेशन के बाद भी वाल्मीकियों के समाजार्थिक मसलों पर आन्दोलन शुरू नहीं किया गया। सिर्फ मुक्तिधाम में महर्षि वाल्मीकि की तस्वीर फौरन लगाई जाए, अन्यथा सत्याग्रह किया जाएगा। इस आशय की लिखित चेतावनी अवश्य दी गई। पुलिस वालों ने इन जुझारू कार्यकर्ताओं को शान्त किया और आन्दोलन समाप्त हुआ।

अस्मिता की टोह लेने का यह प्रयास सराहनीय अवश्य है, किन्तु उसका प्रतीकात्मक और असम्बद्ध आविष्कार बेशक समाज को गुमराह करने वाला है तथापि वाल्मीकियों में वाल्मीकि जयंती का पर्व बड़ी धूमधाम से मनाया जाता है। हाल के दिनों में इस अवसर पर एक विशाल शोभा-यात्रा भी आयोजित की जाने लगी है। यह कार्यक्रम दिल्ली में जितने बड़े पैमाने पर होता है उसी तरह से अन्य स्थानों पर भी इसे आयोजित करने का आह्वान लोगों से किया जा रहा है।

अधिकांश वाल्मीकि बस्तियों में वाल्मीकि मन्दिर बराबर हैं। बस्ती के सभी तरह के धार्मिक कार्यों का केन्द्र वहाँ होता है। इन मन्दिरों के निर्माण-कार्य और रखरखाव पर भी काफी पूँजी खर्च होती है। गाँवों की खाक छानकर इसके लिए चन्दा इकट्ठा किया जाता है। इसके खिलाफ अपनी झुँझलाहट व्यक्त करते हुए येवला के एक वाल्मीकि युवक ने कहा, "हममें से कुछ लोग मातंग कहलाए जाते हैं। मातंग विष्णु का नाम है। तो क्या उन्हें विष्णु ने भेजा है? वाल्मीकियों की स्थिति भी ऐसी ही है। युवा पीढ़ी भले कुछ भी कहे, अपनी श्रेष्ठता की टोह लेने तथा उसे साबित करने का सार्थक प्रयास निरन्तर जारी रहता है।

'श्री वाल्मीकि सरभंग जाति मतभेद' पुस्तक में भगवान का एक नाम 'भंगी' कहा गया है। इससे भी आगे बढ़कर उसमें बताया गया है कि भंगी और गंगा—दोनों जनता के पापों का क्षालन करते हैं, इसलिए उन दोनों को मुक्ति का भंडार कहा

जाना चाहिए। इस मायने में वे भाई-बहन हैं। एक अन्य कहानी के अनुसार "वरुण नामक ऋषि के वीर्य से उत्पन्न हुए तीन पुत्रों में से एक की परवरिश क्रथनी नामक भंगन ने की—यही बालक आगे चलकर वाल्मीकि कहलाया। चूँकि क्रथनी भंगन थी, भंगियों ने वाल्मीकि को अपना गुरु मान लिया। उक्त पुस्तक में देवता और ऋषियों के नामों की लम्बी सूची देकर वाल्मीकि जाति की उत्पत्ति-कथा बतलाई गई है। जोजेफ थलिअथ ने यह लम्बी हकीकत बयान की है।"[1]

घर-घर झोली फैलाकर खाद्य-सामग्री इकट्ठा कर अपने घर ले जाने व उसका सेवन करने का रिवाज मेहतरों में है। इस सम्बन्ध में भी एक किस्सा प्रचलित है। इसके अनुसार दूसरों के घर में अपवादात्मक रूप से खाना खाने की छूट दी गई है : "यज्ञ-याग के दौरान भोजन के लिए आमंत्रित किए जाने पर जजमान के घर खाना खाने में कोई हर्ज नहीं। जो भी व्यक्ति इस तरह यज्ञ कर मेहतरों को भोजन के लिए आमंत्रित करे, उसे चाहिए कि वह रिवाज के अनुसार मेहतरों को सोने की टोकरी और चाँदी की झाड़ू दे।"[2]

"कुछेक स्थानों पर मेहतरों को ही लालबेगी कहा जाता है। कुछ लोग लालबेग को वाल्मीकि का शिष्य बतलाते हैं। श्री गौस अन्सारी की कहानियों में भी वाल्मीकि शब्द—लालबेगी का परिवर्तित रूप दिखाई देता है।"[3] हिन्दू-मुसलमान दोनों के त्योहार लालबेगी मनाते हैं।

पंजाब-हरियाणा में वाल्मीकियों पर इस्लाम के साथ-साथ सिख धर्म का प्रभाव भी नजर आता है। इस सम्बन्ध में भी एक किस्सा सुनाया जाता है—"सिखों के गुरु तेग बहादुर का वध औरंगजेब ने किया और उनका कटा हुआ सिर महल में छुपाकर रखा। भंगियों ने बड़ी हिकमत से वह सिर उड़ा लिया और सिखों के पास पहुँचा दिया। उसी दिन से उन्हें सिख धर्म में प्रवेश मिला।" जोजेफ थलिअथ ने यह किस्सा लिखा है। गुरु नानक के पंथ में प्रवेश करने के लिए खास तरह से दीक्षित होना पड़ता है। भंगी जाति के उनके गुरु ही यह कार्रवाई करते हैं। ये गुरु खुद भंगी-काम नहीं करते। मेहतरों के मन्दिर में 'गुरु नानक की जन्मकथा' या 'रामायण' जैसे ग्रन्थ रखे रहते हैं।[4]

1. Thaliath, Joseph. Notes on Scavenger caste of Northern Madhya Pradesh. Anthropos 56, 1961, 790
2. वही, 795
3. Ansari, Ghaus. Muslim caste in Uttar Pradesh. An Ethnographic & Folk culture Pub., 1960, Appendix C
4. Thaliath, Joseph. Notes on Scavenger caste of Northern Madhya Pradesh, Anthropos 56, 1961, 796

महाराष्ट्र में कुछ स्थानों पर वाल्मीकि सिखों के त्योहार मनाते हैं। जलगाँव के श्री छन्न ढंढोरे नानक जयंती मनाते हैं। इस मौके पर शहर के अन्य सिख भाइयों को भी वे आमंत्रित करते हैं।

इन कहानियों में अन्यान्य ऋषियों और देवताओं के नाम देखकर कुछ हड़बड़ी-सी होती है। लेकिन अपने देश में सभी जातियाँ अपने पूर्वजों के उज्ज्वल अतीत की कहानियाँ गढ़कर अपने दिल को तसल्ली दे लेती हैं। सम्भवतया अतीत में छुपी अपनी महानता को महसूस करने से उनके कष्टमय जीवन को मानसिक सन्तोष प्राप्त होता है। अहमदनगर के वसन्तराव हंस ने बताया, "हम राजपूत मूल के हैं। किन्तु मुसलमान बनने से मना करने के कारण उन्होंने जबरदस्ती हमें भंगी व्यवसाय में धकेल दिया।"

यह सब जोड़-तोड़ देखकर तो यही लगता है कि वाल्मीकि अपनी जाति पर लगे हीनता के कलंक को मिटाने की पुरजोर कोशिश इस रूप में करते हैं।

मेघवाल

मेघवालों का प्रमुख देवता रामदेव जी बाबा या रामदेवपीर है। उसे पीर और देव ये दोनों नाम प्राप्त होने का भी एक किस्सा है :

सम्भवतया मुगल सल्तनत पूर्व मुस्लिम राज्य में जोधपुर के पास राणोजा में रामदेव जी अवतरित हुए (कुछ लोगों के अनुसार रामदेव जी ने विक्रम संवत् 1469 में जन्म लिया था और भाद्रपद सुदी 11 विक्रम संवत् 1515 को वे स्वर्गवासी हुए) उनके पिता का नाम अजमल जी तुमवार था। रामदेव जी के एक बेटा था वीरमदेव। राजपूताना के रेगिस्तान में भटके हुए, प्यासे या लुटेरों से परेशान हुए यात्रियों की सहायता करने में उन्हें आनन्द आता था। जिन्दगी-भर उन्होंने बखुशी यही काम किया। वे अस्पृश्योद्धार के लिए निरन्तर प्रयासरत रहे। उनके राज्यारोहण के वक्त 'धारी' नामक एक अस्पृश्य लड़की के हाथों 'तिलक' विधि सम्पन्न हुआ। दलांदे सती नामक अस्पृश्य नारी से उन्होंने विवाह किया। इस प्रकार अस्पृश्य जातियों को प्रतिष्ठा दिलाने के लिए उन्होंने हर सम्भव प्रयास किया। उनके परोपकारों तथा समर्पित सेवाओं के कारण रेगिस्तान में सफर करने वाले यात्रियों/व्यापारियों को जीवनदान मिला। उनकी इस तत्पर सेवा के लिए मुसलमान उन्हें 'पीर' कहने लगे। रामदेव जी तुमवर राजपूत थे, इस्लाम से उनका कोई सम्बन्ध नहीं था।

एक अन्य कथा के अनुसार अजमल जी दशरथ के तथा रामदेव जी राम के अवतार थे। इस तरह की कहानियों के चार-पाँच स्वरूप हैं तथापि इन सभी में एकसूत्र समान है कि रामदेव जी हिदू-मुसलमान दोनों में लोकप्रिय थे।

रामपीर मन्दिर इनकी सभी बस्तियों में होता है। ठाणे निवासी श्री बारिया ने रामपीर के बारे में यह कहानी सुनाई : "मारवाड़ के राजा अजमल की कोई सन्तान नहीं थी। एक बार राजमहल में झाड़ू लगाने के लिए मेहतरानी गई, पर राजा के नि:सन्तान होने से उसने राजा के दर्शन नहीं किए। राजा को यह बात अखरती रही। राजा ने तपश्चर्या आरम्भ की। वह पाँच लड्डू लेकर द्वारका गया। विष्णु की पूजा करने लगा। उसने विष्णु की मूर्ति पर लड्डू दे मारा। इस अपराध के लिए पुजारी जी ने उसे गोमती में छलाँग लगाने को कहा। उसने वैसा ही किया। पर उसने वहाँ से जो गोता लगाया तो वह द्वारका में प्रकट हुआ। भगवान विष्णु ने वहाँ उसे आश्वासन दिया कि वे स्वयं उसकी सन्तान के रूप में जन्म लेंगे।" इस कहानी में राजा अजमल का मेहतरों से कोई सम्बन्ध दिखाई नहीं देता तथापि इस कहानी में केवल हिन्दू देवताओं का ही उल्लेख होने के बावजूद विष्णु ने अजमल राजा को रामपीर के रूप में जन्म लेने का आश्वासन दिया था। इसमें 'पीर' की कल्पना मुसलमानी संस्कारों की ओर संकेत करती है। वाल्मीकि, मेघवाल आदि सभी अस्पृश्य जातियों पर सभी प्रमुख धर्मों का प्रभाव परिलक्षित होता है। जाहिर है कि उनकी सहायता हेतु आगे आने वालों के प्रति वे कृतज्ञता व्यक्त करेंगे ही। शायद इस वजह से सर्वधर्म समभावात्मक सम्मिश्र कहानियाँ प्रचलित हो गईं।

यह तो हम देख ही चुके हैं कि मेघ की कुरबानी के बाद धेड़, वणकरों को मायावंशी या मेघवाल नाम प्राप्त हुआ। मेघ की कुरबानी के बारे में दो-चार कहानियाँ प्रचलित हैं। उनमें से एक कहानी के अनुसार, "तालाब के निर्माण-कार्य से सम्बद्ध कारीगर की बीवी पर सिद्ध राजा की नजर अटक गई। किन्तु वह राजा की गिरफ्त में नहीं आ सकी। इसलिए सिद्ध राजा ने सैनिकों के जरिए उसके पति का कत्ल करवाया। आखिरकार पति की चिता पर रानी सती हुई। किन्तु उससे पहले उसने शाप दिया कि उस तालाब में कभी भी पानी नहीं रहेगा तथापि ब्राह्मणों ने सलाह दी कि 'इस तालाब में यदि बत्तीस लक्षणी पुरुष की बलि दी जाए तो बराबर पानी रहेगा।' और इसके लिए 'मेघ' का चयन कर लिया गया।"

इस कहानी से यह तो स्पष्ट हो जाता है कि पाप-कर्म भले कोई भी करे, बलि चढ़ाई जाती है निम्न जाति के लोगों की ही। ऐसी स्थिति में इस तबके के व्यक्ति

में ही वे बत्तीसों गुण पाए जाते हैं और वह भगवान को प्यारा हो जाता है! मेघ की कुरबानी के बाद अस्पृश्यों पर थोपे गए कुछ बन्धन शिथिल तो हुए, पर आगामी औद्योगिक व्यवस्था में समूचे समाज की व्यवस्था को सुरक्षा प्रदान करने के लिए मेघ के पूरे समाज को ही बलि चढ़ा दिया गया। पहले तो सिर्फ 'मेघ' में ही बत्तीस लक्षण पाए गए थे, किन्तु उसके बाद सभी मेघवालों में वे पाए गए और अधिसंख्य लोगों को कुरबान होना पड़ा।

महाराष्ट्र में मेघवालों का मुख्य उत्सव होता है नवरात्रि और कृष्ण जन्माष्टमी। गुजरातियों में वैसे भी नवरात्रोत्सव में बड़ी रौनक होती है। मेघवालों पर भी उसी का प्रभाव है। मेघवालों में खेडियार, चामुंडी और हाल के वर्षों में सन्तोषी माता के उत्सव मनाए जाते हैं। अन्य सभी हिन्दू त्योहार भी वे मनाते हैं; लेकिन दशहरा-दीवाली के उपलक्ष्य में कपड़ों की खरीद पर ही विशेष तवज्जो दी जाती है। मेघवाल के अलावा अन्य सभी कनिष्ठ जातियों में धार्मिक संस्कार सम्पन्न करने के लिए अस्पृश्य ब्राह्मण होते हैं, जिन्हें 'गारुड़' कहा जाता है। गारुड़ मूलतया ब्राह्मण ही थे। किन्तु अस्पृश्यों के काम करने की वजह से उन्हें भी अस्पृश्य ही बना दिया गया। कुछ लोगों की धारणा यह भी है कि सिद्धराजा ने धेड़ों के लिए जो ब्राह्मण दिए थे, उन्हीं के ये वंशज हैं।

ये दोनों धारणाएँ सही हो सकती हैं। महाराष्ट्र में भी महार जाति में ब्याह कराने के लिए ब्राह्मण तैयार नहीं होते थे। 1874 में इस बात को लेकर विवाद छिड़ गया, तो ब्राह्मणों ने सफाई पेश की—"हल्की जातियों का पौरोहित्य स्वीकार करने से ब्राह्मण पतित हो जाते हैं। इतनी बड़ी कीमत देकर जो कोई मेघवालों के धर्मकार्य सम्पन्न कराएँ, उनके वंशज उन्हीं जातियों के धर्म-कार्यों तक सीमित रहेंगे।" मेघवालों में कार्य करने वाले इन ब्राह्मणों की उपनयन-विधि पुराणोक्त पद्धति से सम्पन्न कराई जाती है। 'बॉम्बे गजेटियर' में हिन्दू-मुसलमान दोनों धर्मों के संस्कारों से युक्त हुसेनी ब्राह्मणों का जिक्र आता है।[1]

धर्मान्तर

मेघवाल और वाल्मीकि खुद को हिन्दू ही समझते हैं। हिन्दू देवी-देवताओं के साथ पीर की उपासना भी वे करते हैं। किन्तु इसमें कोई खास बात नहीं। जागृत देवस्थान

1. Govt. of India. Gazetteer of the Bombay Presidency : Vol. XXIII, 437

के रूप में ख्याति-प्राप्त किसी भी भगवान को मनौती मानने पर हिन्दुओं में कोई प्रतिबन्ध नहीं होता। माउंट मेरी हो या पीर या तिरुपति बालाजी।

हाँ, जाति-व्यवस्था की बदौलत अपमानित होने की स्थिति से तंग आकर धर्मान्तर करने के लिए उद्यत होते वे दिखाई नहीं देते। बल्कि नासिक के रामपाल ने कहा कि लोग स्वार्थान्ध होकर धर्म बदलते हैं तथापि इसका यह मतलब तो नहीं कि उन पर होने वाले अत्याचारों के खिलाफ उनका खून खौलता ही नहीं। डॉ. बाबासाहब अम्बेडकर ने धर्मान्तर करने की घोषणा की तो तत्कालीन कांग्रेस नेताओं ने बम्बई में मेघवालों की बैठक आयोजित कर धर्मान्तर विरोधी प्रस्ताव पारित किया था। इस सभा में एक स्कूली छात्र ने अम्बेडकर के निर्णय का जोरदार समर्थन किया और उसे जोरदार अनुसमर्थन भी प्राप्त हुआ था। श्री मेहता ने अपने शोध प्रबन्ध में यह जानकारी दी है।[1]

नांदगाँव में मास मूवमेंट के मुखिया नागसेन चव्हाण लालबेगी युवक हैं। उन्होंने धर्मान्तर की आवश्यकता का जोरदार समर्थन तो किया, लेकिन उनका स्रोत धार्मिक नहीं था। मेघवाल, वाल्मीकि अल्पसंख्यक जातियाँ हैं। उन्हें महाराष्ट्र में अन्य दलित जातियों का नेतृत्व स्वीकार करना होगा। महाराष्ट्र में ऐसा नेतृत्व बौद्धों का ही है। अतएव उनका युक्तिवाद यही था कि बौद्ध धर्म-प्रवेश के अलावा और कोई चारा नहीं तथापि स्वयं उन्होंने अभी तक धर्मान्तर नहीं किया था। इसकी वजह पूछने पर उन्होंने बताया, "माना कि केवल बौद्ध धर्म ही समानतावादी धर्म है, तथापि मैं यदि बौद्ध बन जाऊँ, तो कोई बौद्ध थोड़े ही अपनी लड़की का ब्याह मुझसे करेगा?" उनके पिता और दादा के नाम मुसलमानी थे। उनके पिताजी की मृत्यु हो गई तो उनकी अंत्येष्टि को लेकर उनके दोस्तों में काफी विवाद होता रहा। किन्तु अन्ततः उनके परिजनों की इच्छानुसार हिन्दू पद्धति से ही क्रिया-कर्म किया गया।

धर्मान्तर के कारण और उसकी न्यूनता—इन दोनों बातों पर इस घटना से पर्याप्त रोशनी पड़ती है।

1917 में बम्बई में खोजा समिति ने मेघवालों के धर्मान्तर का प्रयास किया था। इसका ब्योरा बी.एच. मेहता ने दिया है तथापि यह प्रयास विफल हुआ। उसके दो कारण उन्होंने दिए हैं। सतही तौर पर तो ये कारण बड़े विचित्र-से प्रतीत होते हैं :

1. Mehta, B.H. Social & Economic condition of the Meghwal–Untouchables of Bombay city (Thesis) Vol. II, Part I, 121

1. उन्होंने अपने लिए अलग जमातखाने की माँग की (मेघवालों ने)।
2. मेघवाल स्त्रियों को लगने लगा कि उन्हें खोजा औरतों जैसे कपड़े पहनने पड़ेंगे। इसलिए उन्होंने धर्मान्तर करने से मना कर दिया।

मेघवालों पर हिन्दू संस्कारों का प्रभाव होने से, धर्मान्तर के बाद पड़ने वाले सांस्कृतिक फर्क को निभा पाने की संदिग्धता से शायद मेघवाल डर गए होंगे। उपर्युक्त दो कारणों से तो यही प्रतीत होता है।

बी.एच. मेहता के अनुसार, महात्मा गांधी के आन्दोलन की वजह से शायद धर्मान्तर नहीं हुआ होगा। भंगियों को लगने लगा कि इस आन्दोलन की वजह से उन्हें न्याय मिल सकेगा।

फिलहाल तो महाराष्ट्र में धर्मान्तर की हवा नहीं है। नासिक के एक युवक ने सामूहिक धर्मान्तर के पक्ष में अपना मत व्यक्त किया। भंगी समाज दलितों से सर्वथा अलग ही रहा है। यहाँ के दलित आन्दोलन में वह कभी शामिल हुआ ही नहीं। इसी तरह से धर्मान्तरवादी मनोभूमिका से भी उसका कोई सरोकार नहीं रहा; बल्कि अपने हिन्दू होने पर ही उन्हें गर्व है। मन्दिर, समारोह, महोत्सवों पर यह समाज भरपूर पैसा खर्च करता है।

शोलापुरी भंगी कामगार आन्ध्र प्रदेश से स्थलांतरित, मूलतया चमार जाति के हैं। उनमें से कुछ लोगों ने महाराष्ट्र में आते ही ईसाई बनना बेहतर समझा। वहाँ के बाबू मडपल्ली ने बताया, "धर्मान्तर की वजह से काफी फर्क पड़ा। बाकी लोग शराब पीकर ऊधम मचाते हैं, हम लोग पेंटीकास्ट हैं और ऊधमी लोगों में शामिल नहीं होते।"

ठाणे निवासी साठ वर्षीय श्री रामू छुट्टन ने कहा, "पहले तो वे हमें पानी भी नहीं पिलाते थे। इसीलिए तो हमारे हिन्दू मार खाते हैं।" लेकिन नई पीढ़ी इस असमानता को बर्दाश्त नहीं करती तथापि महाराष्ट्र के मेघवालों को उत्तर प्रदेश की अपेक्षा अपनी बेहतर स्थिति के प्रति सन्तोष नहीं है। बुजुर्गों पर गांधी जी का प्रभाव है। कई बुजुर्गों ने कहा, "गांधी बाबा आज जिन्दा होते तो काफी फर्क पड़ता।" गांधी जी की प्रेरणा से स्थापित सभी स्वयंसेवी संगठन मृतप्राय हो गए हैं। इसीलिए अभी भी गांधी जी घर-घर में दीवारों पर मौजूद तो हैं, किन्तु अन्याय के क्लेशकारी एहसासों के कारण यह समाज कौन-सा रुख अख्तियार करेगा, कहा नहीं जा सकता।

समाज और सामाजिक स्थिति

पिछले सौ-डेढ़ सौ वर्षों से ये जातियाँ महाराष्ट्र में रह रही हैं। उनके इस लम्बे वास के कारण से कई बातों का आदान-प्रदान हो गया है। उनके अधिकांश बच्चे मराठी माध्यम के स्कूलों में पढ़ने लगे हैं। गणेशोत्सव जैसे विशुद्ध महाराष्ट्रीय समारोहों में भी वे सहभागी होने लगे हैं। बल्कि केवल नवरात्रोत्सव के दौरान ही सुनाई पड़ने वाली रास-दांडिया (टिपर्या) अब महाराष्ट्र के सभी शहरों में अक्सर सुनाई पड़ती है।

न्यूनाधिक मात्रा में इस तरह के सांस्कृतिक आदान-प्रदान के बावजूद उनकी अपनी अलग पहचान बरकरार है। दुनियाभर में स्थलांतरित व्यक्ति अपनी प्रादेशिकता बाकायदा सँजोते हैं। फिर वे यूरोप के एशियाई हों या पाकिस्तान के मुजाहिद। मेघवाल, वाल्मीकि भी इसका अपवाद नहीं हैं। इतिहास में अपनी जड़ें जमाकर दृढ़तापूर्वक खड़े होने की कशमकश होती है यह। इस कशमकश की टोह लेना बड़ा ही दिलचस्प होता है। हम अपने सर्वेक्षण के दौरान अधिक ब्योरा तो जुटा नहीं पाए किन्तु मोटे तौर पर जो बातें हमारे ध्यान में आईं, वे इस प्रकार हैं :

महिलाओं की स्थिति

सांस्कृतिक विरासत की हिफाजत करने में महिलाओं की रुचि अधिक होती है। सम्भवतया अपनी प्रादेशिकता को सँजोते रहने के दबाव की वजह से वे इस कार्य में अधिक दिलचस्पी दिखाती हैं। मर्दों का लिबास सब जगह लगभग एक-सा होता है किन्तु औरतें अक्सर अपनी प्रादेशिक विशेषता को प्रदर्शित करने वाले वस्त्र ही पहनती हैं। मेघवाल औरतें घाघरा-चुनरी या गुजराती ढंग से धोती पहनती हैं। उनके वस्त्र गहरे रंग के होते हैं। मेघवाल औरतें परदा नहीं करतीं। इनमें शिक्षा का प्रचार-

प्रसार ठीक-ठाक होने से इनके बोलने में आत्मविश्वास झलकता है। कई मामलों में वे स्वतंत्र रूप से मत प्रदर्शन करती हैं। वे कमाई के लिए कुछ-न-कुछ काम अवश्य करती हैं। इनमें भी कच्ची उम्र में ही शादी करने का रिवाज है। इससे शिक्षा ग्रहण करने के काम में यकीनन बाधा आ जाती है। मेघवाल पुरुषों में व्यवसायान्तर की प्रवृत्ति अधिक पाई जाती है। इसका विपरीत असर औरतों पर पड़ता है। नगरपालिका की मेहरबानी से मिला हुआ मकान हाथ से न गँवाने की दृष्टि से पढ़ने-लिखने के बावजूद उन्हें सफाई कामगार के रूप में ही भर्ती होना पड़ता है। इसीलिए इस पेशे में औरतों की संख्या अधिक दिखाई पड़ती है। बचपन में ही शादी हो जाने के कारण अपनी पसन्द के पति के साथ घर बसाने की आजादी लड़कियों को नहीं होती। विधवा पुनर्विवाह तो कर सकती है किन्तु बाकायदा दूसरी शादी नहीं कर सकती। इसके विपरीत, पुरुष दूसरी शादी कर सकते हैं।

वाल्मीकि स्त्रियों पर उत्तर प्रदेश के परम्परागत बन्धनों की पकड़ अभी भी काफी मजबूत दिखाई देती है। वे अपने घर में परदा करती हैं। ससुर या अन्य कोई बुजुर्ग व्यक्ति सामने आए तो वे फौरन घूँघट ओढ़ लेती हैं। वे लहँगा-चुनरी ही पहनती हैं, इनमें शिक्षा का प्रचार अपेक्षया कम होता है। शादी-ब्याह में लड़की की पसन्द-नापसन्द का ध्यान नहीं रखा जाता। वाल्मीकियों में पढ़ी-लिखी लड़की को दूल्हा मिलने में बड़ी मुश्किल होती है। क्योंकि पुरुष शिक्षा की दृष्टि से जागरूक नहीं है। इसलिए कम पढ़े-लिखे लड़के से मजबूरन शादी करनी पड़ती है। यह समझौता लड़की को महँगा पड़ता है और वह भीतर-ही-भीतर घुटती रहती है। निपाणी के एक जूनियर कॉलेज में रीडर महिला को मजबूर होकर एक उजड्ड व्यक्ति से शादी करनी पड़ी। हम उससे मिलने भी गए थे। कॉलेज में वह भले ही ऊँचे-ऊँचे भाषण झाड़ती हो, घर में उन्हें किसी तरह की कोई आजादी नहीं थी। हम जहाँ बैठे थे, वहाँ उनके जेठ जी बैठे थे, इसलिए वह हमारे साथ बैठकर बातें नहीं करती थी। उनके चले जाने के बाद ही वह बाहर आई। कुल मिलाकर वाल्मीकि औरतें अल्पशिक्षित होने से किसी से कुछ कह भी तो नहीं सकती थीं। उनके बोलने में वह आत्मविश्वास और खुलापन नहीं होता, जो मेघवाल औरतों में महसूस किया जा सकता है।

कहा जाता है कि मेघवालों में शक-शुबहा का बाजार अक्सर गर्म रहता है। इसलिए मारपीट, तलाक आदि का बोलबाला रहता है। बातचीत के दौरान कुछ औरतों ने इस हकीकत को स्वीकार भी किया तथापि इस सम्बन्ध में अधिक जानकारी हमें प्राप्त नहीं हो सकी। इसी तरह से, नौकरीपेशा औरतों के लैंगिक घुटन और

शोषण की थाह पाना भी हमारे लिए सम्भव नहीं हो पाया। क्योंकि एक तो यह विषय बड़ा नाजुक था और हमारे साथ महिला सहयोगी नहीं थी। और फिर इस मामले में चर्चा करने के लिए पहले औरतों का विश्वासपात्र भी तो बनना पड़ता है। हमारे पास उतना समय नहीं था। क्योंकि विश्वासपात्र बनने के लिए एक अरसे तक उनसे सम्पर्क बनाए रखना आवश्यक होता है। इस सम्बन्ध में तथ्यपरक जानकारी उपलब्ध होने पर ही कारगर उपाय किए जा सकेंगे।

अमृतलाल नागर के 'नाच्यौ बहुत गोपाल' में नारी के लैंगिक शोषण का विस्तृत वर्णन है। लेकिन ऐसा वर्णन उत्तर प्रदेश के सामंतवादी माहौल में ही फिट बैठता है। महाराष्ट्र में उनके स्थलांतर के बाद यहाँ शायद ही उनका खुल्लमखुल्ला शोषण हुआ हो। किन्तु नौकरी की मजबूरी के दौरान मुकादम, अधिकारी आदि की हवस का शिकार शायद उन्हें हो जाना पड़ता है, कम-से-कम स्थलांतर के प्रारम्भिक दौर में इसकी सम्भावना से इनकार नहीं किया जा सकता तथापि अब इसकी सम्भावना नहीं के बराबर है।

पारस्परिक सम्बन्ध

मेघवाल और वाल्मीकियों के आपसी सम्बन्ध अन्तरंग नहीं होते। वाल्मीकियों में भी हरियाणवी, यू.पी. वाले, पंजाबी आदि कई भेद होते हैं। उनके आपसी सम्बन्ध भी उतने मधुर नहीं होते। वाल्मीकि और मेघवाल भाषिक दृष्टि से तो अलग हैं ही, सामाजिक दृष्टि से भी वे एक-दूसरे को उन्नीस ही समझते हैं। नासिक के रामभाऊ वोहाल ने बताया : "मेघवाल शौचालयों की सफाई का काम करते हैं; जबकि हम तो केवल झाड़ू ही लगाते हैं। इसलिए हम उनसे अलग हैं।" इसके विपरीत मेघवाल समाज के लक्ष्मण परब ने बताया, "वाल्मीकियों से हमारा रोटी-बेटी-व्यवहार नहीं होता। वे लोग हमसे निम्न श्रेणी के हैं।" ठाणे निवासी श्री मालीराम परोलिया ने कहा, "जात कोई भी हो, सफाई वाले तो एक ही होते हैं। इसलिए उन्हें मिलकर रहना चाहिए। लेकिन उनकी यह अपेक्षा पूरी होने की कोई भी उम्मीद फिलहाल नहीं दिखाई देती। अधिकांश स्थानों पर इन दोनों की बस्तियाँ अलग-अलग ही हैं। अतएव इन दोनों में खास सम्पर्क भी नहीं रहता।

महाराष्ट्र की अन्य दलित जातियों से उनका निकट सम्पर्क होता है। अब तो दलित संगठनों में मेघवाल एवं वाल्मीकि युवकों को सक्रिय देखा जा सकता है

तथापि इन दोनों को दलित संगठनों से डर ही लगता है। उन्हें लगता है कि दलितों की संगठित ताकत केवल दलितोद्धार के ही काम में आती है। यह मेघवालों और वाल्मीकियों के साथ सरासर अन्याय है, इसकी दुहाई कई लोगों ने दी। नांदगाँव में मास मूवमेंट के मुखिया नागसेन चव्हाण ने कहा, "यहाँ जितनी भी पिछड़ी जातियाँ हैं उन्हें बौद्धों से मार्गदर्शन तो प्राप्त करना ही होगा और सहायता भी।" तथापि उन्होंने यह स्वीकार किया कि इस वक्त वह केवल बौद्ध आन्दोलन मात्र है। सभी दलितों का समर्थन उसे प्राप्त नहीं हुआ है।

भारत में हर तरह की बौद्धिकता आखिरकार जाति के दायरे में ही सिमटकर रह जाती है। अन्य जातियों को लेकर हरदम न्यूनता और अविश्वास का भाव मन में रहता है। माना कि यह सही है; तथापि दलित संगठनों का नेतृत्व भी अल्पसंख्यक जातियों को अपने में सोद्देश्य समोने की परिपक्वता नहीं दिखा पाया है। स्थानीय स्तर पर तो यह नेतृत्व और अधिक जातिनिष्ठ बनता जाता है।

जातीय तनावों का एहसास

कई बुजुर्गों ने महाराष्ट्र में ही आखिरी साँस लेने की कामना व्यक्त की। क्योंकि अपने मूल राज्य में उन्होंने हद दर्जे का जातीय तनाव देखा है। गुजरात, उत्तर प्रदेश, राजस्थान आदि राज्यों में आतंक का यह माहौल अभी भी बरकरार है। जुहू के चन्दूभाई चौहान ने बताया कि गुजरात में लोग 'पैरों की जूती पैरों में ही होनी चाहिए' कहते हैं और उसी तरह से पेश आते हैं। दंगों में तो उन्हें बड़ी भारी मुसीबतें उठानी पड़ीं। नासिक के बलवंत वोहाल ने कहा, "उत्तर प्रदेश में जाटों और ठाकुरों की जानलेवा यंत्रणाओं को झेलना पड़ता है।" बार्शी निवासी अस्सी वर्षीय जैना बाई झांगुर्डे ने कहा, "एक जमाना था, जब किसी बरतन को गलती से भी हम छू लें तो उस बरतन को आग पर रखकर शुद्ध कर लिया जाता था।" नासिक के श्री कल्याणी के अनुसार तो शिवानी में अभी भी उन्हें होटल में सबके साथ बैठकर चाय पीने की बाकायदा मनाही है।

पचास वर्षीय फूलनबाई रिढलान का अनुभव भी कमोबेश ऐसा ही है। "गाँव में पानी भी नहीं मिलता था हमें। कभी-कभार हम नए कपड़े पहन लें तो कहते थे—चरबी चढ़ गई! यहाँ हमारे हाथ में पानी का गिलास थमाते हैं। ब्राह्मणों के घरों में हमें डिब्बे में पानी दिया जाता है। ऐसा पानी हम तो पीते ही नहीं। प्राइवेट

शौचालयों आदि की सफाई करने के बाद वहाँ पानी छिड़कते हैं; मानो हमने वहाँ कोई गन्दगी की हो।" निपाणी की लीला बच्चू बाघेला ने बताया, "गुजरात में यदि हम किसी को छू लेते तो उसके सिर पर अंगारे रखकर उसे शुद्ध कर लिया करते थे। यदि पटेल-वटेल सामने से गुजरने लगे तो पल्लू ओढ़कर, चप्पलें उतारकर बड़े अदब के साथ खड़ा रहना पड़ता था। आज भी उनके शादी-ब्याह में तो हम ढोलक बजाते हैं पर हमें अपने शादी-ब्याहों में बैंड बजाने की मनाही होती है।"

महाराष्ट्र में भी शुरू-शुरू में अस्पृश्यता की तकलीफ हुई। मनमाड के सीतला सालेलान ने कहा, "पहले हमें लैटरीन के डिब्बे में पानी देते थे। हमें जब पता चला तो हमने उन्हें अच्छी-खासी घुट्टी पिलाकर इसे बन्द करवा दिया।"

महाराष्ट्र तथा अन्य राज्यों में यही तो फर्क है। किन्तु स्थिति में यहाँ तक सुधार लाने के लिए काफी जद्दोजहद करनी पड़ी है। अस्पृश्यता नष्ट होने की वजह क्या है, हमारे इस सवाल के जवाब में अधिकांश लोगों ने गांधी जी को ही इसका श्रेय दिया। जुहू निवासी सत्तर वर्षीय उमाबेन सोलंकी को अस्पृश्यता ने काफी झुलसा दिया था तथापि गांधी जी के प्रति उनके मन में काफी आदर है। उन्होंने कहा, "गांधी जी ने सब लोगों को एक लड़ी में पिरोने का महत्त्वपूर्ण कार्य किया। जो लोग गांधी जी की इज्जत नहीं करते, वे मेरी दृष्टि से निपट दकियानूस हैं।" ऐसी ही प्रतिक्रिया पुणे निवासी लालबेगी जमनाबाई ने व्यक्त की। वे भी सत्तर-पचहत्तर को छू रही हैं। बार्शी की वयोवृद्ध महिला जमनाबाई झांगुर्डे ने बताया, "गांधी जी की बदौलत हम लोगों को हर जगह प्रवेश सरल हो गया। वे लोगों को एहसास दिलाते थे कि सफाई कामगार अछूत नहीं होते। मैं एक बार खादी की साड़ी पहनकर काम पर गई थी, तो सब लोग मुझे कोसते थे। खादी की साड़ी पहनकर काम करना उन्हें पसन्द नहीं था। मैं बोलती थी—गाली आप मुझे दे सकते हैं, गांधी जी को नहीं।"

बुजुर्ग पीढ़ी पर गांधी जी का अधिक प्रभाव है। वे भक्ति भावना से गांधी जी को याद करते हैं। क्योंकि अपनी आँखों से उन्होंने गांधी जी के कारण हो रहा परिवर्तन देखा है। महाराष्ट्र में जन्मी हुई युवा पीढ़ी भी गांधी जी की श्रेष्ठता को बराबर स्वीकार करती है। लेकिन उसके साथ-साथ म. ज्योतिबा फुले, डॉ. अम्बेडकर आदि पुरुष भी उनके लिए समादरणीय हैं। जुहू के महिपत सोलंकी ने कहा, "अम्बेडकर की बदौलत ही तो हमें नौकरी मिल सकी।" आरक्षण विरोधी आन्दोलन उन दिनों अभी-अभी ठंडा पड़ा हुआ था। अतएव आरक्षण, संवैधानिक प्रावधान एवं डॉ. बाबासाहब अम्बेडकर का कर्तृत्व...आदि सन्दर्भ उनके दिमाग में ताजा थे।

गांधी जी के बाद इन्दिरा गांधी ही ऐसा शख्स हैं, जिन्हें वे लोग बेहद चाहते हैं, उन पर विश्वास करते हैं। बीस सूत्री कार्यक्रम के अधीन उन्होंने वाल्मीकियों, मेघवालों को भू-खंड आवंटित किए थे किन्तु कई जगह जाटों ने उनसे वह छीन लिए तथापि उन्हें पूरा एहसास है कि इन्दिरा जी की बदौलत ही उन्हें वह जमीन मिल पाई थी। जाट और वाल्मीकि के बीच के अन्तर को पाटने की इन्दिरा जी की कार्रवाई का बखान करते हुए मनमाड के श्री बिरवा ने कहा, "इन्दिरा जी ने शेर और बकरी को एक ही माँद में घास परोसने का प्रयास किया!" आम तौर पर इस समाज की यह धारणा है कि उत्तर प्रदेश की कड़ी-से-कड़ी जाति-व्यवस्था और सामंतवादी दायरे को तुड़वाने का साहस केवल इन्दिरा जी ही दिला सकतीं।

किसी भी राजनीतिक पार्टी या संगठन में उनका विश्वास नहीं है। उनके बारे में इन लोगों की राय है कि "वे आएँगे, बात करेंगे, तालियाँ बजाएँगे, और चले जाएँगे!" या "पार्टीवाले सिर्फ वोट माँगने के लिए आते हैं।" समाज के अत्यधिक शोषित वर्ग की यह प्रतिक्रिया राजनीतिक पार्टियों के खोखलेपन को रेखांकित करती है।

पिंपरी के किसन बहोत ने मुस्कुराते हुए कहा, "वाल्मीकि तो पैदाइशी कांग्रेसी होते हैं।" सामान्यतया सभी अल्पसंख्यक लोग अक्सर सत्ताधारी पार्टी के साये में ही विश्राम कर रहे होते हैं। वाल्मीकि भी इसका अपवाद नहीं थे। इनमें से बहुत कम लोग किसी विशिष्ट राजनीतिक विचारधारा का पक्का समर्थन करते हैं या राजनीतिक सूझ-बूझ उनमें होती है। संगमनेर के शेख भंगी समाज के कुछेक लोगों ने समाजवादी पार्टी के प्रति अपनी निष्ठा व्यक्त की। उल्हासनगर में विद्यार्थी प्रगति संघ के युवा कार्यकर्ताओं ने क्रान्तिकारी दर्शन की आवश्यकता पर जोर दिया तथापि ऐसा लगता है कि स्थानीय रूप से प्रभावी व्यक्ति और पार्टी के बरक्स युवकों की यह धारणा बन गई होगी। सम्भवतया इसी क्रम में पुणे में युवक क्रान्ति दल की तरह के 'दलित युवक क्रान्ति दल' की स्थापना हो गई है।

वाल्मीकि-मेघवाल में आपसी अनबन के कारण मेघवाल जिस संगठन में हों, उसमें सामान्यतया वाल्मीकि शामिल नहीं होते। दोनों जातियों का अलग से अपना कोई प्रभावी संगठन नहीं है। इन जातियों के लोगों की संख्या भी इतनी कम है कि उनके अस्तित्व का एहसास राजनीतिक खेमों को अपने पक्ष में मोड़ नहीं सकता। नगरपालिका चुनावों में ज्यादा-से-ज्यादा एकाध वार्ड में वे अपना प्रभाव जमा सकते हैं, बस। इगतपुरी जैसी इक्का-दुक्का नगरपालिका का अध्यक्ष पद राजनीतिक जोड़-तोड़ के कारण एकाध बार मेघवाल समाज के प्रतिनिधि को मिला था। इतना अवश्य

है, कि इन लोगों से राजनीतिक खतरा कदापि नहीं रहता। इस प्रकार महात्मा गांधी और इन्दिरा गांधी के दो सिरों के बीच इन लोगों का अस्तित्व सिमटा हुआ है।

बरसों महाराष्ट्र में रहने के कारण इन जातियों के बुजुर्गों को अपनी जन्मभूमि की अपेक्षा महाराष्ट्र के प्रति अधिक लगाव हो रहा हो, तो आश्चर्य नहीं होना चाहिए तथापि इससे यह अर्थ नहीं निकाला जा सकता कि वे शुरू से ही यहाँ के माहौल से एकरूप हो गए हैं। बल्कि प्रा. मलकानी ने अपनी पुस्तक में उल्लेख किया है, "दरअसल पीढ़ियों से महाराष्ट्र में रहकर उन्होंने वहाँ की भाषा भी आत्मसात् कर ली। इसके बावजूद लोग उन्हें अभ्यागत ही मानते हैं। उन्हें किसी भी तरह की सुविधाएँ-सहूलियतें देने में स्थानीय लोग अक्सर कतराते हैं।"[1]

यह परायापन उन्हें मायूस बना देता है। खासकर बुजुर्गों का कलेजा इस वजह से तार-तार हुआ जाता है। सम्भवतया इसी वजह से उत्सव-पर्व, शादी-ब्याह, मनौती पूरी होने पर खुशियाँ मनाने वे लोग अपने मूल राज्य में जाते हैं। ऐसे मौकों पर उन्हें कर्जा-वर्जा लेना पड़े तो भी वे कतराते नहीं।

नई पीढ़ी के बारे में तो स्थिति और भी बदतर है। उन्हें अपने मूल राज्य, गाँव के प्रति कोई लगाव नहीं होता और यहाँ भी उन्हें स्थानीय लोग नहीं अपनाते। इसलिए वे त्रिशंकु-से लटके हुए ही नजर आते हैं। और यह बेचैनी उन्हें हरदम सालती रहती है।

इसके बावजूद एक लम्बे साहचर्य की वजह से अब वे यहाँ के सांस्कृतिक जीवन से तदाकार होने लगे हैं। वाल्मीकि 'पोहाल' अब अपना उपनाम 'पवार' लिखने लगे हैं। इस तरह के समामेलन के बाद ही अभ्यागतता का एहसास उनके दिल को कचोटेगा नहीं तथापि जातिवार कॉलोनियाँ इस मार्ग में बाधक तो हैं, लेकिन मानसिक परिवर्तन से ही अलगाव की यह भावना समाप्त हो सकती है। और परिवर्तन की इस समूची प्रक्रिया में शामिल होने की इन समूहों की प्रवृत्ति पर ही इस समस्या का समाधान निर्भर है।

---

1. Malkani, N.R. Clean People and Unclean Country, New Delhi, National committee for Gandhi Centenary, 1965, 13

आखिरी पड़ाव पर

1982 में शुरू किया यह अभियान पुस्तक रूप में अब यहाँ समाप्त हो रहा है। लेकिन यह इस अभियान का समापन कदापि नहीं। क्योंकि जिन समस्याओं का हल ढूँढ़ने के लिए हम चल पड़े थे, उन सभी का समाधान अभी नहीं हो पाया है। बल्कि कुछ नए सवाल इसमें आ जुड़े हैं और प्रश्नावली अधिक लम्बी हो गई है। न हर सवाल के जवाब की हमें उम्मीद थी, न हमारा यह दावा है। ऐसी स्थिति में यदि पाठकों के सामने भी ऐसे कई प्रश्नचिह्न खड़े हो गए हों, तो आश्चर्य नहीं होना चाहिए। जो कुछ भी हमारी झोली में आया, उसे हमने ज्यों-का-त्यों पाठकों तक पहुँचाया! आखिरकार पाठकों के दिलों को झकझोरने, उन्हें सोचने के लिए मजबूर करने का हमारा प्रयास भी सफल हुआ प्रतीत होता है।

बम्बई में मराठी साहित्य सम्मेलन के अध्यक्ष पद से बोलते हुए श्री विश्राम बेडेकर ने कहा था, "गन्दगी में काम करने वाले लोगों के हिस्से में भारत में ही नहीं, यूरोप में भी अस्पृश्यता ही आती थी। लेकिन औद्योगीकरण के बाद यूरोपियन समाज में अस्पृश्यता का सफाया हो गया।" उनके कहने का फलितार्थ यह था कि भारत में भी ऐसा ही होगा। किन्तु हमारा अनुभव इससे अलग रहा। जाति-व्यवस्था बदलते समय के साथ अपने-आप नष्ट हो जाने वाली चीज नहीं है। उत्पादन प्रणाली और व्यवस्था का कितना ही आधुनिकीकरण क्यों न हुआ हो, समाज व्यवस्था की मूल इकाई 'जाति' ही होती है। हमने तो सब जगह यही पाया। यह सही है कि नई उत्पादन प्रणाली की बदौलत समाज में तेज हवाएँ बहने लगी हैं। किन्तु इस हवा की दिशा खड़ी (vertical) न होकर आड़ो (horizantal) होती है। इसका रुख न बदलने देने की दृष्टि से जाति-व्यवस्था का स्वचालित अन्तर नियमन (inner mechanism) होता है। अतएव दलित जाति में उत्थान की अपेक्षा पतन की सम्भावना ही अधिक रहती है।

इस स्थिति में परिवर्तन हो, तो कैसे? यह सवाल बड़ा ही महत्त्वपूर्ण है। अंग्रेजों के शासनकाल में शिक्षा का मार्ग सबके लिए खुला होने से निम्नतम जातिसमूहों में जागृति का आविष्कार होने लगा था। स्वातंत्र्योत्तर काल में इन कमजोर वर्गों के लिए विशेष प्रयास करने के अभिवचन दिए गए। तदनुसार विकास के अवसर से वंचित रखे गए 60 प्रतिशत लोगों के लिए 34 प्रतिशत स्थान आरक्षित रखे गए। पहले कुछ वर्षों में तो आरक्षित स्थान भरने के लिए योग्य उम्मीदवार भी नहीं मिलते थे। तब तक तो उच्चवर्णियों में इस सम्बन्ध में कोई खास विरोध नहीं हुआ था। लेकिन अब इन स्थानों के लिए प्रतियोगिता बढ़ रही है। इसकी तीव्र प्रतिक्रिया ऊँचे तबके के लोगों में व्यक्त हो रही है। गुजरात का आरक्षण-विरोधी आन्दोलन इसी जागृति का परिणाम था।

रोजगाराभिमुख उत्पादन-व्यवस्था और अर्थव्यवस्था का ढाँचा कभी बना ही नहीं। बेरोजगारों के समूह एक-दूसरे के जाति-समूहों के खिलाफ लड़ रहे हैं। जाति-संघर्ष की यह आग धीरे-धीरे ऊपर से नीचे की ओर फैल रही है। अपर्याप्त रोजगार के अवसरों की वजह से आरक्षित स्थानों पर अपना अधिकार जतलाने के लिए नए-नए पिछड़े जाति-समूह सक्रिय क्या हुए, दलित जाति-समूहों में भी तनाव की स्थिति क्रमश: पैदा होने लगी।

ऐसी स्थिति में सन्देह है कि जाति के आधार पर संगठित होकर विकास-प्रक्रिया में अपने जाति-समूह के प्रतिनिधित्व की माँग करने वाले आन्दोलन इस प्रगति में सहायक सिद्ध होंगे। जाति का नकाब उतारकर श्रमजीवी लोगों के व्यापक हितों की बुनियाद पर इस आन्दोलन में शामिल होने पर ही विकास की लड़ाई जीतने की उम्मीद की जा सकती है। इसके विपरीत, आज पिछड़े वर्गों में ही आपसी अनबन की गरमाहट होने से विकास-कार्य पर अंकुश लग गया है। सत्ताधारी वर्ग तथा उच्च जाति-समूह उनकी इस अनबन को हवा करने का घिनौना काम कर रहे हैं।

पिछड़े वर्गों के हित-सम्बन्ध एक-से होने, समान रूप से उनका शोषण होने के बावजूद इसी समान सूत्र के आधार पर आनन-फानन में सहज रूप से उनके एकजुट होने की गुंजाइश 'नहीं' के बराबर है। फिलहाल जाति ही उनके संगठन का मूलाधार है। सभी जातियों में अब अलग-अलग आर्थिक उपवर्ग तैयार हो गए हैं। विभिन्न आर्थिक उपवर्गों के समान जाति-समूह के सदस्यों में अभी भी किसी हद तक एकजुटता है। सम्भवतया अपने-अपने जाति-समूहों में ही विवाह करवाना (endogamy), सांस्कृतिक जीवन, पूर्व-परम्परा एवं आराध्य दैवत इत्यादि की वजह

से ही यह सम्भव हो पाया। अतएव परस्पर-विरोधीहित सम्बन्ध होने के बावजूद शोषकों के प्रति शोषितों की वफादारी पर कोई आँच नहीं आ पाई। उन्हें भले ही लगा हो कि वर्गीय आधार पर एकजुट रहने के प्रयासों की वजह से समाजार्थिक उत्थान की प्रक्रिया को गति प्राप्त होगी, तथापि इस दौरान अपने सांस्कृतिक जीवन, जाति के भीतर ही विवाह करने का बन्धन आदि के नष्ट हो जाने का खतरा भी उनकी आँखों के सामने मँडराने लगता है। कहना चाहिए कि एक तरह के सांस्कृतिक खोखलेपन का भय ही उन्हें बाँधे रख सका है।

माना कि औद्योगिक समाज में एक व्यापक औद्योगिक संस्कृति ही आकार ग्रहण कर रही होती है, तथापि यहाँ के अत्यंत प्रगत औद्योगिक शहरों में भी अपनी जाति-संस्कृति की मूल विशेषताओं को महफूज रखने की पुरजोर कोशिश की जाती है। विवाह के बन्धन की पूरी इज्जत की जाती है। एक ओर सभी जातियों के शोषक वर्ग समान हित-सम्बन्धों के आधार पर एकजुट हैं तो दूसरी ओर इनके अधिसंख्यक शोषित अपने शोषकों को ही सांस्कृतिक धरोहर के रक्षक मानते हैं। अपने जाति-समूह से बाहर की कोई भी विचारधारा या नेतृत्व उन्हें पराया ही लगता है।

यह अबूझ गुत्थी अभी भी सुलझती नहीं है। इस सम्बन्ध में इकतरफा विचार नहीं करना चाहिए। पुरोगामी खेमे की यह धारणा गलत है कि यहाँ का सांस्कृतिक जीवन हवाबन्द अलिन्दों में बँटा हुआ है। पूर्व की लेहनादार पद्धति में विभिन्न जाति-समूहों को आर्थिक लड़ी में पिरोया गया था। इसके अलावा गाँव या कस्बे के समूह-जीवन की अनेकानेक सांस्कृतिक गतिविधियों से ये समूह किसी-न-किसी रूप से जुड़े हुए थे। शादी-ब्याह से लेकर उत्सव-महोत्सवों तक के सभी कार्यक्रमों में विभिन्न जाति-समूहों को विशेष दर्जा दिया जाता था। किन्तु औद्योगिक प्रगति के दौर की इस व्यवस्था में लेहनादारी प्रथा नष्ट हुई और आय वर्ग के अनुसार शहरों में वेतनदार बँट गए तथापि आज भी यहाँ का आदमी अपनी सांस्कृतिक विरासत को बराबर सँजोता है। बम्बई में भी अन्यान्य प्रादेशिक तीज-त्योहार धूमधाम से मनाए जाते हैं। ग्रामीण इलाके में सामूहिक जीवन की अहमियत महसूस की जा सकती है, जो शहरों में नहीं होती। शहरों में पारम्परिक प्रतिष्ठा, दर्जा आदि का कोई महत्त्व न होने के बावजूद यहाँ जातिवार कॉलोनियाँ बनीं और उन्होंने अपनी पारम्परिकता को शहरी यांत्रिकता के साथ जोड़ने का पूरा प्रयास किया। यह प्रक्रिया अभी भी बदस्तूर जारी है।

इस पूरी प्रक्रिया को पहले हमें समझ लेना चाहिए। अपने सांस्कृतिक तथा पारम्परिक जीवन के प्रति उनके लगाव, निष्ठा आदि की कद्र करते हुए वर्गीय

साजिशों का पर्दाफाश उनके सामने करना होगा। जाति और संस्कृति के दुश्चक्र को तोड़ने के मार्ग खोजने होंगे। पुरानी संस्कृति के आधार पर नई संस्कृति को आकार प्रदान करना होगा।

इनमें से कोई भी काम उतना आसान नहीं। इसमें कार्यकर्ताओं की पूरी क्षमता दाँव पर लग सकती है। लेकिन कमजोर वर्ग की आपसी हाथापाई को नियंत्रित करने का यही एक कारगर तरीका हो सकता है।

परिशिष्ट

लेखकों ने जिन-जिन बस्तियों का दौरा किया उनका ब्योरा

क्रमांक	दिनांक	गाँव	मुलाकातियों की संख्या
1.	29 व 30/5/82	नासिक	6+6=12
2.	2/6/82	नासिक	17
3.	26/8/82	नासिक रोड	11
4.	11/10/82	पनवेल	14
5.	12/10/82	मुम्बई	23
6.	23/10/82	मुम्बई (महालक्ष्मी)	8
7.	25/10/82	येवला	8
8.	10/12/82	ठाणे	16
9.	11/12/82	उल्हासनगर	14
10.	26/1/83	संगमनेर	13
11.	6/7/83	मुम्बई (जुहू)	14
12.	23/9/83	सिन्नर	5
13.	30/9/83	इगतपुरी	11
14.	15/10/83	अहमदनगर	9
15.	14/1/84	मालेगाँव	12
16.	25/2/84	नांदगाँव	8
17.	20/6/84	ङ्क्षपपरी वाघेरे	10
18.	4 व 5/7/84	पुणे	17
19.	21/7/84	अकोला	8

20.	16/8/84	खोपोली	9
21.	8/9/84	ठाणे	9
22.	13/11/84	कोल्हापुर	12
23.	14/11/84	निपाणी	6
24.	14/11/84	सतारा	8
25.	13/3/85	पंढरपुर	6
26.	14/3/85	बार्शी	16
27.	13/3/85	सोलापुर	16
28.	6/7/85	जलगाँव	11
29.	6/7/85	चालीसगाँव	6
30.	7/7/85	धुले	10
31.	26/10/85	औरंगाबाद	18
	कुल		**357**